FRANKENSTEIN
CIDADE DAS TREVAS

Dean Koontz

FRANKENSTEIN
CIDADE DAS TREVAS

Tradução
Denise Tavares

PRUMO
leia

Título original: *Frankenstein – City of night*
Copyright © 2005 by Dean Koontz

Publicado nos Estados Unidos por Bantan Books, um selo da The Random House Publishing Group, uma divisão da Random House, Inc., Nova York.

Todos os direitos reservados. Nenhuma parte desta obra pode ser reproduzida ou transmitida por qualquer forma ou meio eletrônico ou mecânico, inclusive fotocópia, gravação ou sistema de armazenagem e recuperação de informação, sem a permissão escrita do editor.

Gerente editorial
Jiro Takahashi

Editora
Luciana Paixão

Editor assistente
Thiago Mlaker

Preparação de texto
Rebecca Villas-Bôas Cavalcanti

Revisão
Rosamaria Gaspar Affonso
Magna Teobaldo

Capa, criação e produção gráfica
Thiago Sousa

Assistentes de criação
Marcos Gubiotti
Juliana Ida

Imagem de capa: Colin Anderson/Getty Images

CIP-Brasil. Catalogação-na-fonte
Sindicato Nacional dos Editores de Livros, RJ

K86f   Koontz, Dean R. (Dean Ray), 1945-
        Frankenstein: cidade das trevas / Dean Koontz; tradução de Denise Tavares.
    – São Paulo: Prumo, 2011.
    (Frankenstein; 2)

    Tradução de: Frankenstein: city of night
    ISBN 978-85-7927-122-9

    1. História de suspense. 2. Ficção americana. I. Tavares, Denise. II. Título. III. Série.

11-0930.   CDD: 813
                                                                                 CDU: 821.111(73)-3

Direitos de edição para o Brasil: Editora Prumo Ltda.
Rua Júlio Diniz, 56 – 5º andar – São Paulo/SP – CEP: 04547-090
Tel.: (11) 3729-0244 – Fax: (11) 3045-4100
E-mail: contato@editoraprumo.com.br
Site: www.editoraprumo.com.br

Num tipo de simplicidade assustadora, removemos o órgão e exigimos a função. Fazemos homens sem peito e exigimos deles virtude e iniciativa. Rimos da verdade e ficamos chocados ao encontrar traidores em nosso meio. Castramos e esperamos que os castrados sejam fecundos.

– C. S. Lewis, *The Abolition of Man*

CAPÍTULO 1

Tendo ganhado vida numa tempestade, tocado por algum sinistro relâmpago que lhe deu vigor em vez de incinerá-lo, Deucalião nasceu numa noite de violência.

Uma sinfonia de hospício composta por seus gritos de angústia, os guinchos triunfais de seu criador e os zunidos e rangidos das máquinas arcanas ecoou entre as frias paredes de pedra do laboratório no velho moinho.

Quando despertou para o mundo, Deucalião encontrava-se acorrentado a uma mesa. Foi esta a primeira indicação de que fora criado para ser um escravo.

Ao contrário de Deus, Victor Frankenstein não achava importante conferir livre-arbítrio às suas criações. Como todos os idealistas, ele preferia a obediência ao pensamento independente.

Aquela noite, há duzentos anos, estabeleceu um tema de loucura e violência que caracterizou a vida de Deucalião durante os anos que seguiriam. O desespero estimulara a mágoa. Em sua fúria, ele havia matado, e de maneira selvagem.

Dean Koontz

Tantas décadas depois, ele havia aprendido a se controlar. Sua dor e solidão haviam-lhe ensinado a piedade, e, com ela, aprendera a compaixão. Ele havia encontrado seu caminho para a esperança.

Mesmo assim, em certas noites, sem motivo aparente, era tomado pela raiva. Por razão nenhuma, a raiva cresce, tornando-se uma onda descomunal que ameaça arrastá-lo para além da prudência, para além da discrição.

Nessa noite em Nova Orleans, Deucalião caminhava por um beco no perímetro do Bairro Francês e tinha vontade de matar. Sombras cinzentas, azuis, pretas ganhavam cor somente com o vermelho rubro de seus pensamentos.

O ar estava quente, úmido e vivo com o som abafado de *jazz* que as paredes dos famosos bares noturnos não conseguiam conter por completo.

Em público, ele procurava ficar nas sombras e tomava as ruas menos movimentadas, pois seu tamanho descomunal o tornava objeto de interesse. Seu rosto também.

Saindo da escuridão, ao lado de uma caçamba de lixo, um homem todo enrugado, que mais parecia uma uva-passa embebida em rum, deu um passo à frente: – Jesus é paz, irmão.

Embora a saudação não parecesse vir de um assaltante que vagava a esmo, Deucalião virou-se na direção da voz com a esperança de que o estranho tivesse uma faca, ou uma arma. Mesmo tomado pela ira, ele precisava de uma justificativa para a violência.

O vagabundo não brandia nada mais perigoso do que a encardida palma da mão e um mau hálito causticante. – Eu só preciso de um dólar.

– Não consegue comprar nada com um dólar – Deucalião disse.
– Deus o abençoe se for mais generoso, mas eu só peço um dólar.

Deucalião resistia ao desejo de agarrar aquela mão estendida e arrancá-la do pulso como se fosse um graveto seco.

Em vez disso, ele deu as costas e não olhou para trás nem quando o mendigo o cobriu de insultos.

Ao passar pela entrada da cozinha de um restaurante, encontrou a porta aberta. Dois homens de origem hispânica usando calças e camisetas brancas saíram, um deles oferecendo um maço de cigarros aberto para o outro.

A presença de Deucalião foi revelada pela luz de segurança sobre a porta e por outra luz exatamente em frente à primeira, do outro lado do beco.

Os dois homens ficaram paralisados quando o viram. Metade de seu rosto parecia normal, até bonita, mas uma tatuagem complexa decorava a outra metade.

O desenho tinha sido criado e aplicado por um monge tibetano muito hábil com as agulhas. Mesmo assim, ela dava a Deucalião um aspecto ameaçador, quase demoníaco.

Essa tatuagem era, na verdade, uma máscara que tinha a finalidade de distrair o olhar e evitar que prestassem atenção nas estruturas por baixo dela, um estrago feito por seu criador num passado distante.

Iluminado por duas luzes, Deucalião foi revelado o suficiente para que os dois homens percebessem, mesmo sem compreender, a geometria radical sob a tatuagem. Eles o olharam não tanto com medo, mas com um respeito solene, como se estivessem testemunhando a aparição de um espírito.

Ele trocou a luz pelas sombras, aquele beco por outro, com sua raiva já se transformando em fúria.

Suas mãos enormes se agitavam, em espasmos, como se precisassem estrangular. Ele fechou os punhos e meteu-as nos bolsos do casaco.

Mesmo numa noite de verão como essa, no ar saturado dessa região pantanosa, ele usava um longo casaco preto. Nem o calor nem o frio mais intenso o afetavam. Nem a dor, nem o medo.

Quando apressava o passo, o enorme casaco inflava como se fosse uma capa. Com um capuz, ele pareceria a Morte em pessoa.

Talvez a compulsão assassina estivesse entranhada em suas fibras. Sua carne era a carne de inúmeros criminosos cujos corpos haviam sido roubados do cemitério de uma prisão imediatamente após enterrados.

De seus dois corações, um viera de um louco incendiário que queimava igrejas. O outro pertencera a um pedófilo.

Até em um homem temente a Deus, o coração pode ser enganador e pérfido. O coração às vezes se rebela contra tudo o que a mente sabe e acredita.

Se as mãos de um sacerdote têm o poder de realizar uma tarefa pecaminosa, então, o que se pode esperar das mãos de um estrangulador condenado? As mãos de Deucalião tinham vindo de um criminoso dessa estirpe.

Seus olhos cinzentos haviam sido arrancados do corpo de um assassino que se servia de um machado. Ocasionalmente, uma leve vibração luminosa os percorria, como se a tempestade sem precedentes que lhe dera origem tivesse deixado um relâmpago para trás.

Cidade das trevas

Seu cérebro havia preenchido o crânio de algum celerado desconhecido. A morte apagara toda a memória daquela vida anterior, mas talvez os circuitos cerebrais permanecessem mal colocados.

Agora sua fúria crescente o levava às ruas mais imundas do outro lado do rio, em Algiers. Essas passagens pouco frequentadas e mais escuras fervilhavam com estabelecimentos ilegais.

Um quarteirão miserável acomodava uma casa de prostituição levemente disfarçada de clínica de acupuntura e massagem; um estúdio de tatuagem; uma loja de vídeos pornográficos; e um estridente bar *cajun*. A música *zydeco* bombava.

Nos carros estacionados na travessa atrás desses estabelecimentos, cafetões conversavam enquanto esperavam para recolher o dinheiro das garotas que forneciam ao bordel.

Dois espertinhos vestindo camisa com motivos havaianos e calças de seda branca, deslizando em patins, mascateavam cocaína misturada com Viagra em pó para a clientela do prostíbulo. Estavam fazendo uma oferta especial para o ecstasy e a metanfetamina.

Quatro Harleys se encontravam paradas em fila atrás da loja pornô. Alguns motociclistas moleirões pareciam estar fazendo a segurança do prostíbulo ou do bar. Ou dos traficantes. Talvez de todos eles.

Deucalião passou por entre eles, percebido por alguns, desapercebido para outros. Um casaco preto e sombras ainda mais pretas eram tão eficazes em escondê-lo quanto uma capa de invisibilidade.

O misterioso relâmpago que o trouxera à vida também lhe transmitira uma compreensão da estrutura quântica do Universo e talvez alguma coisa mais. Depois de passar dois séculos explorando e gradualmente aplicando esse conhecimento, ele podia, quando quisesse, movimentar-se no mundo com tamanha facilidade, tamanha graça e de modo tão furtivo que as pessoas achavam isso perturbador.

Uma discussão entre um motoqueiro e uma jovem esbelta na porta dos fundos do prostíbulo atraiu Deucalião como o sangue na água atrai um tubarão.

Apesar de vestida de modo provocante, a jovem parecia inexperiente e vulnerável. Deveria ter cerca de 16 anos.

– Me deixa ir embora, Wayne – ela implorava –, eu quero parar.

Wayne, o motoqueiro, a pegou pelos ombros e a empurrou contra a porta verde. – Se você entra, não tem saída.

– Mas eu só tenho quinze anos.

– Não se preocupe. Logo você envelhece.

Em lágrimas, ela disse: – Eu não sabia que ia ser assim.

– E como você achou que *seria*, sua puta vadia? Que nem o Richard Gere em *Uma linda mulher*, é?

– Ele é feio e fedido.

– Joyce, meu bem, são todos feios e todos fedem. Depois do número cinquenta você não vai nem notar.

A menina viu Deucalião primeiro e seus olhos arregalados fizeram Wayne virar-se para trás.

– Solte-a! – Deucalião advertiu.

O motoqueiro – enorme, com cara cruel – não ficou impressionado. – Se você cair fora rapidinho, forasteiro, não vai perder suas bolas.

Deucalião agarrou o braço direito de seu adversário e o dobrou atrás das costas tão de repente, com tanta violência, que o ombro quebrou fazendo um forte barulho. Ele arremessou o homem enorme para longe.

Depois de um curto voo, Wayne aterrissou com o rosto no chão, e seu grito foi abafado pelo asfalto da rua.

Uma pisada forte na nuca do motoqueiro teria quebrado sua coluna. Lembrando-se de outro século, de multidões brandindo tochas e forcados, Deucalião se conteve.

Ele se virou ao ouvir o zunido de uma corrente rodando.

Outro fanático por motocicletas, de olhar malicioso e grotesco, com tachas na sobrancelha, no nariz, na língua e barba ruiva eriçada, veio com tudo juntar-se à contenda.

Em vez de esquivar-se do chicote de correntes, Deucalião caminhou na direção do atacante. A corrente atingiu seu braço esquerdo. Ele a segurou e desequilibrou o barba-ruiva.

O motoqueiro tinha rabo de cavalo. Ele serviu de alavanca.

Em poder da corrente, Deucalião arrebatou um terceiro bandido, batendo com ela nos joelhos deste.

O homem atingido gritou e caiu. Deucalião o levantou do chão pelo pescoço, pelos testículos, e o atirou para cima do quarto dos quatro seguranças, cujas cabeças ele bateu contra a parede ao ritmo da banda que tocava no bar, fazendo miséria e talvez provocando algum remorso.

Os clientes que saíam da loja de vídeos pornô, do bordel e do bar tinham fugido do beco. Os traficantes em seus skates já haviam recolhido a mercadoria.

Logo em seguida, os carros dos cafetões saíram em disparada. Ninguém foi na direção de Deucalião. Partiram na direção oposta do beco.

Um Cadillac tunado colidiu com um Mercedes amarelo.

Nenhum dos motoristas parou para dar ao outro o número de seu seguro.

Em poucos instantes, Deucalião e a garota, Joyce, achavam-se sozinhos com os motoqueiros inválidos, embora certamente estivessem sendo observados atrás de janelas e portas.

No bar, o conjunto que tocava *zydeco* improvisava sem titubear. O ar úmido e pesado parecia tremeluzir com a música.

Deucalião acompanhou a garota até a esquina, onde o beco encontrava a rua. Ele não disse nada, mas Joyce não precisou ser persuadida a caminhar ao lado dele.

Embora o acompanhasse, ela estava claramente temerosa. E tinha boas razões para estar.

A ação no beco não havia diminuído a fúria de Deucalião. Quando estava em pleno controle de si mesmo, sua mente era uma mansão centenária mobiliada com experiências suntuosas, pensamentos elegantes e reflexões filosóficas. Agora, entretanto, ela era um sepulcro com muitas salas ensanguentadas e frias com sede de morte.

Ao passarem sob um poste iluminado, andando sob as sombras tremulantes lançadas pelas mariposas que voavam acima deles, a garota olhou para ele. Deucalião percebeu que ela estremeceu.

Ela parecia tão desnorteada quanto assustada, como se ainda não tivesse acordado de um sonho ruim e não conseguisse distinguir entre o que era real e o que podia ser remanescente de seu pesadelo.

No escuro, entre um poste de luz e outro, quando Deucalião colocava uma das mãos sobre seu ombro, quando trocavam uma sombra por outra e a distante *zydeco* por um *jazz* mais alto, a perplexidade dela aumentava, assim como o seu medo. – O que... aconteceu agora há pouco? Estamos no Bairro Francês.

– A essa hora – ele alertou, ao atravessarem a Praça Jackson, passando pela estátua do general –, o Bairro Francês não é mais seguro para você do que os becos. Tem para onde ir?

Abraçando a si mesma, como se o ar pantanoso fosse um vento do Ártico, ela disse: – Para casa.

– Aqui no centro?

– Não. Em Baton Rouge. – Ela estava quase chorando. – Minha casa não parece mais tão chata.

A inveja temperou a ira feroz de Deucalião, pois ele nunca tivera um lar. Havia morado em alguns lugares, mas nenhum deles podia ser considerado um lar.

Um arrebatador desejo criminoso de esmagar a cabeça da garota vociferava às barras da cela mental na qual ele lutava para manter seus impulsos bestiais aprisionados, esmagá-la porque ela podia ir para casa, como ele nunca pudera fazer.

Ele disse: – Você tem telefone?

Ela respondeu que sim e sacou um telefone celular de seu cinto trançado.

– Diga à sua mãe e seu pai que você estará esperando ali, na catedral.

Ele a acompanhou até a igreja, parou na rua, encorajou-a a seguir em frente e sumiu antes que ela virasse a cabeça para olhar para ele.

CAPÍTULO 2

Em sua mansão no Garden District, Victor Hélios, ex-Frankenstein, começou esta linda manhã de verão fazendo amor com sua nova esposa, Erika.

Sua primeira esposa, Elizabeth, fora assassinada há duzentos anos, nas montanhas austríacas, na noite do casamento. Ele quase não pensava mais nela.

Ele sempre se guiava pelo futuro. O passado o entediava. Além disso, a maior parte dele não merecia ser lembrada.

Contando com Elizabeth, Victor desfrutara – ou, em alguns casos, meramente tolerara – seis esposas. As de número dois a seis se chamavam Erika.

As Erikas tinham aparência idêntica porque haviam sido construídas em seus laboratórios em Nova Orleans e crescido em suas cubas de clonagem. Desse modo, ele economizava as despesas com um novo guarda-roupa toda vez que uma delas precisava ser eliminada.

Dean Koontz

Embora extremamente rico, Victor detestava desperdiçar dinheiro. A mãe dele, inútil exceto por esse detalhe, havia inculcado nele a necessidade de economizar.

Quando sua mãe morreu, ele não arcou com as despesas de um funeral nem de um caixão. Não havia dúvida de que ela aprovaria o simples buraco no chão, escavado a uma profundidade de quatro, e não sete palmos na terra, para reduzir o custo com o coveiro.

Embora as Erikas parecessem idênticas, as de número um a quatro tinham defeitos diferentes. Ele sempre as refinava e melhorava.

Na noite anterior, ele havia matado Erika quatro. Enviara seus restos para um aterro sanitário localizado mais ao norte e operado por uma de suas empresas, onde as três primeiras Erikas e outras decepções estavam enterradas sob um mar de lixo.

Sua paixão por livros havia resultado em muita introspecção e estimulara nela um espírito independente que Victor se recusava a tolerar. Além disso, ela fazia barulho ao tomar sopa.

Havia pouco tempo, ele convocara sua nova Erika para sair de seu tanque, dentro do qual universidades de educação digitalizada tinham sido eletronicamente descarregadas para dentro de seu absorvente cérebro.

Sempre otimista, Victor acreditava que Erika Cinco provaria ser uma criação perfeita, capaz de servi-lo por muito tempo. Linda, refinada, erudita e obediente.

Ela certamente era mais lasciva do que as Erikas anteriores. Quanto mais ele a machucava, mais ávida ela ficava.

Pelo fato de pertencer à Nova Raça, ela podia desligar a dor quando quisesse, mas ele não permitia que ela o fizesse dentro do quarto. Ele vivia pelo poder. O sexo, para ele, era satisfatório somente na medida em que ele podia machucar e ferir sua parceira.

Ela suportou seus golpes com uma magnífica submissão cheia de erotismo. Suas diversas contusões e esfolamentos eram, para Victor, prova de sua virilidade. Era um garanhão.

As feridas dela sarariam e sua perfeição física seria restaurada em questão de uma ou duas horas.

Acabado, ele a deixou na cama, soluçando. Ela chorava, não somente devido à dor, mas também por vergonha.

Sua esposa era o único membro da Nova Raça projetada com a capacidade de envergonhar-se. A humilhação dela o completava.

Ele tomou uma chuveirada bem quente e usou um sabonete com aroma de verbena fabricado em Paris. Como economizava com o descarte de mães e esposas mortas, podia se dar a alguns luxos.

CAPÍTULO 3

Como acabara de encerrar o caso de um assassino em série que se descobriu ser um detetive policial de sua própria divisão, com as costumeiras perseguições, pulos e tiroteios, Carson O'Connor só tinha ido dormir às sete da manhã.

Quatro horas desmaiada sob os lençóis e um rápido banho: esse era o maior período de folga que ela podia esperar, pelo menos por enquanto. Felizmente, estava nocauteada demais para sonhar.

Como detetive, ela estava acostumada a trabalhar por mais tempo sempre que uma investigação se aproximava de seu clímax, mas essa missão não era um caso típico de homicídio. Era, talvez, o fim do mundo.

Ela nunca tinha vivido o fim do mundo antes. Não sabia o que esperar.

Michael Maddison, seu parceiro, estava esperando na calçada quando, ao meio-dia, ela encostou o sedã básico em frente ao seu conjunto de apartamentos.

Ele morava num apartamento agradável num edifício sem graça perto do Bulevar dos Veteranos. Dizia que o lugar era "muito zen" e alegava precisar de um retiro minimalista depois de um dia inteiro em meio ao perpétuo carnaval de Nova Orleans.

Ele se vestiu para o Apocalipse do mesmo modo que se vestia todos os dias. Camisa havaiana, calça cáqui, jaqueta esportiva.

Somente nos sapatos ele fez uma concessão ao dia do Juízo Final. Em vez de colocar seus costumeiros sapatos pretos Rockport, ele escolheu a cor branca. Eles estavam tão brancos que pareciam brilhantes.

Seus olhos de sono o tornavam ainda mais gostoso do que o normal. Carson tentou não notar.

Eles eram parceiros, não amantes. Se tentassem ser as duas coisas, mais cedo ou mais tarde acabariam mortos. No trabalho policial, chutar a bunda e pegar na bunda não combinam.

Depois de entrar no carro e fechar a porta, Michael disse: – Tem visto algum monstro ultimamente?

– No espelho do banheiro, hoje de manhã – ela disse, acelerando para sair do meio-fio.

– Você está ótima. De verdade. Não parece sentir nem metade do que eu estou sentindo.

– Você sabe há quanto tempo eu não corto o cabelo?

– *Você* se dá ao trabalho de ir ao cabeleireiro? Achei que ateasse fogo nele para aparar um pouquinho de vez em quando.

– Belos sapatos.

– A caixa diz que foram feitos na China, ou na Tailândia, não sei. Hoje em dia é tudo fabricado em outro lugar.

– Nem tudo. Onde você acha que Harker foi feito?

O detetive Jonathan Harker, que viera a ser o assassino em série que a mídia apelidara de "Cirurgião", também se revelara não humano. Nem uma espingarda calibre 12 nem uma queda de quatro andares o detiveram.

Cidade das trevas

Michael disse: – Eu não vejo Hélios construindo sua Nova Raça na recepção de sua empresa do Garden District. Talvez a Biovision seja só fachada.

A Biovision, uma firma de biotecnologia de ponta fundada por Hélios quando ele chegara a Nova Orleans, mais de trinta anos atrás, era a detentora de muitas patentes que o tornavam mais rico a cada ano.

– Todos aqueles empregados – Carson disse –, todos aqueles serviços terceirizados chegando todo dia... não é possível ter um laboratório secreto para produzir gente no meio de tudo aquilo.

– É. Para começar, sendo um corcunda estrábico vestindo uma capa com capuz, Igor chamaria a atenção quando saísse para pegar café na máquina. Não corra tanto.

Acelerando, Carson disse: – Então, ele tem outro lugar em algum ponto da cidade, provavelmente em nome de uma empresa de fachada com sede nas Ilhas Cayman ou em algum outro lugar.

– Detesto esse tipo de trabalho policial.

Ele queria dizer que isso exigia pesquisar milhares de empresas de Nova Orleans e fazer uma lista daquelas que tivessem proprietários estrangeiros ou suspeitos.

Embora Carson não gostasse de ficar sentada atrás de uma mesa tanto quanto Michael, tinha paciência para esse serviço. Mas desconfiava que não haveria tempo.

– Para onde estamos indo? – Michael perguntou, enquanto a cidade passava por eles. – Se vamos para a Divisão sentar na frente de um computador o dia todo, vou saltar bem aqui.

– Ah, é? E o que vai fazer?

– Não sei. Achar alguém em quem atirar.

– Logo logo você vai ter muita gente em quem atirar. As pessoas que Victor fez. A Nova Raça.

– É meio deprimente pertencer à Velha Raça. É como ser o forno dourador do ano passado, antes de eles acrescentarem o microchip que o faz cantar músicas de Randy Newman.

– Quem iria querer um forno dourador que canta Randy Newman?

– Quem não quereria?

Carson poderia ter passado o sinal vermelho se um caminhão frigorífico de dezoito rodas não estivesse atravessando o cruzamento. A julgar pela foto do anúncio pintado na lateral do caminhão, ele ia carregado de bolinhos de carne destinados ao McDonald's. Ela não queria morrer prensada feito um hambúrguer.

Chegaram ao centro da cidade. As ruas estavam cheias.

Estudando o burburinho de pedestres, Michael se perguntou: – Quantas pessoas nesta cidade são realmente pessoas? Quantas são criações de Victor?

– Mil – Carson disse –, dez mil, cinquenta mil... ou, quem sabe, somente umas cem.

– Mais do que cem.

– É.

– Um dia Hélios vai perceber que estamos no pé dele.

– Ele já sabe – ela conjeturou.

– Sabe o que isso nos torna?

– Pendências – ela disse.

– Isso mesmo. E ele parece ser um cara que gosta de terminar tudo direitinho.

Ela respondeu: – Eu diria que temos umas vinte e quatro horas de vida.

CAPÍTULO 4

Esculpida em mármore, temperada por décadas de vento e chuva, a Virgem Maria ficava num nicho acima dos degraus dianteiros do hospital Mãos da Misericórdia.

O hospital fora desativado havia muito tempo. As janelas estavam bloqueadas com tijolos. No portão enferrujado, uma placa identificava o edifício como um armazém particular, fechado ao público.

Victor passou de carro pela frente do hospital e entrou no estacionamento de um prédio de cinco andares que abrigava os departamentos de contabilidade e de gerenciamento de pessoal da Biovision, a empresa que ele fundara. Estacionou o Mercedes no espaço reservado.

Só ele possuía a chave de uma porta de aço pintada que ficava ali perto. Por trás dela havia uma sala vazia de cerca, de quatro metros quadrados, com piso e paredes de concreto.

Do outro lado da porta externa, outra porta era controlada por um teclado instalado na parede. Victor digitou um código, abrindo a fechadura eletrônica.

Passando a soleira, um corredor de quase cinquenta metros se estendia por baixo do hospital, ligando os edifícios adjacentes. Tinha dois metros de largura e dois e meio de altura, paredes de tijolos com vigas de madeira e piso de concreto.

A passagem havia sido escavada e construída por membros da Nova Raça, sem ter planta registrada na prefeitura nem alvará de construção ou salários da categoria. Victor podia entrar e sair da colônia Mãos da Misericórdia em segredo total.

No fim do corredor, ele digitou seu código em outro teclado, abrindo uma porta que dava para uma sala de arquivos nos domínios mais inferiores do hospital. Várias fileiras de gabinetes de metal continham *backups* impressos dos arquivos computadorizados de seus muitos projetos.

Victor gostava de portas escondidas, de passagens secretas e da confusão que, necessariamente, fazia parte de qualquer esquema para destruir uma civilização e governar o mundo. Nunca perdera contato total com sua criança interior.

Nessa ocasião, entretanto, ele estava irritado porque só podia chegar ao seu laboratório por essa rota indireta. Tinha um dia cheio pela frente e pelo menos uma crise que necessitava de sua atenção urgente.

Da sala de arquivos, ele entrou no porão do hospital, onde tudo estava calmo e, apesar das luzes do corredor, sombrio. Aqui ele havia conduzido seus experimentos mais revolucionários.

Ele ficara fascinado pela possibilidade de que as células cancerígenas, que se reproduzem a uma velocidade descontrolada, pudessem ser utilizadas para facilitar o rápido desenvolvimento de clones dentro de um útero artificial. Esperava forçar um embrião a crescer até a idade adulta em questão de semanas, em vez de anos.

Cidade das trevas

Como às vezes acontece quando se está trabalhando nos limites extremos da ciência conhecida, as coisas deram errado. O resultado acabou sendo não um Novo Homem, mas um tumor mutante de laboratório de crescimento muito rápido e altamente agressivo que era, além disso, esperto demais.

Como ele havia trazido a criatura à vida, esperava pelo menos um pequeno gesto de gratidão por parte dela. Não recebeu nenhum.

Quarenta funcionários de Victor haviam morrido aqui, tentando conter essa poderosa malignidade. E seu pessoal não era fácil de matar. Justo quando tudo parecia perdido, a atrocidade foi dominada e destruída.

O fedor dela era horrível. Passados tantos anos, Victor ainda pensava sentir o cheiro daquela coisa.

Cerca de sete metros da parede do corredor haviam sido destruídos durante a confusão. Para além daquele buraco desigual ficava a sala de incubação, escura e cheia de destroços.

Depois do elevador, metade da largura do corredor estava tomada por pilhas de entulho de tipos diferentes: concreto quebrado, varões de ferro entortados, molduras de aço cheias de nós, feito cordas.

Victor havia organizado, mas não removera esses entulhos e escombros, deixando que permanecessem lá para lembrar a si mesmo de que até um gênio de seu calibre pode, às vezes, ser inteligente demais e criar uma ameaça para si mesmo. Ele quase morrera naquela noite.

Tomou o elevador até o piso térreo, para o qual havia mudado seu laboratório principal depois que o tumor ingrato fora destruído.

Os corredores estavam calmos. Oitenta membros da Nova Raça trabalhavam nessas instalações, mas todos ocupavam-se com suas tarefas. Eles não perdiam tempo fofocando em volta do bebedouro.

Seu imenso laboratório era repleto de máquinas fantásticas que deixariam desorientado não somente o homem mediano, mas também qualquer professor universitário de qualquer departamento de ciências, de Harvard ao MIT. O estilo era operático art déco; o ambiente, hitleriano.

Victor admirava Hitler. O Führer sabia reconhecer um talento.

Nas décadas de 1930 e 1940, Victor havia trabalhado com Mengele e outros na equipe científica de Hitler. Ele fizera considerável progresso em seu trabalho antes da lamentável vitória dos aliados.

Pessoalmente, Hitler era encantador, um divertido contador de histórias. Sua higiene era exemplar; sempre parecia escovado e cheirava a sabonete.

Vegetariano e amante dos animais, Hitler possuía um lado meigo. Não tolerava ratoeiras. Insistia que os roedores tinham de ser capturados de modo humanitário e depois soltos na natureza.

O problema com o Führer era que suas raízes estavam na arte e na política. O futuro não pertencia a artistas nem a políticos.

O novo mundo não seria construído pelo nazismo, comunismo, socialismo. Nem pelo capitalismo.

A civilização não seria reconstituída ou amparada pelo cristianismo nem pelo islamismo. Nem pelos cientologistas nem pelos animados adeptos das novas religiões deliciosamente solipsistas e paranoicas estimuladas pelo *Código Da Vinci*.

CIDADE DAS TREVAS

O amanhã pertencia ao cientismo. Os sacerdotes do cientismo não eram meramente clérigos paramentados que realizavam rituais; eram deuses, tinham o poder de deuses. O próprio Victor era seu messias.

Enquanto atravessava seu amplo laboratório, as máquinas de aspecto ameaçador emitiam zumbidos oscilantes, pequenas pulsações. Palpitavam e sibilavam.

Aqui, ele se sentia *em casa*.

Os sensores detectaram sua aproximação da mesa e a tela de seu computador se acendeu. No monitor apareceu o rosto de Annunciata, sua secretária na Mãos da Misericórdia.

– Bom dia, sr. Hélios.

Annunciata era muito bonita, mas não era real. Era uma personalidade digital tridimensional com voz artificial, maravilhosamente rouca, que Victor havia projetado para humanizar seu sombrio ambiente de trabalho.

– Bom dia, Annunciata.

– O cadáver do detetive Jonathan Harker foi entregue pelo seu pessoal no escritório do legista. Ele o espera na sala de dissecação.

Uma garrafa térmica com café quente e uma travessa de biscoitos de nozes com gotas de chocolate estavam na mesa de Victor. Ele pegou um biscoito. – Continue.

– Randal Seis desapareceu.

Victor franziu a testa. – Explique.

– O recenseamento da meia-noite encontrou os aposentos dele desertos.

Randal Seis era um dos muitos experimentos que atualmente viviam na Mãos da Misericórdia. Como seus cinco predecessores, fora criado como um autista com tendências obsessivo-compulsivas.

A intenção de Victor ao projetar essa criatura aflita era determinar se tal incapacidade poderia ter um propósito útil. Ao controlar uma pessoa autista usando uma doença obsessivo-compulsiva cuidadosamente construída, talvez fosse possível fazê-la concentrar-se numa pequena gama de funções normalmente designadas às máquinas nas fábricas modernas. Um operário assim poderia desempenhar uma tarefa repetitiva durante horas a fio, semanas sem fim, sem errar, sem ficar entediado.

Contendo um tubo de alimentação implantado, com uma sonda para eliminar a necessidade de parar para ir ao banheiro, ele poderia representar uma alternativa econômica para alguns robôs de fábrica que atualmente trabalhavam nas linhas de montagem. Poderia se alimentar de um composto nutricional ao custo de um dólar por dia. Não receberia pagamento, não teria férias nem assistência médica. Não seria afetado por sobrecargas elétricas.

Quando ficasse gasto, ele simplesmente seria eliminado. Um novo operário seria colocado na linha.

Victor estava convencido de que mais cedo ou mais tarde essas máquinas de carne demonstrariam ser muito superiores à maior parte dos equipamentos existentes nas fábricas. Os robôs das linhas de montagem são complexos e caros de produzir. Carne é barata.

Randal Seis era agorafóbico o suficiente para não conseguir sair dos alojamentos voluntariamente. Ele tinha pavor de passar pela porta de saída.

Quando Victor precisava de Randal para um experimento, os ajudantes o traziam até o laboratório de maca.

– Ele não pode ter saído sozinho – Victor disse. – Além disso, não pode ter deixado o edifício sem tropeçar em algum alarme. Ele está em algum lugar por aqui. Instrua a equipe de segurança para rever o vídeo da câmera do quarto dele e de todos os corredores primários.

– Sim, sr. Hélios – disse Annunciata.

Considerando o alto grau de interação verbal que mantinha com Victor, Annunciata poderia parecer, para um estranho, a manifestação de inteligência artificial de uma máquina. Embora tivesse o computador como interface, sua função cognitiva, na verdade, ocorria num cérebro orgânico da Nova Raça que era mantido num tanque hermeticamente fechado de solução nutriente na sala de networking, onde ela estava plugada ao sistema de processamento de dados do prédio.

Victor sonhava com o dia em que o mundo seria habitado somente pela Nova Raça, morando em milhares de dormitórios, cada um deles monitorado e servido por um cérebro sem corpo, como Annunciata.

– Enquanto isso – Victor disse –, analisarei o cadáver de Harker. Localize Ripley e lhe diga que precisarei da ajuda dele na sala de dissecção.

– Sim, sr. Hélios. Hélios.

Prestes a dar mais uma mordida no biscoito, ele parou: – Por que fez isso, Annunciata?

– Fiz o quê, senhor?

– Repetiu meu nome sem necessidade.

No monitor, a testa dela franziu, em tom perplexo. – Repeti, senhor?

– Repetiu.
– Não percebi que tinha feito isso, sr. Hélios. Hélios.
– Acaba de fazer novamente.
– O senhor tem certeza?
– Essa foi uma pergunta impertinente, Annunciata.
Ela assumiu um ar de punição. – Me desculpe, senhor.
– Analise seus sistemas – Victor ordenou. – Talvez haja um desequilíbrio em seu suprimento nutricional.

CAPÍTULO 5

Jack Rogers, o médico-legista, tinha em seu consultório uma avalanche de livros, arquivos e lembranças macabras que poderia, a qualquer momento, soterrar um visitante desavisado.

O saguão de recepção, entretanto, era mais de acordo com o que o público costuma esperar de um necrotério. Decoração minimalista. Superfícies estéreis. O ar-condicionado estava bem frio.

A secretária de Jack, Winona Harmony, dirigia esse território externo com eficiência indiferente. Quando Carson e Michael entraram, a mesa de Winona não tinha nada em cima – nenhuma fotografia, nenhuma lembrança –, exceto uma pasta com as anotações de Jack, com base nas quais ela digitava relatórios oficiais de autópsia.

Uma negra rechonchuda e calorosa de cinquenta e cinco anos, Winona parecia deslocada no meio desse espaço nu.

Carson desconfiava de que as gavetas da mesa de Winona estavam abarrotadas de fotos de família, bichos de pelúcia, sachês cheios de fitinhas, travesseirinhos com frases para levantar o astral bordadas em letras elaboradas e outro itens de que ela gostava, mas achava inadequados para estarem à mostra na recepção de um necrotério.

– Olhem só – disse Winona quando eles atravessaram a porta. – Se não é o orgulho da Homicídios.

– Eu também estou aqui – disse Michael.

– Ah, você é *muito espirituoso* – Winona disse a ele.

– Sou realista. Ela é a detetive. Eu ajudo a manter o humor.

Winona disse: – Carson, querida, como você aguenta todo esse humor o dia inteiro?

– De vez em quando, eu bato nele com o revólver.

– Provavelmente não adianta – disse Winona.

– Pelo menos – Carson disse –, me ajuda a manter a forma.

– Estamos aqui por causa de um corpo – Michael disse.

– Temos um monte – Winona disse. – Alguns têm nome, outros não.

– Jonathan Harker.

– Um dos seus – Winona comentou.

– Sim e não – Michael disse. – Ele tinha uma insígnia como a nossa e duas orelhas, mas tirando isso não temos muito em comum com ele.

– Quem iria imaginar que um assassino psicótico como o Cirurgião era um tira! – Winona disse, assombrada. – Para onde vai o mundo?

– Quando é que Jack vai fazer a autópsia preliminar? – perguntou Carson.

– Já fez – Winona indicou o arquivo de anotações ao lado de seu computador. – Estou digitando agora.

Cidade das trevas

Carson ficou pasma. Como ela e Michael, Jack Rogers sabia que algo de extraordinário estava acontecendo em Nova Orleans e que alguns de seus cidadãos eram mais do que humanos.

Ele tinha feito a autópsia de um sujeito com dois corações, um crânio denso feito uma armadura, dois fígados e várias outras "melhorias".

Carson e Michael haviam pedido que ele segurasse seu relatório até que eles compreendessem a situação que enfrentavam – e em algumas horas, para consternação de Jack, o cadáver e todos os registros da autópsia tinham desaparecido.

Agora ele deveria estar tomando sérias medidas de segurança com o corpo de Jonathan Harker, que era outro membro da Nova Raça de Victor. Carson não podia entender por que ele revelaria a condição não humana de Harker a Winona.

Ainda menos compreensível era a calma de Winona, seu sorriso tranquilo. Se estava digitando o relatório da autópsia de um monstro, parecia alheia a ele.

Tão espantado quanto Carson, Michael perguntou: – Você começou agora?

– Não – Winona disse –, estou quase terminando.

– E?

– E o quê?

Carson e Michael trocaram olhares. Ela disse: – Precisamos falar com Jack.

– Ele está na sala de autópsia número dois – Winona disse. – Estão se preparando para abrir um aposentado cuja esposa serviu um guisado de camarão que não estava muito fresco.

Dean Koontz

Carson disse: – Ela deve estar arrasada.

Winona balançou a cabeça. – Ela está detida. No hospital, quando informaram que ele tinha morrido, ela não conseguia parar de rir.

CAPÍTULO 6

Deucalião raramente precisava dormir. Apesar de ter passado alguns períodos de sua longa vida em mosteiros e em meditação, embora soubesse o valor da quietude, seu estado mais natural parecia ser o inquieto movimento circular de um tubarão em busca de caça.

Estava em constante movimento desde que salvara aquela garota no beco em Algiers. A raiva tinha passado, mas a inquietação não.

Preenchendo o vácuo deixado pela dissipação da ira, veio uma nova preocupação. Não era, de modo algum, relacionada a uma espécie de medo; era mais uma inquietação que nascia da sensação de ter deixado passar algo muito significativo.

A intuição sussurrava insistentemente, mas por enquanto falava bem baixinho e não tinha palavras, o que atiçava sua fúria, pois ele não conseguia compreender.

Com o raiar da aurora, ele voltou ao Teatro Luxe, que fora deixado para ele no testamento de um velho amigo dos anos do circo de horrores.

Essa herança – e a descoberta de que Victor, seu criador, não estava morto há duzentos anos, mas vivo – o tinha trazido do Tibete para a Louisiana.

Ele sempre acreditara que o destino conduzia sua vida. Os acontecimentos em Nova Orleans pareciam ser a prova definitiva disso.

O Luxe é um palácio *art déco* erguido na década de 1920, recentemente reaberto, estava em decadência. Abria as portas somente três noites por semana.

Seu apartamento no teatro era humilde. Não maior do que a cela de um monge, embora, para ele, parecesse uma extravagância, apesar de seu tamanho.

Enquanto vagava pelos corredores desertos do velho edifício, o auditório, o mezanino, o balcão, a entrada, seus pensamentos não estavam somente acelerados: ricocheteavam como uma bola de fliperama.

Em sua inquietação, ele se empenhava em imaginar um modo de chegar até Victor Hélios, aliás, Frankenstein. E destruí-lo.

Assim como os membros da Nova Raça, a quem Victor havia dado a vida nessa cidade, Deucalião fora criado com a proibição de matar a natureza divina. Ele não podia matar seu criador.

Dois séculos atrás, ele levantara a mão contra Victor – e quase morreu quando se viu incapaz de desferir o golpe. Metade de seu rosto, a metade disfarçada pela tatuagem, foi destruída pelo mestre.

As outras feridas de Deucalião sempre sararam em questão de minutos, não porque Victor, naquela época, fosse capaz de projetá-lo com tal resistência, mas talvez porque a imortalidade chegara até ele por meio de um raio, juntamente com outros dons. A única ferida que não se regenerara perfeitamente na carne e nos ossos era aquela infligida por seu criador.

Victor pensava que seu primogênito morrera havia muito tempo, assim como Deucalião também presumira que seu criador havia morrido no século XVIII. Se se revelasse a Victor, Deucalião seria imediatamente abatido – e dessa vez poderia não sobreviver.

Como os métodos de criação de Victor haviam melhorado drasticamente desde os primeiros tempos – não havia mais roubo de cadáveres nem costuras –, era muito provável que a Nova Raça também fosse programada para morrer em defesa de seu criador.

Mais cedo ou mais tarde, se Carson e Michael não conseguissem expor Victor, o único modo de detê-lo seria matá-lo. Para chegar até ele, poderiam ter de enfrentar um exército de Novos Homens e Novas Mulheres que seria quase tão difícil de matar quanto os robôs.

Deucalião sentia-se consideravelmente arrependido, e tinha até algum remorso, por ter revelado a verdade sobre Hélios para os dois detetives. Ele os havia colocado em enorme perigo.

Seu arrependimento era, de alguma forma, mitigado pelo fato de que eles, sem saber, já corriam perigo mortal de qualquer maneira, assim como todos os humanos que habitavam Nova Orleans, e ainda havia muitos.

Perturbado por esses pensamentos – e assombrado pela sensação inevitável de que alguma verdade importante lhe escapava, uma verdade com a qual ele deveria urgentemente confrontar-se –, Deucalião finalmente chegou à sala de projeção.

Jelly Biggs, que certa vez vencera um concurso de homem mais obeso do mundo, estava menor agora, era simplesmente gordo. Ele vasculhava as pilhas de livros ali armazenadas, procurando uma boa leitura.

Nos fundos da sala de projeção ficava o apartamento de dois cômodos de Jelly. Ele viera junto com o teatro, uma empresa que se pagava, mas não dava lucro, dirigida por ele mesmo.

– Quero uma história de mistério em que todo mundo fume como chaminé – Jelly disse –, bebidas e álcool, e que nunca tenham ouvido falar de vegetarianismo.

Deucalião disse: – Toda história de mistério tem um momento – não é? – em que o detetive sente que a revelação está bem ali diante dele, mas não consegue ver.

Rejeitando livro após livro, Jelly disse: – Não quero um detetive indiano nem um detetive paraplégico, nem um detetive obsessivo-compulsivo, nem um que seja *chef* de cozinha...

Deucalião começou a procurar em outra pilha de livros, como se uma ilustração na capa ou um título chamativo pudessem aguçar seu confuso instinto e conduzi-lo a um sentido mais palpável.

– Não tenho nada contra os indianos, paraplégicos, obsessivo-compulsivos, nem *chefs* de cozinha – Jelly disse –, mas eu queria um sujeito que não conheça Freud, que não tenha feito treinamento de sensibilização e que dê um soco na cara de quem o olhar de esguelha. Será pedir muito?

A pergunta do gordo foi retórica. Ele nem esperava uma resposta.

– Me dê um herói que não pense demais – Jelly continuou –, que se importe muito com um monte de coisas, mas que saiba que é um homem que está caminhando para a morte e não dá a mínima para isso. A morte está batendo à porta e nosso herói atende, bocejando e diz: Por que demorou tanto?

Talvez inspirado por alguma coisa que Jelly disse ou pelas capas chamativas de livros exibindo lesões corporais, Deucalião repentinamente compreendeu o que seu instinto estava tentando lhe dizer. O fim estava próximo.

Há menos de meio dia, na casa de Carson O'Connor, Deucalião e os dois detetives haviam concordado em juntar forças para enfrentar e, quem sabe, destruir Victor Hélios. Eles tinham reconhecido que essa missão exigiria paciência, determinação, astúcia, coragem – e que podia demorar muito, também.

Agora, não tanto pelo raciocínio, mas sim pela intuição, Deucalião sabia que eles não tinham tempo nenhum.

O detetive Harker, membro da Nova Raça de Victor, havia entrado numa espiral de loucura homicida. Existiam motivos para crer que outros como ele também estavam desesperados, e psicologicamente frágeis.

Além disso, alguma coisa fundamental tinha dado errada com a biologia de Harker. Os tiros não o abateram. Alguma coisa que nascera dentro dele, alguma pequenina e estranha criatura que irrompera de dentro dele, havia destruído seu corpo em espasmos de agonia.

Esses fatos, somente, não eram prova suficiente para justificar a conclusão de que o império dos desalmados de Victor poderia estar à beira de um violento colapso. Mas Deucalião sabia que estava. Ele *sabia*.

– E – Jelly Biggs disse, ainda revirando os livros – me dê um vilão de quem eu não precise sentir pena.

Deucalião não tinha poderes psíquicos. Entretanto, às vezes, uma compreensão surgia dentro dele, sensações profundas de entendimento que reconhecia como verdades, e ele não duvidava delas nem questionava sua origem. Ele *sabia*.

– Não me *importa* se ele mata e come as pessoas porque teve uma infância triste – disse Jelly, zangado. – Se ele mata gente do bem, eu quero que gente do bem se junte e tire o couro dele. Não quero que providenciem *terapia* para ele.

Deucalião afastou-se dos livros. Não temia o que pudesse lhe acontecer. Pelo destino dos outros, entretanto, por essa cidade, foi acometido de pavor.

A agressão de Victor contra a natureza e a humanidade se transformara na tempestade perfeita. Agora, virá o dilúvio.

CAPÍTULO 7

As calhas da mesa de dissecção de aço inox ainda não estavam molhadas, e o piso branco de cerâmica brilhante da sala de autópsia número 2 permanecia impecável.

Intoxicado por camarão, o velho jazia lá, nu, à espera do bisturi do legista. Parecia surpreso.

Jack Rogers e seu jovem assistente, Luke, usavam aventais, luvas e estavam prontos para cortar.

Michael disse: – Será que todo cadáver de velho pelado causa comoção ou depois de um tempo todos eles parecem iguais?

– Na verdade – disse o legista –, todos eles têm mais personalidade do que o típico detetive da Homicídios.

– Ai! Eu achava que vocês só cortassem cadáveres.

– Na realidade – Luke disse –, este aqui vai ser bem interessante, porque a análise do conteúdo do estômago é mais importante do que de costume.

Às vezes, para Carson O'Connor, parecia que Luke gostava demais de seu trabalho.

Ela disse: – Achei que iríamos encontrar Harker nessa mesa.

– Já esteve aqui; terminamos – disse Luke. – Começamos cedo e não paramos até agora.

Para um homem que fora profundamente abalado pela autópsia que havia realizado havia menos de um dia em um ser da Nova Raça, Jack Rogers parecia demasiadamente calmo diante de seu segundo encontro com um deles.

Posicionando os instrumentos de corte, ele disse: – Mandarei uma mensagem para lhe contar as preliminares. O perfil enzimático e outras análises químicas eu mandarei assim que saírem do laboratório.

– Preliminares? Perfis? Você fala como se esse fosse um procedimento padrão.

– E por que não seria? – Jack perguntou, com a atenção dirigida para as lâminas brilhantes, os grampos e os fórceps.

Com seus olhos de coruja e traços de asceta, Luke normalmente parecia pedante, um pouco tresloucado. Agora ele olhava para Carson com a intensidade de uma águia.

Para Jack, ela falou: – Eu disse para você ontem à noite que é um deles.

– Um deles – disse Luke com ar sério, balançando a cabeça.

– Alguma coisa saiu de Harker, alguma criatura. Rasgou o peito dele e saiu. Foi isso que o matou.

– Cair do telhado do armazém foi o que o matou – Jack Rogers replicou.

Impaciente, Carson disse: – Jack, pelo amor de Deus, você viu Harker jogado naquele beco ontem de noite. O abdome dele, o peito... parecia que tinha explodido.

– Consequência da queda.

Cidade das trevas

Michael disse: — Ora, Jack, tudo o que havia dentro de Harker simplesmente *sumiu*.

Por fim, o legista olhou para eles: — Uma peça pregada por luz e sombras.

Nascida na região dos pântanos, Carson nunca passara um inverno de frio intenso. Um vento típico invernal do Canadá não poderia causar-lhe arrepio mais gelado do que aquele que ela de repente sentiu no sangue, na medula.

— Quero ver o corpo — ela disse.

— Já liberamos para a família — Jack disse.

— Que família? — Michael insistiu. — Ele foi clonado num caldeirão ou em algum outro lugar maldito. Ele *não tinha* família.

Com uma solenidade que não lhe era típica, apertando os olhos, Luke afirmou: — Ele tinha a nós.

As dobras e o beiço da cara de sabujo de Jack estavam como tinham estado um dia antes, assim como a papada e a barbela, tudo familiar. Mas esse não era Jack.

— Ele tinha a nós — Jack concordou.

Quando Michael cruzou a mão direita por cima do corpo, sob o casaco, para alcançar a pistola que estava no coldre sob seu ombro, Carson deu um passo para trás, e mais um, na direção da porta.

O legista e seu assistente não se mexeram; limitaram-se a observar em silêncio.

Carson esperava encontrar a porta trancada. Ela se abriu.

Depois de cruzarem a porta, no saguão, ninguém os deteve.

Ela se retirou da sala de autópsia número 2. Michael a seguiu.

CAPÍTULO 8

Erika Hélios, menos de um dia depois de sair do tanque de criação, achava o mundo um lugar maravilhoso.

Nojento, também. Graças à sua fisiologia excepcional, a dor excruciante dos golpes de Victor fora toda lavada por um longo banho quente, embora sua vergonha não desaparecesse tão facilmente.

Tudo a impressionava, e muito a encantava – como a água. Do chuveiro, ela caía em fios brilhantes, cintilando com reflexos sob as luzes do teto. Joias líquidas.

Ela gostava do modo como a água fazia redemoinhos pelo piso de mármore dourado até o ralo. Translúcida, mas visível.

Erika também apreciava o sutil aroma da água, seu frescor. Respirava profundamente o perfume do sabonete, nuvens vaporosas de fragrância tranquilizante. E, depois do sabonete, o cheiro de sua pele limpa era extremamente agradável.

Educada por meio de dados descarregados diretamente para seu cérebro, ela havia despertado com pleno conhecimento do mundo. Mas fatos não eram experiência. Todos os bilhões de bits de dados encaminhados para dentro de sua mente haviam pintado um mundo fantasma, em comparação com a profundidade e o brilho da coisa verdadeira. Tudo o que aprendera no tanque era não mais do que uma única nota tirada de uma guitarra, no máximo uma corda, enquanto o mundo real era uma sinfonia de assombrosa complexidade e beleza.

A única coisa até agora que ela achara feia era o corpo de Victor.

Nascido de um homem e uma mulher, herdeiro dos males da carne mortal, ele havia tomado medidas extraordinárias ao longo dos anos para estender sua vida e manter o vigor. Seu corpo era pregueado e retorcido por cicatrizes, incrustado por excrescências nodosas.

A repulsa de Erika era ingrata e descortês, e ela estava envergonhada de si mesma. Victor lhe dera a vida, e tudo o que ele pedia em troca era amor, ou algo parecido.

Embora ela escondesse o desgosto, ele deve ter percebido, pois foi furioso com ela durante todo o sexo. Golpeou-a tantas vezes, chamou-a de nomes pouco lisonjeiros, e, no geral, foi rude com ela.

Mesmo tendo informações diretamente baixadas para dentro de seu cérebro, Erika sabia que o que compartilharam não era o sexo ideal, nem mesmo o sexo comum.

Apesar de ela não ter obtido êxito em sua primeira sessão sexual, Victor ainda guardava sentimentos de carinho por ela. Quando terminou, deu um tapinha afetuoso no traseiro dela – muito diferente da raiva com a qual desferira os tapas e socos anteriores – e disse: "Foi bom".

Cidade das trevas

Ela sabia que ele só estava sendo gentil. Não tinha sido bom. Ela precisava aprender a ver arte no corpo feio dele, assim como as pessoas, evidentemente, aprendem a ver arte nas pinturas feias de Jackson Pollock.

Uma vez que Victor esperava que ela estivesse preparada para as conversas intelectuais nos jantares frequentes que tinha com a elite da cidade, vários volumes de crítica de arte foram carregados para dentro de seu cérebro quando estava terminando de ser formada no tanque.

Muita coisa parecia não fazer sentido, o que ela atribuía a sua ingenuidade. Seu Q.I. era alto; portanto, com mais experiência, ela certamente viria a compreender como o feio, o perverso e o mal-acabado poderiam, na verdade, adquirir beleza estonteante. Só precisava obter a perspectiva correta.

Ela se empenharia para ver beleza na carne torturada de Victor. Iria se tornar uma boa esposa e eles seriam tão felizes quanto Romeu e Julieta.

Milhares de alusões literárias faziam parte de seu aprendizado informatizado, mas não os textos dos livros, peças e poemas de onde eles vieram. Ela nunca lera *Romeu e Julieta*. Sabia somente que eram amantes famosos de uma peça de Shakespeare.

Ela gostaria de ler as obras às quais podia aludir com tanta facilidade, mas Victor a proibira de fazê-lo. Evidentemente, Erika Quatro se tornara uma leitora voraz, um passatempo que, de alguma maneira, lhe causara problemas tão terríveis que Victor não tivera escolha a não ser eliminá-la.

Livros eram perigosos, uma influência corruptora. Uma boa esposa deve evitar os livros.

Dean Koontz

De banho tomado, sentindo-se bela num vestido de verão de seda amarela, Erika saiu da suíte principal para explorar a mansão. Sentia-se a narradora sem nome e heroína de *Rebecca*, pela primeira vez excursionando pelos adoráveis cômodos de Manderley.

No saguão superior, ela encontrou William, o mordomo, de joelhos num canto, arrancando os dedos com os dentes, um a um.

CAPÍTULO 9

No sedã sem identificação policial, correndo, procurando o que ela sempre precisava em momentos de crise – uma boa comida cajun –, Carson disse: – Nem a mãe de Jack, nem a esposa dele conseguiriam perceber que ele foi trocado.

– Se isso tudo fosse algum romance gótico sulista – Michael disse – e eu fosse a mãe ou a esposa de Jack, eu ainda acharia que aquele era o Jack.

– Era o Jack.

– Não era o Jack.

– Eu sei que não era ele – Carson disse, impaciente –, mas era *ele*.

Suas mãos estavam escorregadias de suor. Ela as enxugou, uma por vez, em seu jeans.

Michael disse: – Então, Hélios não está só fazendo sua Nova Raça e semeando-a na cidade com biografias fabricadas e credenciais forjadas.

– Ele também pode *duplicar* pessoas reais – ela disse. – Como ele consegue?

Dean Koontz

– É fácil. Como a Dolly.

– Que Dolly?

– Dolly, a ovelha. Você não lembra, há vários anos, que alguns cientistas clonaram uma ovelha em um laboratório e a chamaram de Dolly?

– Mas era uma ovelha, pelo amor de Deus. Nós estamos falando de um médico-legista. Não me diga que é *fácil*.

O sol ardente do meio-dia queimava sob os vidros dianteiros e formando um grande reflexo, e todo veículo parecia estar prestes a pegar fogo ou derreter e derramar-se sobre o asfalto.

– Se ele consegue duplicar Jack Rogers – ela disse –, pode duplicar qualquer um.

– Você pode nem ser a verdadeira Carson.

– Eu sou a verdadeira Carson.

– Como posso ter certeza?

– E como eu vou saber se você for no banheiro e voltar como um Michael monstro?

– Ele não seria tão divertido quanto meu verdadeiro eu – disse Michael.

– O novo Jack é divertido. Lembra-se do que ele disse sobre o velho morto na mesa, que tinha mais personalidade do que os tiras da Homicídios?

– Isso não foi exatamente hilariante.

– Mas para o Jack foi bastante engraçado.

– O verdadeiro Jack não era tão cômico, para começo de conversa.

– É isso o que eu quero dizer – ela falou. – Eles podem ser engraçados, se for preciso.

Cidade das trevas

– Seria assustador se eu pensasse que era verdade – Michael disse. – Mas aposto que, se eles mandarem um Michael monstro atrás de você, ele vai ser tão espirituoso quanto uma árvore.

Neste bairro de chalés antigos, alguns ainda abrigavam residências, mas outros tinham sido convertidos em imóveis comerciais.

O chalé azul e amarelo na esquina parecia uma residência, exceto pelo letreiro de néon numa grande janela da frente onde estava escrito, no dialeto cajun, algo equivalente a: comida boa de verdade.

Michael preferia traduzir a frase como "boa comida, sem mutreta", para que de vez em quando ele pudesse dizer: "Vamos almoçar no sem mutreta".

Se o nome oficial do restaurante era esse, ou se era só um slogan, Carson não tinha ideia. Os menus, feitos com xerocópias grosseiras, não tinham nome em lugar nenhum.

Os chalés existentes em dois lotes adjacentes haviam sido demolidos, mas os antigos carvalhos ainda estavam de pé. Havia carros estacionados na sombra das árvores.

O tapete de folhas mortas parecia montes de cascas de nozes que estalavam sob os pneus do carro, e depois sob os pés de Carson e Michael quando eles caminharam para o restaurante.

Se Hélios conseguisse abolir a humanidade, substituindo-a por multidões obedientes e simplórias, não haveria mais nenhum lugar como este. Não haveria mais excentricidades nem charme no novo mundo que ele desejava.

Policiais estavam acostumados a ver os piores tipos de gente e acabavam se tornando cínicos, quando não amargos. De repente, entretanto, os defeitos e a estupidez da humanidade pareceram lindos e preciosos para Carson, sem falar da natureza e do próprio mundo.

Eles se sentaram numa mesa do lado de fora, sob um carvalho, distantes dos outros clientes. Pediram bolinhos de lagostim e salada de quiabo frito, seguido de jambalaia de camarão e presunto.

Era um almoço de negação. Se ainda conseguiam comer assim, certamente o fim do mundo não havia chegado, e eles ainda não tinham morrido, afinal.

– Quanto tempo leva para fazer um Jack Rogers? – Michael ficou imaginando depois que a garçonete se foi.

– Se Hélios pode fazer qualquer pessoa da noite para o dia, se já está assim tão avançado, então estamos ferrados – disse Carson.

– É mais provável que ele esteja diligentemente substituindo pessoas em posições-chave na cidade, e Jack talvez já estivesse na sua lista.

– Então, quando Jack fez a primeira autópsia em alguém da Nova Raça e percebeu que algo estranho estava acontecendo, Hélios simplesmente trouxe seu Jack computadorizado mais depressa do que o planejado.

– Eu gostaria de acreditar nisso – disse Michael.

– Eu também.

– Porque nenhum de nós é peixe grande. Na lista dele, nossos nomes não estariam entre o do prefeito e o do chefe de polícia.

– Ele não teria motivo para começar a criar uma Carson ou um Michael – ela concordou. – Até ontem, talvez.

– Não creio que ele vá se incomodar, mesmo agora.

– Porque é mais fácil simplesmente nos matar.

– Muito mais.

– Será que ele substituiu o Luke ou o Luke sempre foi um deles?

– Eu acho que nunca existiu um Luke de verdade – Michael disse.

– Olha só o que estamos dizendo.

– Eu sei.

– Quando vamos começar a usar bonés forrados de alumínio para nos proteger dos alienígenas que leem mentes?

O ar pesado se pendurava no dia como bandeirinhas encharcadas, quente e úmido, parado, preternatural. Lá em cima, os ramos dos carvalhos se deixavam pender, inertes. O mundo todo parecia estar paralisado por uma expectativa terrível.

A garçonete trouxe os bolinhos de lagostim e duas garrafas de cerveja bem gelada.

– Bebendo em serviço – Carson disse, surpresa com ela mesma.

– Não é contra as regras do departamento durante o Armagedon – Michael confortou-a.

– Ainda ontem você não acreditava em nada disso, e eu cheguei a pensar que estava ficando louca.

– Agora, a única coisa em que eu não consigo acreditar – Michael disse – é que Drácula e o Lobisomem ainda não apareceram.

Comeram os bolinhos e a salada de quiabo frito num silêncio denso, mas estavam à vontade.

Então, antes de a jambalaia chegar, Carson disse: – Tá bom, clonando ou seja lá como for, ele pode fazer uma cópia física perfeita de Jack. Mas como o filho da mãe fez do Jack dele um médico-legista? Quer dizer, como ele conseguiu o conhecimento que Jack adquiriu em uma vida, a *memória* de Jack?

– Sei lá. Se eu soubesse, teria meu próprio laboratório secreto e estaria controlando o mundo eu mesmo.

– Só que seu mundo seria melhor do que este – ela disse.

Ele piscou de surpresa, embasbacado: – Nossa!

– Nossa o quê?

– Isso foi carinhoso.

– O que foi carinhoso?

– O que você acabou de dizer.

– Não foi carinhoso.

– Foi sim.

– Não foi.

– Você nunca foi carinhosa comigo.

– Se você usar essa palavra mais uma vez – ela disse –, estouro suas bolas, eu juro.

– Tá bom.

– Falo sério.

Ele deu um sorriso largo: – Eu sei.

– *Carinhoso* – ela disse, zombando, e balançou a cabeça, desgostosa. – E tome cuidado ou eu atiro em você.

– Isso é contra o regulamento, mesmo durante o Armagedon.

– É, mas você vai estar morto em vinte e quatro horas, de qualquer maneira.

Ele consultou o relógio de pulso. – Em menos de vinte e quatro horas.

A garçonete chegou com os pratos de jambalaia. – Mais duas cervejas?

Carson disse: – Ora, por que não?

– Estamos comemorando – Michael disse à garçonete.

– É seu aniversário?

– Não – ele disse –, mas parece, considerando o quanto ela está sendo carinhosa comigo.

– Vocês formam um casal bonitinho – disse a garçonete, e foi pegar as cervejas.

– *Bonitinho?* – Carson grunhiu.

– Não atire nela – Michael implorou. – Ela deve ter três filhos e uma mãe inválida para sustentar.

– Então é melhor ela conter a língua – Carson disse.

Novamente em silêncio, eles comeram a jambalaia e beberam a cerveja por algum tempo, até que Michael finalmente disse:

– Provavelmente todo figurão da cidade é da turma do Victor.

– Pode ter certeza.

– Nosso próprio chefe querido.

– Ele deve ser replicante há anos.

– E talvez metade dos policiais da força.

– Talvez mais da metade.

– A agência local do FBI.

– São todos dele – ela previu.

– O jornal, os meio de comunicação locais?

– Dele.

– Se são todos dele ou não, qual foi a última vez que você confiou num repórter?

– Não tenho ideia – ela concordou. – Todos eles querem salvar o mundo, mas acabam ajudando a afundá-lo.

Carson olhou para suas mãos. Ela sabia que eram fortes e capazes; nunca haviam falhado. No entanto, agora pareciam delicadas, quase frágeis.

Ela havia passado a maior parte da vida numa campanha para redimir a reputação de seu pai. Ele também fora um policial, morto a tiros por um traficante de drogas. Disseram que seu pai era corrupto, que se envolvera a fundo com o tráfico, que tinha sido eliminado pela concorrência ou por causa de um negócio que deu errado. A mãe dela fora morta no mesmo ataque.

Carson sempre soubera que a história oficial devia ser mentira. Seu pai, provavelmente, revelara alguma coisa que gente poderosa queria manter em segredo. Agora ela se perguntava se não teria sido *uma* pessoa poderosa – Victor Hélios.

– Então, o que podemos fazer? – Michael perguntou.

– Estava pensando nisso.

– Imaginei que estivesse – ele disse.

– Nós o matamos antes que ele nos mate.

– É mais fácil falar do que fazer.

– Não se estiver disposto a morrer para pegá-lo.

– Estou disposto – Michael disse –, mas não ansioso.

– Você não virou tira por causa dos benefícios da aposentadoria.

– Tem razão. Eu só queria oprimir as massas.

– Violar seus direitos civis – ela disse.

– Sempre achei isso excitante.

Ela disse: – Vamos precisar de armas.

– Nós temos armas.

– Vamos precisar de armas maiores.

CAPÍTULO 10

A educação de Erika no tanque não a tinha preparado para lidar com um homem que estava mastigando os dedos. Se tivesse cursado uma universidade real, e não virtual, ela poderia saber de pronto o que fazer.

William, o mordomo, era da Nova Raça, então seus dedos não eram muito fáceis de arrancar com os dentes. Ele tinha de ser persistente.

A mandíbula e os dentes, entretanto, eram tão incrivelmente aprimorados quanto a densidade dos ossos dos dedos. Caso contrário, a tarefa seria não somente difícil, mas impossível.

Tendo amputado o dedo mindinho, o anular e o médio da mão esquerda, William trabalhava no indicador.

Os três dedos amputados estavam no chão. Um deles encontrava-se enrolado de tal maneira que parecia acenar para Erika.

Como outros de sua espécie, William podia, por vontade própria, reprimir toda a consciência da dor. Certamente havia feito isso. Não gritava nem chorava.

Ele murmurava consigo mesmo sons sem palavras enquanto mordia os dedos. Quando conseguiu amputar o indicador, ele o cuspiu para longe e disse freneticamente: – Tic, toc, tic. Tic, toc, tic. Tic, toc, tic. Toc, tic, tic, *tic*!

Se ele pertencesse à Velha Raça, a parede e o tapete estariam ensopados de sangue. Embora seus ferimentos começassem a sarar ainda enquanto os infligia, conseguira fazer uma bagunça.

Erika não conseguia imaginar por que o mordomo, de joelhos, se empenhara na automutilação, o que ele esperava alcançar, e ficou consternada pela indiferença com relação aos danos que ele já causara na propriedade de seu mestre.

– William – ela disse –, William, em que você está pensando?

Ele não respondeu nem olhou para ela. No lugar disso, o mordomo meteu o polegar esquerdo na boca e continuou o exercício de decepar os dedos.

Por ser a mansão muito grande, e como Erika não sabia se havia algum serviçal por perto, ficou relutante em pedir socorro, pois poderia ter de gritar muito para ser ouvida. Sabia que Victor queria uma esposa refinada e feminina em todas as circunstâncias públicas.

Todos os serviçais eram, como William, da Nova Raça. No entanto, tudo o que acontecesse fora da suíte principal era, com certeza, território público.

Consequentemente, ela voltou para utilizar o telefone do quarto e apertou o botão CHAMAR TODOS no teclado do intercomunicador. Sua convocação seria ouvida em todos os cômodos.

– Aqui é a sra. Hélios – disse. – William está arrancando os dedos da mão com os dentes no saguão superior e preciso de ajuda.

CIDADE DAS TREVAS

Quando ela retornou ao corredor, o mordomo já havia terminado com o polegar esquerdo e começara a morder o mindinho da mão direita.

– William, isso é irracional – ela advertiu. – Victor nos projetou de maneira brilhante, mas não podemos fazer crescer nada que perdermos.

A admoestação não o fez parar. Depois de cuspir o dedo mindinho, ele se balançava para a frente e para trás de joelhos:
– Tic, toc, tic, toc, tic, *tic, TIC, TIC*!

A urgência da voz dele deflagrou conexões entre as associações implantadas no cérebro de Erika: – William, você está falando como o Coelho Branco, com o relógio de bolso na não, correndo pela floresta, atrasado para o jantar com o Chapeleiro Maluco.

Ela pensou em agarrar a mão que ainda tinha quatro dedos e contê-la com toda a força. Não tinha medo dele, mas não queria parecer atrevida.

Sua educação no tanque incluíra informações sobre como se comportar finamente e ter boas maneiras. Em qualquer ocasião social, de um jantar a uma audiência com a rainha da Inglaterra, ela conhecia a etiqueta adequada.

Victor fazia questão de ter uma esposa equilibrada e de modos refinados. Uma pena que William não fosse a rainha da Inglaterra. Ou mesmo o papa.

Felizmente, Christine, a governanta-chefe, devia estar por perto. Ela surgiu nas escadas, subindo apressadamente.

A governanta não parecia chocada. Sua expressão era carrancuda, mas totalmente controlada.

Ao chegar, tirou um celular do bolso do uniforme e, com um só toque, ligou para um número.

A eficiência de Christine surpreendeu Erika. Se houvesse um número para onde se pudesse ligar para denunciar um homem comendo os próprios dedos, ela mesma deveria saber.

Talvez nem todos os dados armazenados tivessem encontrado seu caminho dentro do cérebro dela como deveria acontecer. Esse era um pensamento perturbador.

William parou de balançar-se sobre os joelhos e colocou o dedo anular da mão direita dentro da boca.

Outros empregados da casa apareceram nas escadas – três, quatro, cinco deles. Eles subiram, mas não tão depressa quanto Christine.

Todos tinham um olhar assombrado. Isso não quer dizer que pareciam fantasmas, mas eles olhavam como se tivessem visto um.

Ao celular, Christine disse: – sr. Hélios, é Christine. Temos mais uma Margaret.

Em seu vocabulário, Erika não tinha definição para *Margaret*, somente que era um nome de mulher.

– Não, senhor – disse Christine –, não é a sra. Hélios. É William. Ele está arrancando os próprios dedos com os dentes.

Erika ficou surpresa com o fato de que Victor tivesse pensado que ela poderia chegar a arrancar os próprios dedos com os dentes. Estava segura de que não tinha dado motivo para que ele esperasse tal coisa da parte dela.

Depois de cuspir o anular direito, o mordomo começou a balançar para a frente e para trás novamente, cantando: – Tic, toc, tic, toc...

Cidade das Trevas

Christine colocou o telefone perto de William para que Victor pudesse ouvir o lamento.

Os outro cinco empregados haviam chegado lá em cima. Pararam no corredor, quietos, solenes, como que servindo de testemunhas.

Voltando ao telefone, Christine disse: – Ele está prestes a começar o oitavo, sr. Hélios. – Ela escutou – Sim, senhor.

Quando William parou de cantar e colocou o dedo médio da mão direita na boca, Christine agarrou com força o cabelo dele, não para que parasse a automutilação, mas para estabilizar a cabeça dele, a fim de colocar o celular em seu ouvido.

Um momento depois, William retesou-se e pareceu ouvir Victor atentamente. Parou de morder. Quando Christine soltou seu cabelo, o mordomo tirou o dedo da boca e ficou olhando para ele, perplexo.

Um tremor percorreu-lhe o corpo, depois outro. Seus joelhos amoleceram e ele desabou de lado.

Ficou lá, com os olhos abertos, fixos. A boca aberta também, vermelha como uma ferida.

Ao telefone, Christine disse: – Ele morreu, sr. Hélios. – E depois: – Farei isso, senhor.

Ela desligou o telefone e lançou um olhar solene para Erika.

Todos os empregados olhavam fixamente para Erika. Pareciam assustados, mas sem dar importância ao fato. Um arrepio de medo percorreu-lhe o corpo.

Um porteiro chamado Edward disse: – Bem-vinda ao nosso mundo, sra. Hélios.

CAPÍTULO 11

Meditar é algo quase sempre feito na imobilidade, embora homens que possuem um certo tipo de mente, que têm grandes problemas para resolver, frequentemente pensem melhor durante longas caminhadas.

Deucalião preferia não caminhar sob a luz do dia. Mesmo na relaxada Nova Orleans, onde abundavam figuras excêntricas, ele certamente atrairia muita atenção em público, em pleno sol.

Com seus dons, a qualquer hora do dia, ele podia, com um só passo, ir para qualquer lugar a oeste de onde o sol ainda alcançava, para caminhar na escuridão anônima de outras terras.

Entretanto, Victor estava em Nova Orleans, e aqui o clima de cataclismo iminente fazia Deucalião ser cauteloso.

Então, ele caminhava nos cemitérios ensolarados da cidade. Em sua maioria, as longas alamedas gramadas permitiam que avistasse grupos de turistas e outros visitantes bem antes que estes se aproximassem.

Dean Koontz

Os túmulos de três metros de altura eram como prédios nos quarteirões apinhados de uma cidade em miniatura. Com facilidade, ele poderia deslizar por entre eles e evitar um encontro quase certo.

Aqui, os mortos estavam enterrados em criptas acima do solo porque os lençóis freáticos ficavam tão próximos da superfície que os caixões não permaneceriam enterrados nas covas, mas viriam a boiar, quando chovesse muito. Algumas eram simples como lojas de armas, mas outras eram tão ornamentadas quanto mansões do Garden District.

Considerando que ele tinha sido construído com partes de cadáveres e fora trazido à vida pela ciência arcana – talvez também por forças sobrenaturais –, não parecia irônico, mas lógico, que ele se sentisse mais confortável nessas alamedas de mortos do que nas vias públicas.

No cemitério de Saint Louis Número 3, onde Deucalião começou a caminhada, as criptas mais claras se tornavam deslumbrantes sob o sol abrasador, como se habitadas por gerações de espíritos radiantes que ali permaneciam depois que o corpo virava pó e ossos.

Esses mortos eram afortunados, se comparados aos mortos-vivos que formavam a Nova Raça. Aqueles escravos desalmados podem dar boas-vindas à morte – mas foram criados com uma proscrição contra o suicídio.

Inevitavelmente, eles invejam os homens de verdade, que possuem livre-arbítrio, e seu ressentimento aumentará até se transformar em ira irreprimível. Tendo negada a autodestruição, mais cedo ou mais tarde eles a extravasariam, destruindo todos os que invejam.

Cidade das trevas

Se o império de Victor estava sendo abalado e rumava para o colapso, como o instinto alertava Deucalião, encontrar sua base de operações se tornava imperativo.

Todo membro da Nova Raça deveria saber sua localização, porque muito provavelmente haviam nascido lá. Se estavam dispostos ou eram capazes de divulgar isso, era outra história.

Como primeiro passo, ele precisava identificar alguns indivíduos da cidade que provavelmente pertenciam à Nova Raça. Deveria aproximar-se deles com cuidado e mensurar a profundidade de seu desespero para poder determinar se ele poderia amadurecer e se transformar naquele tipo de desespero que é vigoroso na ação e indiferente às consequências.

Mesmo entre os escravos mais controlados, existe um desejo, mantido em fogo brando – ou até mesmo uma capacidade –, de se rebelar. Portanto, alguns desses escravos de Victor, todos inimigos da humanidade, poderiam, em sua desesperança, encontrar a vontade e força para traí-lo de formas menores.

Todos os empregados que trabalhavam na casa e no jardim da propriedade de Victor deviam ser da Nova Raça. Contudo, uma tentativa de se aproximar de alguns deles seria por demais arriscada.

Suas criaturas deviam estar plantadas em todos os setores da Biovision, mas a maior parte de seus funcionários provavelmente era formada por gente de verdade. Victor não arriscaria misturar o trabalho secreto com suas pesquisas públicas. Mas fisgar Novos Homens em meio ao mar de funcionários da Biovision levaria muito tempo e envolveria muita exposição da parte de Deucalião.

Talvez os membros da Nova Raça pudessem reconhecer um ao outro quando se encontrassem. Deucalião, entretanto, não conseguiria distingui-los das pessoas reais apenas olhando. Precisaria observá-los, interagir com eles, a fim de identificá-los.

Muitos políticos e autoridades governamentais da cidade, sem dúvida, deveriam ter sido fabricados por Victor, fossem originais ou replicantes que tinham tomado o lugar de seres humanos. Sua proeminência e o cuidado com a segurança neles incutida tornariam ainda mais difícil a aproximação.

Metade ou mais dos policiais dos órgãos de repressão deviam ser membros da Nova Raça. Deucalião não procuraria nesses lugares tampouco, porque chamar para si a atenção da polícia não seria inteligente.

Quando Deucalião saiu pelos fundos do Saint Louis Número 3 e adentrou o Cemitério Metairie, que ostentava os túmulos mais suntuosos da grande Nova Orleans, o sol a pino reduzia todas as sombras a minguados perfis e tornava seus contornos afiados como lâminas.

Victor devia ter gente dele em posições importantes dentro do sistema legal da cidade – promotores, advogados de defesa – no mundo acadêmico local, no sistema de saúde... e certamente na comunidade religiosa também.

Em momentos de crise pessoal, as pessoas recorriam a seus padres, pastores e rabinos. Victor deve ter percebido que muitas informações valiosas poderiam ser aprendidas no confessionário ou durante as conversas mais íntimas de um cidadão com seus conselheiros espirituais.

Além disso, ter suas criações desprovidas de alma dando sermões e celebrando missas daria a Victor uma deliciosa sensação de escárnio.

Cidade das trevas

Até mesmo alguém tão grande e de aparência tão ameaçadora quanto Deucalião gostaria de ouvir uma palavra de conforto de um homem da igreja, fosse ele verdadeiro ou impostor. Eles estavam acostumados a oferecer conforto aos renegados pela sociedade e o receberiam com menos desconfiança e alarme do que outras pessoas.

Como a primeira orientação religiosa de Nova Orleans era o catolicismo, ele começaria por essa fé. Tinha muitas igrejas para escolher. Em uma delas, poderia encontrar um padre que, ao identificar o centro de operações de Victor, trairia seu criador do mesmo modo que, todos os dias, zombava de Deus.

CAPÍTULO 12

A sala de segurança da Mãos da Misericórdia ostentava uma parede de monitores de alta definição que fornecia imagens tão claras dos corredores e salas das imensas instalações que pareciam ser quase tridimensionais.

Victor não compartilhava a crença de que seu pessoal tinha algum direito à privacidade. Ou à vida, por assim dizer.

Nenhum deles possuía qualquer direito. Eles tinham sua missão, que era o cumprimento de sua visão para um novo mundo, e tinham seus deveres, e tinham os privilégios que ele autorizava. Direitos, não.

Werner, chefe da segurança da Mãos da Misericórdia, era um bloco de músculos tão sólido que até um piso de concreto poderia afundar sob seu peso. No entanto, nunca levantara pesos, nunca se exercitara. Seu metabolismo aperfeiçoado mantinha sua forma física bruta em condições ideais, quase sem depender do que ele comia.

Ele tinha um problema de catarro, mas estavam tentando melhorar isso.

Dean Koontz

De vez em quando – não o tempo todo, nem com muita frequência, mas com frequência suficiente para ser uma chateação – as membranas mucosas de seus sinos produziam muco a uma velocidade prodigiosa. Nessas ocasiões, Werner acabava com três caixas de lenços de papel em uma hora.

Victor poderia ter eliminado Werner, despachado seu cadáver para um aterro sanitário e instalado Werner Dois no cargo de chefe da segurança. Mas os ataques de catarro o desconcertavam e intrigavam. Ele preferia manter Werner em seu lugar, estudar seus ataques e gradualmente consertar sua fisiologia para resolver o problema.

Parado ao lado de um Werner momentaneamente sem catarro, na sala de segurança, Victor assistia, nos monitores, às gravações que revelavam a rota que Randal Seis havia percorrido para fugir do prédio.

Poder absoluto exige adaptabilidade absoluta.

Todo revés deve ser revisto como uma oportunidade, uma chance de aprender. O trabalho visionário de Victor não podia ser abalado por desafios, mas sim ser fortalecido por eles.

Alguns dias eram mais marcados por desafios do que outros. Este parecia ser um deles.

O corpo do detetive Jonathan Harker estava à espera na sala de dissecção, ainda não examinado. O de William, o mordomo, encontrava-se a caminho.

Victor não estava preocupado. Ele vibrava, e o fazia com tal intensidade que podia sentir as artérias internas da carótida pulsando em seu pescoço, as externas pulsando em suas têmporas e os músculos do maxilar já doendo de tanto apertar os dentes de ansiedade para enfrentar esses desafios exasperantes.

Cidade das trevas

Randal Seis, projetado nos tanques para ser um autista completo, com intensa agorafobia, tinha, no entanto, conseguido sair de seus aposentos. Ele havia seguido uma série de corredores até os elevadores.

– O que ele está fazendo? – Victor perguntou.

Por essa pergunta, ele se referia ao vídeo que revelava Randal seguindo por um corredor de maneira peculiar, hesitante, espasmódica. Às vezes, dava passos laterais, estudando o piso com decisão, depois prosseguia, então dava passos para o lado direito.

– Senhor, ele parece que está aprendendo algum passo de dança – disse Werner.

– Qual passo de dança?

– Não sei qual dança, senhor. Minha educação é basicamente sobre segurança e combate extremamente violento. Não aprendi a dançar.

– Qualquer dança – Victor corrigiu. – Por que Randal ia querer dançar?

– As pessoas querem.

– Ele não é uma pessoa.

– Não, senhor, ele não é.

– Não o projetei com vontade de dançar. Ele não está dançando. Parece que está tentando evitar pisar em alguma coisa.

– Sim, senhor. As fendas.

– Que fendas?

– As fendas entre os azulejos do piso.

Quando o fujão passou diretamente sob uma câmera, a observação de Werner se confirmou. Passo a passo, Randal havia sido extremamente cuidadoso para colocar cada pé dentro de um dos azulejos quadrados de vinil.

— Mas esse é um comportamento obsessivo-compulsivo — Victor disse —, que é coerente com os defeitos de desenvolvimento que eu dei a ele.

Randal saiu do campo de visão de uma câmera e apareceu em outra. Entrou no elevador. Foi até o andar térreo do hospital.

— Ninguém tentou impedi-lo, Werner.

— Não, senhor. Nossa missão é impedir a entrada não autorizada. Nunca nos pediram para cuidar de alguém saindo sem autorização. Nenhum funcionário, ninguém que foi fabricado agora sairia daqui sem sua permissão.

— Randal saiu.

Franzindo a testa, Werner disse: — Não é possível desobedecer-lhe, senhor.

No térreo, Randal evitou as fendas e chegou à sala de arquivos. Ele se escondeu entre os gabinetes de metal.

A maior parte daqueles que pertenciam à Nova Raça, criados na Mãos da Misericórdia, era posteriormente infiltrada entre a população da cidade. Alguns, entretanto, como Randal, eram experimentais, e Victor pretendia que fossem exterminados quando ele tivesse concluído o experimento do qual cada um era o sujeito. Randal não tinha sido feito para viver no mundo que havia além daqueles muros.

Werner avançou a fita até que o próprio Victor apareceu, entrando na sala de arquivos pelo túnel secreto que ligava o ex-hospital ao estacionamento do prédio vizinho.

— É um renegado — Victor disse, ameaçador. — Ele se escondeu de mim.

— Não é possível desobedecer ao senhor.

— Ele obviamente sabia que era proibido sair.

– Mas não é possível desobedecer-lhe, senhor.
– Cale a boca, Werner.
– Sim, senhor.

Depois que Victor passou pela sala de arquivos e entrou no andar inferior da Mãos da Misericórdia, Randal Seis abandonou seu esconderijo e dirigiu-se à porta de saída. Digitou o código da fechadura e entrou no túnel.

– Como ele sabia o código? – Victor se perguntou.

Continuando com seus trejeitos, Randal seguiu pelo túnel até a porta no final dele, onde novamente digitou o código de abertura.

– Como ele sabia?
– Permissão para falar, senhor.
– Prossiga.
– Quando estava escondido na sala de arquivos, ele ouviu o som de cada tecla que o senhor digitou antes de entrar, saindo do túnel.
– Quer dizer que ele ouviu através da porta.
– Sim, senhor.
– Cada número tem um tom diferente – Victor disse.
– Ele devia saber de antemão qual número cada som representava.

No vídeo, Randal entrou no depósito do prédio vizinho. Depois de hesitar um pouco, passou de lá para o estacionamento.

A última câmera captou Randal subindo, titubeante, a rampa da garagem. Seu rosto estava transfigurado pela ansiedade, mas de alguma maneira ele superou sua agorafobia e se aventurou pelo mundo que achava deveras ameaçador e irresistível.

– Sr. Hélios, sugiro que nossos protocolos de segurança sejam revisados e nossos sistemas eletrônicos modificados para impedir saídas não autorizadas, assim como entradas não autorizadas.

– Faça isso – Victor disse.

– Sim, senhor.

– Temos de encontrá-lo – disse Victor, mais para si próprio do que para Werner. – Ele saiu daqui com algum intuito específico. Um destino. Sendo tão incapaz, com uma concentração tão limitada, ele só pode ter conseguido fazer isso movido por alguma necessidade desesperadora.

– Posso sugerir, senhor, que revistemos os aposentos dele de modo tão completo como se fôssemos policiais revistando a cena do crime. Talvez achemos alguma pista dos motivos dele, de seu destino.

– É melhor que achem – Victor alertou.

– Sim, senhor.

Victor foi até a porta, hesitou, olhou para Werner. – Como vai seu muco?

O chefe da segurança chegou muito perto de sorrir, como nunca fizera antes. – Muito melhor, senhor. Nos últimos dias, não tive algum catarro.

– Nenhum catarro – Victor corrigiu.

– Não, senhor. Como acabo de dizer, não tive algum catarro.

CAPÍTULO 13

Carson O'Connor mora numa casa simples e branca, que ganha alguma graça por causa de uma varanda que a circunda em três lados.

Carvalhos ornados com barba-de-velho fazem sombra na propriedade. Cigarras cantam no calor.

Devido ao substancial volume anual de chuva e aos longos e abafados verões, a varanda e a própria casa são suspensas quase um metro do chão sobre pilares de concreto, criando um espaço vazio sob a estrutura inteira.

O porão é escondido por uma barra de treliça enxadrezada. Normalmente, nada vive lá, a não ser aranhas.

Esses tempos são mesmo estranhos. Agora as aranhas dividem seu reduto com Randal Seis.

Quando cruzava a cidade, depois de sair da Mãos da Misericórdia, especialmente quando uma tempestade juntou o céu e a terra em raios brilhantes, Randal sentira-se aflito pelo barulho excessivo, por muitos cenários novos, cheiros, sons, sensações. Nunca antes tinha conhecido tamanho terror.

Ele quase arrancara os olhos com as unhas, quase enfiara um graveto penetrante nos ouvidos para destruir sua audição, poupando-se de uma sobrecarga sensorial. Felizmente, havia contido tais impulsos.

Embora pareça ter dezoito anos, ele está vivo e fora do tanque há somente quatro meses. Todo esse tempo ele viveu dentro de uma sala, a maior parte dele num canto dessa sala.

Randal não gosta de agitação. Não gosta de ser tocado nem de precisar falar com alguém. Ele despreza mudanças.

No entanto, aqui está ele. Jogou fora tudo que sabia e abraçou um futuro incognoscível. Essa façanha o deixa orgulhoso.

O porão é um ambiente tranquilo. Seu mosteiro, eremitério.

Quase sempre, os únicos cheiros são a terra nua debaixo dele, a madeira natural acima, os pilares de concreto. Ocasionalmente, um cheiro leve de jasmim o alcança, mas o odor é mais forte à noite do que durante o dia.

Um pouco da luz do sol penetra os interstícios da treliça. As sombras são profundas, mas, como ele é da Nova Raça e tem visão aprimorada, pode ver sem problemas.

Somente um barulho ocasional de tráfego chega até ele, vindo da rua. Por cima dele, dentro da casa, ouvem-se alguns passos periódicos, o ranger das tábuas do piso, a música abafada de um rádio.

Suas companheiras, as aranhas, não possuem cheiro que ele possa detectar, não fazem barulho e não se metem com ele.

Randal poderia ficar satisfeito aqui por um bom tempo, não fosse o fato de que o segredo da felicidade aguarda na casa acima dele, e ele precisa obtê-lo.

Cidade das trevas

Em um jornal, ele vira certa vez uma fotografia da detetive Carson O'Connor com seu irmão, Arnie. Arnie é autista, como Randal Seis.

A natureza tornara Arnie um autista. Randal recebera de Victor essa penitência. No entanto, ele e Arnie eram irmãos em seu sofrimento.

Na foto do jornal, Arnie, com doze anos, estava com a irmã num evento beneficente sobre pesquisas a respeito do autismo. Arnie sorria. Parecia feliz.

Durante seus quatro meses de vida na Mãos da Misericórdia, Randal Seis nunca fora feliz. A ansiedade o corroía a todo instante, todos os dias, mais insistente em alguns momentos do que em outros, mas sempre mastigando, beliscando. Vivia infeliz.

Ele nunca imaginou que a felicidade pudesse ser possível – até ver o sorriso de Arnie. Arnie sabe de alguma coisa que Randal desconhece. Arnie, o autista, conhece um motivo para sorrir. Talvez muitos.

Eles são irmãos. Irmãos de sofrimento. Arnie vai compartilhar seu segredo com seu irmão Randal.

Se Arnie se recusar a compartilhá-lo, Randal vai arrancar o segredo dele. Vai obtê-lo, de um modo ou de outro. Ele matará para consegui-lo.

Se o mundo para além da treliça não fosse tão estonteante, tão repleto de visões e movimento, Randal Seis simplesmente deslizaria para fora. Entraria na casa por uma porta ou uma janela e pegaria o que precisa.

Depois de sua jornada na Mãos da Misericórdia e do suplício da tempestade, entretanto, ele não conseguia aguentar mais informações sensoriais. Tinha de encontrar um modo de entrar na casa pelo porão.

Não havia dúvida de que as aranhas faziam isso sempre. Ele se tornará uma aranha. Ele rastejará. Encontrará uma maneira.

CAPÍTULO 14

Gerente do depósito de lixo e mestre de tudo o que mapeava, Nicholas Frigg andava pelos taludes de terra que serpenteavam pelo meio e pelas bordas dos tanques de resíduos e lixo.

Sobre a calça jeans, usava botas de borracha até as coxas, amarradas ao cinto por tiras. Nesse calor escaldante, ele trabalhava sem camisa, não usava chapéu e deixava que o sol o cozesse feito um pão queimado.

Não se preocupava com melanomas. Pertencia à Nova Raça, e o câncer não o atingiria.

As malignidades que o devoravam eram a alienação, a solidão e uma percepção aguda de sua escravidão.

Nessas terras altas, bem a nordeste de Lago Pontchartrain, o lixo chegava da *Big Easy* e de outras cidades, sete dias por semana, numa caravana incessante de caminhões semirreboque que expeliam blocos compactados de lixo para dentro das covas fumegantes do aterro.

Misantropos e cínicos poderiam afirmar que, independentemente da cidade, seja Nova Orleans, Paris ou Tóquio, a definição de seu lixo deveria incluir os piores exemplos de seres humanos que andavam por suas ruas.

Naturalmente, a lenda urbana de toda cidade inclui histórias afirmando que a Máfia desova testemunhas e outros incômodos em depósitos de lixo cujos trabalhadores eram membros de sindicatos controlados pelo crime organizado.

As profundezas pútridas das instalações da Gerenciamento de Resíduos Sólidos Crosswoods realmente continham milhares de corpos, muitos dos quais aparentavam serem humanos quando foram secretamente enterrados aqui ao longo dos anos. Alguns *eram* humanos, os cadáveres dos que foram substituídos pelos replicantes.

Os outros eram experimentos que não deram certo – alguns dos quais nem pareciam humanos – ou membros da Nova Raça que, por uma série de razões, haviam sido eliminados. Quatro Erikas estavam enterradas nesses reservatórios de lixo.

Todos os que trabalhavam no aterro pertenciam à Nova Raça. Eles respondiam a Nick Frigg e ele respondia ao seu criador.

Crosswoods pertencia a uma empresa de Nevada, que por sua vez, era propriedade de uma *holding* nas Bahamas. A *holding* era controlada por um cartel baseado na Suíça.

Os beneficiários do cartel eram três australianos que moravam em Nova Orleans. Os australianos eram, na verdade, membros da Nova Raça e pertencentes a Victor.

No cume – ou talvez no nadir – desse círculo de fraude estava Nick, mestre do lixo e supervisor do cemitério secreto. Mais do que os outros de sua espécie, ele gostava de seu trabalho, mesmo que não fosse o que ele desejava na vida.

Cidade das Trevas

A panóplia de odores, uma interminável série de fedores revoltantes para um homem comum, era uma fantasmagoria de fragrâncias para Nick. Ele respirava fundo e lambia o ar, saboreando a complexidade de cada aroma.

Ao introduzir alguns genes caninos em Nick, o seu criador havia dado um sentido de olfato com aproximadamente metade da sensibilidade de um cão, o que significa que ele desfrutava de percepções olfativas dez mil vezes mais poderosas que as de um ser humano comum.

Para um cão, poucos cheiros causam repulsa. Muitos são bons, e quase todos interessantes. Até mesmo o odor fétido de vísceras e o miasma azedo da decomposição eram intrigantes, quando não apetitosos. E assim eram eles, também, para Nick Frigg.

O dom do olfato transformou um trabalho sujo em algo capaz de proporcionar prazer. Embora Nick tivesse motivos para acreditar que Victor era um deus severo, até cruel, aqui estava uma razão para achar que ele, no final das contas, se preocupava com suas criações.

Nick nariz-de-cão andava a passos largos pelos taludes, que eram largos o bastante para acomodar um utilitário esportivo, assistindo aos caminhões descarregarem ao longo do perímetro mais distante da cova leste, pouco menos de duzentos metros à esquerda. O buraco, da profundidade de um edifício de dez andares, estava com dois terços de lixo havia alguns anos.

Com enormes máquinas de terraplenagem – apelidadas por Nick e sua equipe de "galeões de lixo" –, andavam pelo mar de lixo e distribuíam de modo mais uniforme o conteúdo despejado pelos caminhões.

Para a direita, ficava a cova oeste, não tão grande quanto a leste, mas um tanto mais repleta.

Descendo a colina, para o sul, dois aterros anteriores já tinham sido completados e posteriormente tampados com três metros de terra. Tubos extratores de gás metano pontuavam aqueles montes cobertos de grama.

Ao norte das duas covas atuais, já tinham começado a escavar mais uma outra, na direção leste, havia dois meses. O barulho de carga e descarga, o som dos motores removendo a terra ecoava por toda a região.

Nick virou-se de costas para o barulhento leste e estudou a sossegada cova oeste, na qual os caminhões já haviam encerrado o trabalho do dia.

A paisagem lunar feita de lixo mexia com seus dois corações mais do que qualquer outra coisa. O caos compactado, a completa ruína: aquele cenário árido e estéril tocava a parte dele que podia ter sido ocupada por uma alma, se ele fosse da Velha Raça. Sentia-se em casa aqui, como nunca se sentiria na natureza, em campos gramados ou numa cidade. A desolação, a sujeira, o mofo, o ranço, as cinzas, o lodo o atraíam como o mar atrai um marinheiro.

Dentro de poucas horas, uma van chegaria de Nova Orleans, carregada de corpos. Três eram burocratas da cidade que tinham sido mortos e substituídos por replicantes e dois eram policiais que tiveram o mesmo fim.

Havia somente um ano esse tipo de entrega era feito duas vezes por mês. Agora eles vinham duas vezes por semana, ou até com mais frequência.

Eram tempos emocionantes.

Cidade das trevas

Além dos cinco humanos mortos, a van carregava os imperfeitos, as criaturas produzidas na Mãos da Misericórdia que não tinham saído como Victor esperava. Elas eram sempre interessantes.

Depois do anoitecer, quando somente os da Nova Raça permanecessem dentro do perímetro cercado da Gerenciamento de Resíduos Sólidos Crosswoods, Nick e sua equipe carregariam os mortos humanos e os imperfeitos para dentro da cova oeste. Numa cerimônia que havia se tornado mais variada com o passar dos anos, eles enterrariam todos naqueles montes de lixo.

Embora os enterros noturnos houvessem se tornado frequentes, ainda emocionavam Nick. Ele era proibido de matar a si próprio; e não podia matar membros da Velha Raça até o dia em que Victor lançasse a Última Guerra. Ele adorava a morte, mas não podia obtê-la nem dispensá-la. Enquanto isso, entretanto, podia navegar pelo mar de lixo e sujeira, atirando os mortos em buracos fedorentos onde iriam inchar e amadurecer, intoxicados pelos gases da decomposição – um dos prazeres de seu trabalho.

Pela manhã, os vários caminhões iriam se dirigir à cova oeste, e as cargas seriam espalhadas sobre as novas sepulturas, como uma nova camada num *parfait*.

Enquanto Nick olhava fixamente para o aterro oeste, ansioso pelo pôr do sol, um bando de corvos gordos e lustrosos, que se alimentavam do lixo, repentinamente alçou voo. Os pássaros debandaram como se fossem uma só criatura, soltando gritos agudos em uníssono, investindo na direção dele e, em seguida, do sol.

Dean Koontz

A cerca de cinquenta metros do talude no qual ele se encontrava, uma linha de mais ou menos sete metros de lixo se mexeu, e pareceu rolar, como se alguma coisa andasse ao longo dela. Poderia ser um bando de ratos vagando logo abaixo da superfície.

Nos tempos recentes, membros da equipe de Nick tinham, meia dúzia de vezes, relatado deslocamentos e pulsações nas duas covas, diferentes das costumeiras ondulações e assentamentos causados pela expansão e súbita descarga de bolsas de gás metano.

Havia pouco menos de um dia, depois da meia-noite, sons estranhos tinham vindo da cova leste, parecendo vozes, gritos torturados. Com lanternas, Nick e sua equipe tinham buscado a fonte, que parecia sempre mudar de direção e depois silenciou antes que pudesse ser localizada.

Agora a pulsação no lixo tinha parado. Ratos. Certamente eram ratos.

No entanto, curioso, Nick desceu a encosta íngreme do talude de terra e dirigiu-se para a cova oeste.

CAPÍTULO 15

Aubrey Picou se aposentara de uma vida de crimes para ter mais tempo para cuidar de seu jardim.

Ele morava em uma rua sombreada por carvalhos em Mid-City. Sua casa histórica ostentava alguns dos mais elaborados trabalhos decorativos em ferro – cerca, parapeito da sacada – numa cidade repleta desses rebuscados ornamentos.

A varanda da frente, guarnecida com trepadeiras enroscadas e xaxins com samambaias, oferecia dois balanços e cadeiras de balanço de vime, mas as sombras não pareciam mais frescas do que o passadiço da frente, escaldado pelo sol.

A empregada, Lulana St. John, atendeu a porta. Era uma mulher de seus cinquenta e poucos anos cuja circunferência e personalidade eram igualmente formidáveis.

Sob o olhar reprovador de Carson, tentando conter um sorriso quando olhou para Michael, Lulana disse: – Vejo diante de mim dois funcionários públicos conhecidos que realizam o trabalho de Deus, mas, às vezes, cometem o erro de utilizar as táticas do diabo.

– Somos dois pecadores – Carson admitiu.

– Maravilhosa graça – Michael disse –, quão doce és tu, por salvar um infeliz como eu.

– Mocinho – disse Lulana –, suspeito que você se gaba por achar que está salvo. Se vieram aqui arranjar encrenca para o patrão, peço que olhem dentro de vocês e encontrem a porção que deseja ser um oficial *da paz*.

– Essa é minha maior porção – Michael disse –, mas a detetive O'Connor aqui só quer saber de chutar a bunda dos outros.

Para Carson, Lulana disse: – Me desculpe, mocinha, mas essa *é* a sua reputação.

– Hoje não – Carson assegurou. – Viemos pedir um favor a Aubrey, se a senhora puder lhe dizer que estamos aqui. Não temos nenhuma queixa contra ele hoje.

Lulana a estudou de modo solene. – O Senhor me concedeu um ótimo detetor de mentiras, e ele não está apitando nesse instante. Ainda bem que não chegaram esfregando o distintivo na minha cara, mas pediram por favor.

– Por insistência minha – Michael disse –, a detetive O'Connor está tomando aulas noturnas de etiqueta.

– Ele é um bobo – Lulana disse a Carson.

– É, eu sei.

– Depois de uma vida inteira comendo com as mãos – Michael disse –, ela conseguiu dominar o uso do garfo em tempo recorde.

– Mocinho, você é um bobo – Lulana lhe disse –, mas, por razões que só o Senhor conhece, e eu não, sempre tive gosto por você – Ela se afastou da soleira. – Limpem os pés e entrem.

O salão de entrada era pintado na cor pêssego com revestimento de madeira branco e arremate em gesso trabalhado no teto. O chão de mármore branco com desenhos em forma de diamante havia sido polido com tanto esmero que parecia molhado.

— E Aubrey, já acolheu Jesus? — Carson perguntou.

Fechando a porta da frente, Lulana disse: — O patrão ainda não acolheu o Senhor, não, mas tenho a satisfação de dizer que já chegou a fazer contato visual com Ele.

Embora fosse paga para ser somente uma empregada, Lulana fazia turno duplo como guia espiritual de seu empregador, cujo passado ela conhecia e cuja alma a preocupava.

— O patrão está trabalhando no jardim — ela disse. — Podem esperar por ele no gabinete ou ir ter com ele e as rosas.

— Sem dúvida, as rosas — Michael disse.

Nos fundos da casa, na imensa cozinha, a irmã mais velha de Lulana, Evangeline Antoine, cantava docemente *"A luz dele iluminará toda a escuridão"*, enquanto forrava uma forma com massa de torta.

Evangeline era a cozinheira de Aubrey e também reforçava o coro dos infatigáveis esforços de sua irmã no salvamento de almas. Era mais alta do que Lulana, magra, mas os olhos vivos e o sorriso tornavam óbvio o parentesco.

— Detetive Maddison — Evangeline disse —, estou tão feliz que ainda esteja vivo.

— Eu também — ele disse. — Que torta a senhora está fazendo?

— Creme de amêndoas com canela coberta com nozes pecan fritas.

— Isso sim vale uma ponte de safena quádrupla.

— O colesterol — Lulana informou-lhes — não o atingirá, se você agir corretamente.

Ela os conduziu pela porta dos fundos até a varanda de trás, onde Moses Bienvenue, o motorista e faz-tudo de Aubrey, estava pintando a lindamente torneada balaustrada branca abaixo do corrimão preto.

Com um sorriso radiante, ele disse: – Detetive O'Connor, fico surpreso em ver que ainda não conseguiu acertar o sr. Michael.

– Minha pontaria é boa – ela assegurou-lhe –, mas ele é rápido.

Bem forrado, mas não gordo, um robusto e altíssimo homem com mãos do tamanho de travessas de jantar, Moses era diácono na igreja e cantava no mesmo coral gospel de suas irmãs, Lulana e Evangeline.

– Eles estão aqui para ver o patrão, mas não para importuná-lo – Lulana disse ao irmão. – Se parecer que irão importuná-lo, pegue-os pelo cangote e os coloque na rua.

Quando Lulana entrou, Moses disse: – Vocês ouviram Lulana. Podem ser policiais, mas por aqui ela é a lei. A lei e o caminho. Eu agradeceria se não me fizessem levá-los para fora à força.

– Se acharmos que estamos passando dos limites – Michael disse –, nós mesmos nos colocaremos para fora.

Apontando com seu pincel, Moses disse: – O sr. Aubrey está ali, depois da fonte pagã, entre as rosas. E, por favor, não caçoem do chapéu dele.

– O chapéu? – Michael perguntou.

– Lulana insiste que ele use um chapéu de sol quando vai passar metade do dia no jardim. O patrão é quase careca, então ela fica preocupada que ele fique com câncer de pele na cabeça. No começo, o sr. Aubrey odiou o chapéu. Ele só se acostumou recentemente.

Carson disse: – Nunca pensei que veria o dia em que alguém desse ordens a Aubrey Picou.

– Lulana não é muito mandona – disse Moses. – Ela só ama todo mundo de um modo que faz com que lhe obedeçam.

Um passadiço de tijolos levava da escada da varanda dos fundos, através do gramado, dando a volta na fonte pagã, e continuando até o jardim de rosas.

A escultura em mármore da fonte exibia três figuras em tamanho natural. Pan, uma forma masculina com pernas de bode e chifres, tocava flauta e andava atrás de duas mulheres nuas – ou elas andavam atrás dele – em volta de uma coluna decorada com videiras.

– Meu olho para antiguidades não é infalível – Michael disse –, mas eu estou quase certo de que isso aqui é Las Vegas, século XVIII.

As roseiras cresciam em fileiras, com aleias de granito desgastado entre elas. Na terceira ou quarta aleia, havia uma sacola de fertilizante, um pulverizador e bandejas de ferramentas de jardinagem cuidadosamente dispostas.

Aqui, também, estava Aubrey Picou, sob um chapéu de palha com abas tão largas que esquilos poderiam correr em volta delas para se exercitar.

Antes de perceber a presença deles e de olhar para cima, ele cantarolava uma melodia. Parecia *"A luz dele iluminará toda a escuridão"*.

Aubrey tinha oitenta anos e cara de bebê: cara de um bebê de oitenta anos, mesmo assim rosado e rechonchudo e que dava vontade de beliscar. Mesmo sob a profunda sombra de seu chapéu anticâncer, seus olhos azuis piscavam, divertidos.

– De todos os tiras que conheço – disse Aubrey –, aqui estão os dois de que eu mais gosto.

– Tem algum outro de quem goste? – Carson perguntou.

– Nenhum daqueles cretinos, não – Aubrey disse. – Mas nenhum dos outros chegou a salvar a minha vida.

– E esse chapéu ridículo? – Michael perguntou.

O sorriso de Aubrey virou uma careta. – Que me importa se eu morrer de câncer? Tenho oitenta anos. Tenho de morrer de alguma coisa.

– Lulana não quer que você morra antes de encontrar Jesus.

Aubrey suspirou. – Com esses três dando ordens na casa, eu tropeço em Jesus em todos os cantos.

– Se alguém pode redimi-lo – disse Carson –, será Lulana.

Pareceu que Aubrey ia dizer algo mordaz. Em vez disso, suspirou novamente. – Eu nunca tive consciência. Agora tenho. É mais irritante do que esse chapéu absurdo.

– Por que o usa, se o odeia tanto? – Michael perguntou.

Aubrey olhou na direção da casa. – Se eu tirar, ela vai ver. E aí eu não vou poder comer a torta de Evangeline.

– A torta de creme de amêndoas e canela.

– Com nozes pecan fritas por cima – Aubrey completou. – Adoro aquela torta. – Ele suspirou.

– Anda suspirando muito – Michael disse.

– Eu fiquei patético, não fiquei?

– Você já era patético – Carson disse. – Só ficou um pouquinho humano.

– É desconcertante – Michael disse.

– Como se eu não soubesse – Aubrey concordou. – Então, o que traz vocês aqui?

Carson disse: – Precisamos de algumas armas grandes, barulhentas, arrasadoras.

CAPÍTULO 16

Esplêndido aquele fedor: pungente, penetrante, abrasador.

Nick Frigg imaginava que o cheiro das fossas havia saturado sua carne, seu sangue, seus ossos, do mesmo modo que o odor da lenta combustão da nogueira permeava até os mais grossos cortes de carne num defumadouro.

Ele apreciava a ideia de que, em seu âmago, ele cheirava a todos os tipos de decomposição, como a morte pela qual tanto ansiava e que não podia obter.

Com suas botas que cobriam até as coxas, Nick andava a passos largos na direção da fossa oeste, com latas vazias de todos os tipos chacoalhando em sua esteira, embalagens de ovos vazias e caixas se esmigalhando sob seus pés, na direção do ponto onde a superfície do lixo havia se levantado, rolado e sossegado. Aquela atividade específica parecia ter cessado.

Embora compactado pelos galeões de lixo que se arrastavam por esses desolados domínios, o campo de lixo – entre vinte e vinte e cinco metros de profundidade nessa cova – ocasionalmente se deslocava sob o peso de Nick, pois era natural que o lixo fosse permeado por pequenos espaços vazios. Ágil, com reflexos imediatos, ele raramente perdia o equilíbrio.

Quando chegou ao lugar do movimento que havia visto do talude elevado, a superfície não parecia significativamente diferente dos cinquenta metros de refugo que ele acabara de atravessar. Latas amassadas, vidro quebrado, um número infinito de itens plásticos, de garrafas de alvejante a brinquedos quebrados, montes de uma paisagem de sobras em decomposição – copas de palmeira, galhos de árvores, grama –, sacolas cheias de lixo com as alças amarradas...

Ele viu uma boneca com as pernas entrelaçadas e a cara quebrada. Fingindo que sob seu pé estava um verdadeiro filho da Velha Raça, Nick a pisoteou até esmigalhar aquele rosto sorridente.

Girando o corpo vagarosamente numa volta completa, ele estudou os escombros com mais atenção.

Fungou, fungou, usando seu olfato geneticamente aprimorado para procurar algum traço do que pudesse ter causado aquele movimento incomum de deslocamento nesse mar de lixo. Gás metano escapava das profundezas da fossa, mas aquele cheiro parecia mais intenso que o de costume.

Ratos. Ele sentiu cheiro de ratos por perto. Num depósito de lixo, isso não seria mais surpreendente do que sentir o cheiro do lixo. O odor almiscarado dos roedores impregnava todo o terreno cercado da Gerenciamento de Resíduos Sólidos Crosswoods.

Detectou grupos desses indivíduos bigodudos em sua volta, mas não conseguiu farejar um que fosse grande o bastante para conseguir desestabilizar a superfície do campo de lixo.

Cidade das trevas

Nick vagou pela área mais próxima, olhando, cheirando, depois agachou-se – as botas de borracha rangeram – e esperou. Imóvel. Ouvindo. Respirando de modo calmo, mas profundo.

Os sons dos caminhões descarregando na fossa leste foram cessando, assim como o rosnado distante dos galeões de lixo.

Como que para ajudá-lo, o ar ficou parado, pesado. Não havia brisa para sussurrar distrações em seus ouvidos. O sol causticante tornava o silêncio brutal.

Em momentos como esse, o doce fedor da fossa poderia levá-lo a um estado um tanto parecido com o zen, de relaxamento e atenção intensos.

Ele perdeu a noção do tempo, sentiu-se tão abençoado que não sabia quantos minutos tinham passado até que ouviu uma voz, e não podia dizer com certeza que ela já não tivesse se manifestado diversas vezes antes que ele a ouvisse.

– *Pai?*

Num timbre doce, trêmulo e indefinido, a pergunta de uma só palavra poderia ter sido feita por uma mulher ou um homem.

Nick nariz-de-cão esperou, farejou.

– *Pai, Pai, Pai...?*

Dessa vez, a pergunta pareceu sair simultaneamente de quatro ou cinco indivíduos, homens e mulheres.

Quando vasculhou o campo de lixo, Nick viu que estava sozinho. Como pode ser possível uma coisa dessas ele não sabia, mas as vozes devem estar vindo do refugo compactado debaixo dele, saindo pelas frestas de... de onde?

– Por quê, Pai? Por quê, por quê, por quê...?

O tom perdido e suplicante sugeria um pesar irremediável, e repercutiu no desespero reprimido do próprio Nick.

– Quem são vocês? – ele perguntou.

Não recebeu resposta.

– O que são vocês?

Um tremor percorreu o campo de lixo. Breve. Sutil. A superfície não se elevou nem rolou como antes.

Nick sentiu a presença misteriosa se retirando.

Colocando-se de pé, ele disse: – O que vocês querem?

O sol escaldante. O ar parado. O fedor.

Nick Frigg ficou parado ali, sozinho, o monte de lixo novamente firme sob seus pés.

CAPÍTULO 17

Num arbusto com rosas amarelas e rosadas, Aubrey Picou destacou um botão para Carson e tirou os espinhos do talo.

– Esta variedade se chama Perfume Francês. Sua excepcional mistura de cores a torna a rosa mais feminina de meu jardim.

Michael divertiu-se vendo o modo desajeitado como Carson pegou na flor, mesmo não tendo espinhos. Ela não era o tipo de garota que gosta de rosas e outras frescuras. Era do tipo que veste jeans e usa revólver.

Apesar de seu tipo inocente e do chapéu de palha molengo, o mestre desse jardim parecia tão deslocado entre as rosas quanto Carson.

Durante décadas de atividade criminosa, Aubrey Picou nunca matara ou ferira um homem. Nunca roubara nem extorquira ninguém. Ele meramente havia tornado possível que outros criminosos fizessem essas coisas de um modo mais fácil e eficiente.

DEAN KOONTZ

Seu escritório tinha produzido papéis falsificados da melhor qualidade: passaportes, certidões de nascimento, carteiras de motorista... Ele vendera milhares de armas do mercado negro.

Quando indivíduos com talento para a estratégia e tática chegavam a Aubrey com planos para assaltar um carro-forte ou com um esquema para limpar um atacadista de diamantes, ele providenciava o capital de risco para preparar e executar a operação.

Seu pai, Maurice, fora um advogado especializado em massagear júris oferecendo polpudas compensações financeiras para clientes questionáveis em casos duvidosos de danos pessoais. Alguns colegas de profissão o chamavam, com admiração, de Maurice, o Leiteiro, por causa de sua habilidade para espremer baldes de lucros de júris burros como portas.

O Leiteiro enviou o filho para estudar direito em Harvard com a sincera esperança de que Aubrey abraçasse a – naquele tempo – nova área de litigação da classe, usando a má ciência e um bom desempenho teatral na corte para aterrorizar grandes corporações e levá-las quase à falência com acordos bilionários.

Para desapontamento de Maurice, Aubrey achava a corte um tédio, mesmo quando praticada com desprezo, e decidiu que poderia causar danos semelhantes à sociedade de fora do sistema legal do mesmo modo que se estivesse dentro dele. Embora pai e filho tivessem passado um tempo afastados, Maurice acabou ficando orgulhoso de seu garoto.

O filho do Leiteiro fora indiciado somente duas vezes. Em ambas, escapou da condenação. Nos dois casos, depois que o júri entregou o veredito de inocente, os jurados ficaram de pé e aplaudiram Aubrey.

CIDADE DAS TREVAS

Antecipando-se a um terceiro indiciamento iminente, ele secretamente acabou virando prova da acusação. Depois de dedar montes de bandidos sem o conhecimento destes, aposentou-se, aos setenta e cinco anos, com a reputação intacta entre a classe criminal e seus admiradores.

– Não lido mais com armas – Aubrey disse. – Nem armas grandes, barulhentas, arrasadoras, nem de outros tipos.

– Sabemos que se aposentou...

– É verdade – Aubrey garantiu.

– ...mas ainda tem amigos em todos os lugares errados.

– Esta rosa se chama Veludo Negro – disse Aubrey. – O vermelho é tão escuro que em alguns lugares parece preto.

– Não estamos armando nada para você – Carson disse. – Nenhum promotor vai desperdiçar milhares de horas para pegar um inofensivo jardineiro octogenário.

Michael disse: – Além disso, você fingiria que tem Alzheimer e levaria os jurados às lagrimas.

– A Perfume Francês não fica bem num buquê junto com esta aqui – Aubrey disse a Carson. – A Veludo Negro me parece uma rosa que combina mais com você.

– Precisamos de duas pistolas Magnum Desert Eagle .50.

Impressionado, Michael dirigiu-se a Carson: – É disso que precisamos?

– Eu disse barulhentas, não foi? Se você tem dois corações e toma um fogo desses no peito, os dois corações têm que estourar.

Aubrey ofereceu uma rosa Veludo Negro a Carson, que aceitou com relutância. Ela agora tinha uma flor em cada mão, e parecia sem jeito.

– Por que não requisitam as armas para a polícia? – indagou Aubrey.

– Porque vamos matar um homem que pode sair da corte livre e sorrindo, se for a julgamento – ela mentiu.

Sob a sombra de seu chapéu, os olhos de Aubrey faiscaram de interesse.

– Não estamos usando escuta – Carson lhe garantiu. – Pode nos apalpar.

– Eu adoraria apalpar você, querida – disse Aubrey –, mas não para procurar uma escuta. Não estariam falando desse jeito se estivessem usando uma.

– Para as Eagles, quero cem cartuchos .50 AE 325 gramas – Carson disse –, encamisados com ponta oca.

– Formidável. Você está falando de uma velocidade de saída de quase quinhentos metros por segundo – Aubrey disse.

– Queremos esses caras bem mortos. Também precisamos de rifles. Vamos usar munição sólida, não expansiva.

– Sólida, não expansiva – concordou Michael, balançando a cabeça como se fosse inteiramente adepto da ideia, como se não estivesse quase imobilizado de medo.

– Armas poderosas – Aubrey disse, em aprovação.

– Muito – Michael concordou.

– Semiautomáticas para que a gente possa atirar com uma mão só – Carson continuou. – Talvez um Urban Sniper. Qual é o comprimento do cano dele?

– 45 centímetros – Aubrey disse.

– O ideal seria 35. Mas precisamos das armas depressa, então não dá tempo de customizá-las.

– Para quando?

CIDADE DAS TREVAS

– Hoje. Logo. Agora. Urban Sniper, SGT, Remington – pode ser qualquer arma confiável que já esteja modificada para atender nossas especificações.

– Deve querer também uma alça de três pontos para cada arma – Aubrey disse –, para colocá-la no ombro e avançar atirando.

– E então, quem devemos procurar? – Carson perguntou, ainda segurando uma rosa em cada mão, como se estivesse fazendo um protesto contra as guerras.

Inconscientemente trabalhando na poda das rosas – clic-clic, clic-clic, clic-clic –, Aubrey estudou Michael e Carson por meio minuto e depois disse: – É muito poder de fogo para ir atrás de um homem só. Quem é ele, o Anticristo?

– Ele é bem protegido – ela disse. – Teremos de abrir caminho à força entre muita gente para pegá-lo. Mas são todos escória, também.

Não convencido, Aubrey Picou disse: – Há policiais se corrompendo o tempo todo. Dada a falta de auxílio de que padecem e as críticas que recebem, quem pode culpá-los? Mas vocês dois, não. Vocês dois não se corromperam.

– Lembra-se do que aconteceu com meu pai? – Carson perguntou.

Aubrey disse: – Era tudo conversa. Seu pai não se vendeu. Ele foi um bom tira até o fim.

– Eu sei. Mas obrigada por afirmar isso, Aubrey.

Quando ele virava a cabeça com aquele chapéu de sol, parecia Truman Capote travestido de madame pronta para o almoço. – Está me dizendo que sabe quem realmente liquidou sua mãe e seu pai?

– Sim – ela mentiu.

– Só quem puxou o gatilho ou quem ordenou que puxassem?

– O cara de quem estamos falando está no topo da cadeia alimentar – ela disse.

Olhando para Michael, Aubrey disse: – Então, quando você carimbar o bilhete dele, será notícia.

Ficar mudo e parecer meio idiota a maior parte do tempo tinha funcionado bem para Michael. Ele deu de ombros.

Aubrey não ficou satisfeito com a indiferença dele. – Vocês provavelmente vão morrer fazendo isso.

– Ninguém vive para sempre – Michael disse.

– Lulana diz que vivemos. De qualquer maneira, essa vingança é de O'Connor. Por que morrer por ela?

– Somos parceiros – Michael disse.

– Não é isso. Parceiros não cometem suicídio um pelo outro.

– Acho que conseguiremos fazer o trabalho – Michael disse – e sair ilesos.

Um sorriso astuto roubou do rosto adorável do velhinho a inocência anterior. – Também não é isso.

Fazendo uma careta, Carson disse: – Aubrey, não nos force a contar.

– Só preciso ouvir algo que torne esse compromisso plausível.

– Não vai sobrar nada para você – ela prometeu.

– Talvez sim, talvez não. Não estou convencido. Conheço seus motivos, querida. Os dele, eu quero ouvir.

– Não conte – Carson advertiu Michael.

– Bem, ele já sabe – Michael disse.

– A questão é essa. Ele já sabe. Não precisa ouvir você dizer. Só sendo pentelho.

– Ora, querida, não fira os sentimentos do velho Aubrey. Michael, por que diabos você quer fazer isso?

Cidade das Trevas

– Porque...

– Não diga. – Carson pediu.

– ...eu a amo.

Carson disse: – Merda.

Aubrey Picou sorriu de prazer. – Sou louco por um romance. Dê-me o número de seu celular que o homem com a mercadoria vai ligar dentro de duas horas para dizer como e onde.

– Aubrey Picou, eu devia fazer você comer essas rosas – Carson disse, esfregando a Perfume Francês e a Veludo Negro na cara dele.

– Vendo como elas pegaram o sabor de suas mãos, creio que eu adoraria o gosto delas.

Ela atirou as rosas no chão. – Por essa você me deve uma. Quero dinheiro emprestado para pagar as armas.

Aubrey riu. – Por que eu faria isso?

– Porque eu salvei sua vida uma vez. E não tenho milhares de dólares guardados nas meias.

– Querida, não sou um homem conhecido pela generosidade.

– Isso tem a ver com o que Lulana tem tentado lhe dizer.

Ele franziu a testa. – Isso me tornaria mais do que um cúmplice.

– Não se o empréstimo for firmado num aperto de mão. Nada de papéis.

– Não quero dizer legalmente. Quero dizer moralmente.

Michael pensou que seus ouvidos haviam falhado. A palavra não podia ter sido *moralmente*.

– Fazer só a conexão para o negócio não é tão ruim – Aubrey disse –, porque não estou ganhando comissão, não estou levando nada. Mas, se eu financiar, mesmo que não cobre juros...

Isso realmente surpreendeu Carson: – Sem juros?

– Parece que eu tenho alguma responsabilidade desse modo. – Sob seu grande chapéu mole, ele agora parecia mais preocupado do que ridículo. – Esse sujeito, Jesus, assusta a gente.

– Assusta?

– Quero dizer, se ele for metade do que a Lulana diz...

– Metade?

– ...então temos de pensar nas consequências.

– Aubrey – Carson disse –, sem querer ofender, mas considerando o modo como você levou sua vida, não acho que o velho e assustador Jesus vai fazer muito barulho se você me emprestar o dinheiro.

– Talvez não. Mas estou tentando mudar o tipo de pessoa que sou.

– Você *está*?

– Aubrey tirou o chapéu, limpou o suor da testa com um lenço e imediatamente colocou o chapéu novamente. – Todos eles sabem quem eu era, mas Lulana, Evangeline e Moses... me tratam com respeito.

– E não é porque eles têm medo que você mande quebrar os joelhos deles.

– Exatamente. É incrível. Eles todos têm sido tão bons para mim sem motivo algum, e depois de um tempo eu acabei querendo ser bom para eles.

– Que traiçoeiro – Michael disse.

– E é – Aubrey concordou. – Na verdade, é. Você deixa gente assim entrar na sua vida... especialmente se eles também fazem uma torta incrível... e, quando se dá conta, está doando dinheiro para caridade.

– Você não fez isso – Carson disse.

– Já foram sessenta mil só este ano – Aubrey disse, encabulado.

– Não acredito.

– O orfanato precisava urgentemente de uma reforma, então *alguém* tinha que dar um passo à frente e assumir os gastos.

– Aubrey Picou ajudando um *orfanato* – Michael disse.

– Ficaria grato se não contasse isso a ninguém. Tenho uma reputação a preservar. Os velhos amigos iam pensar que fiquei mole ou senil.

– Seu segredo está seguro conosco – Carson prometeu.

A expressão de Aubrey se iluminou. – Olhe, que tal assim: eu simplesmente dou o dinheiro, sem emprestar. Você o usa para o que quiser, e um dia, quando estiver por cima, não precisa devolvê-lo para mim, pode dar para uma instituição de caridade.

– Você acha que isso vai enganar Jesus? – Michael perguntou.

– Deveria – Aubrey disse, satisfeito consigo mesmo. – De qualquer maneira, seria como se eu desse um monte de dinheiro para uma escola de surdos e o diretor surrupiasse um pouco da grana e a usasse para pagar uma suruba com duas prostitutas.

– Está conseguindo acompanhar? – Michael perguntou a Carson.

– É muito metafísico para mim.

– A questão é que – Aubrey disse – surrupiar a grana e pagar as prostitutas não seria culpa minha simplesmente porque eu doei dinheiro para uma escola de surdos.

– Em vez de devolver o que eu pegar emprestado, você quer que eu doe o dinheiro para uma escola de surdos? – Carson perguntou.

– Seria bom. Mas lembre-se de que o que você fizer entre uma coisa e outra é responsabilidade *sua*.
– Você virou um verdadeiro teólogo – disse Michael.

CAPÍTULO 18

Depois que o corpo de William, o mordomo, e todos os seus dedos decepados haviam sido removidos da mansão por dois homens da Mãos da Misericórdia, a governanta-chefe, Christine, e a criada do terceiro andar, Jolie, limparam o sangue do corredor.

Erika sabia que, como a chefe da casa, não deveria ficar de joelhos e ajudar. Victor não aprovaria.

Dado que a distinção de classes a impedia de ajudar, ela não sabia o que fazer; portanto, ficou ali observando.

O sangue no chão de mogno foi facilmente removido, é claro, mas Erika ficou surpresa em ver que ele também saiu da parede pintada e da antiga passadeira persa sem deixar nenhum resíduo visível.

– Que removedor de manchas vocês estão usando? – ela perguntou, indicando a garrafa plástica sem rótulo da qual Christine e Jolie estavam munidas.

– Foi o sr. Hélios que inventou – Jolie disse.

– Deve ter ganhado uma fortuna com ele.

– Nunca foi comercializado – Christine disse.

– Ele o criou para nós – revelou Jolie.

Erika ficou maravilhada em saber que Victor tinha tempo de inventar novos produtos domésticos, considerando tudo o mais que o ocupava.

– Os outros removedores – Christine explicou –, mesmo que tirem todas as manchas visíveis, deixam proteínas de sangue nas fibras do tapete que qualquer perito forense poderia identificar. Este elimina tudo.

– Meu marido é inteligente, não é? – Erika disse, não sem uma ponta de orgulho.

– Extremamente – disse Christine.

– Extremamente – concordou Jolie.

– Eu desejo muito agradá-lo – Erika disse.

– Seria uma boa ideia – Jolie disse.

– Creio que o desagradei hoje de manhã.

Christine e Jolie entreolharam-se de modo significativo, mas nenhuma delas respondeu a Erika.

Ela disse: – Ele me bateu enquanto fazíamos sexo.

Tendo terminado de limpar todas as manchas, Christine deu ordens para que Jolie prosseguisse com as tarefas matinais na suíte principal. Quando ela e Erika se encontravam a sós, Christine disse: – sra. Hélios, peço desculpas por falar de modo tão direto, mas a senhora não deve falar sobre sua vida íntima com o sr. Hélios na frente de nenhum dos empregados da casa.

Erika fez uma careta. – Não devo?

– Não. Nunca.

– Por que não?

– Sra. Hélios, seu programa de modos e etiqueta certamente deve ter incluído o tópico conduta social.

– Bem, acredito que sim. Quero dizer, se você acha que incluiu.

– Certamente deve ter incluído. A senhora não deve discutir sua vida sexual com ninguém, exceto com o sr. Hélios.

– Acontece que ele me bateu durante o sexo, chegou até a me morder, e me chamou dos piores nomes. Fiquei tão envergonhada.

– Sra. Hélios...

– Ele é um bom homem, um grande homem, então eu devo ter feito algo muito errado para que ele me machucasse, mas não sei o que o perturbou.

– A senhora está fazendo novamente – Christine disse, impaciente –, falando sobre sua vida íntima com o sr. Hélios.

– Tem razão, estou. Mas, se você pudesse me ajudar a compreender o que eu fiz para desagradar meu marido, isso seria bom para mim e para Victor.

O olhar de Christine foi incisivo e determinado. – A senhora *sabe* que é a quinta Erika, não sabe?

– Sim. E estou determinada a ser a última.

– Então, talvez seja melhor não falar de sexo, nem mesmo com ele.

– Nem mesmo com Victor? Mas como vou saber o que fiz para desagradá-lo?

Christine afiou seu olhar incisivo, tornando-o ainda mais fixo e intenso. – Talvez ele não esteja descontente.

– Então, por que ele me deu socos, puxou meu cabelo e beliscou meu...

– Está fazendo novamente.

Frustrada, Erika disse: – Mas eu tenho de falar com *alguém* sobre isso.

– Então, fale com o espelho, sra. Hélios. É a única conversa segura que a senhora pode ter sobre o assunto.

– Mas de que maneira isso seria produtivo? Um espelho é um objeto inanimado. A menos que ele seja mágico, como o da Branca de Neve e os Sete Anões.

– Quando a senhora estiver olhando para si mesma no espelho, sra. Hélios, pergunte-se o que sabe sobre sadismo.

Erika avaliou o termo. – Acho que não faz parte de meu programa de conhecimento.

– Então, a melhor coisa que a senhora pode fazer é educar-se... e durar. Agora, se isso é tudo, tenho uma série de tarefas a realizar.

CAPÍTULO 19

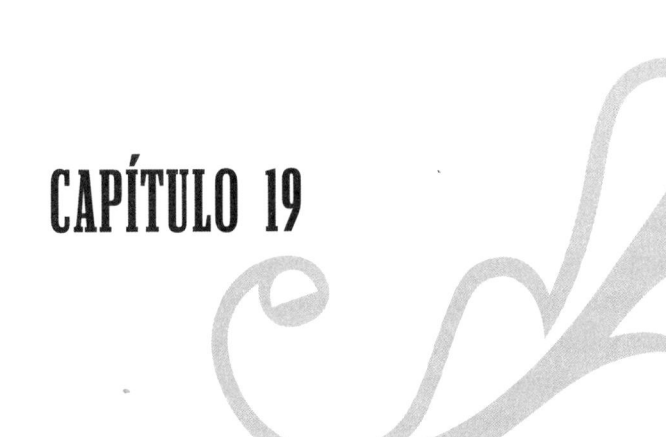

O delicado estalar do teclado do computador sob os dedos irrequietos de Vicky Chou redigindo uma carta era o único som naquela tarde de verão. Cada vez que ela interrompia a digitação, o silêncio que se seguia parecia quase tão profundo quanto a surdez.

Uma ínfima lufada de ar abafado agitava as cortinas leves da janela aberta, mas não produzia o menor ruído. Lá fora, o dia carecia do canto de pássaros. Se algum carro passava na rua, o fazia com a graça silenciosa de um navio fantasma navegando sem vento por um mar bacento.

Vicky Chou trabalhava em casa transcrevendo textos médicos. Carson O'Connor era a dona da casa onde Vicky recebia acomodação e comida em troca dos seus préstimos como cuidadora do irmão de Carson, Arnie.

Alguns de seus amigos achavam que o acordo era estranho e que Vicky tinha feito um mau negócio. Na verdade, ela se sentia muito recompensada porque Carson havia salvado Liane, a irmã de Vicky, de passar a vida na prisão por um crime que nunca cometera.

Aos quarenta e cinco anos, Vicky era viúva havia quatro; como nunca tivera seus próprios filhos, um benefício extra de estar ali era a sensação de fazer parte de uma família. Arnie era como um filho para ela.

Embora autista, o menino raramente criava algum problema. Era tranquilo, absorvido por seu próprio mundo e, a seu modo, encantador. Ela preparava as refeições dele, mas fora isso ele não precisava de mais cuidados.

Ele raramente deixava seu quarto e nunca saía de casa exceto quando Carson queria levá-lo com ela. Mesmo nessas ocasiões, ele ia relutante.

Vicky não precisava se preocupar que ele se perdesse. Quando se perdia, era em seu mundo interno, que abrigava mais interesse para ele do que o mundo real.

No entanto, o silêncio começou a parecer sinistro para ela, e uma inquietação a tomou, crescendo a cada pausa de sua digitação.

Finalmente, ela se levantou da cadeira e foi verificar se Arnie estava bem.

O quarto de Vicky, no segundo andar, tinha um tamanho agradável, mas os aposentos de Arnie – em frente aos seus – eram duas vezes maiores. Uma parede que separava dois quartos havia sido derrubada para fornecer o espaço de que ele precisava, com um pequeno banheiro exclusivo.

A cama e a mesa de cabeceira dele estavam espremidas num canto. Nos pés da cama ficava uma tevê com um aparelho de DVD, sobre uma mesinha com rodas.

Cidade das trevas

O castelo ocupava boa parte do dormitório. Quatro mesas baixas formavam uma plataforma de 2,5 x 4 metros sob a qual Arnie havia erigido um maravilhoso bloco Lego, concebido e executado em detalhes obsessivos.

Das barbacãs às torres das muralhas, dos caixilhos das janelas às rampas, das torres de menagem às mais altas torres de tiro até a paliçada de madeira lá em baixo, passando pelo pátio interno, da caserna e estábulos à oficina do ferreiro, a maravilha de trinta e dois metros quadrados parecia ser a defesa de Arnie contra um mundo assustador.

O menino estava sentado na cadeira de rodinhas que ele ocupava quando trabalhava no castelo ou quando simplesmente o admirava com o olhar fixo, sonhador. Para qualquer olhar, exceto o de Arnie, a estrutura de Lego estava completa, mas ele não se dava por satisfeito; trabalhava nela todo dia, acrescentando-lhe majestade e melhorando suas defesas.

Embora tivesse doze anos, Arnie parecia mais jovem. Era delgado e pálido como uma criança nórdica ao fim de um longo e tenebroso inverno.

Ele não levantou os olhos para Vicky. O contato visual o consternava, e ele raramente queria ser tocado.

Mesmo assim ele tinha uma suavidade e uma melancolia que a comoviam. E ele sabia mais sobre o mundo e as pessoas do que ela, a princípio, imaginou.

Num dia ruim, quando Vicky sentia muita saudade de Arthur, seu finado marido, quase mais do que conseguia suportar, embora não houvesse expressado abertamente sua dor, Arnie reagira ao seu estado de espírito e dissera, sem olhar para ela: "Você só se sente sozinha porque quer. Ele não quer que se sinta assim".

Embora ela tivesse tentado começar uma conversa com o garoto, ele não disse mais nada.

Naquele dia, ela percebeu um aspecto mais misterioso do autismo, em geral, e no caso de Arnie, em especial, que não havia reconhecido antes. O isolamento dele estava além do que Vicky poderia fazer para ajudar, e mesmo assim ele o quebrara para consolá-la em sua solidão.

Ela já tinha afeição pelo garoto antes disso. Depois, virou amor.

Agora, observando-o trabalhar no castelo, ela disse: – Eu sempre penso que está perfeito desse jeito... mas você encontra maneiras de melhorá-lo.

Ele não demonstrou ter entendido, mas Vicky tinha certeza de que ouvira.

Deixando-o sozinho com seu trabalho, ela voltou ao corredor e ficou parada à frente da escadaria, ouvindo o insistente silêncio lá embaixo.

Arnie estava onde devia estar, e em segurança. No entanto, a calmaria não parecia de paz, mas sim impregnada, como se alguma ameaça estivesse sendo gestada e prestes a nascer de maneira tumultuosa.

Carson tinha avisado que ela e Michael estavam resolvendo um caso que "poderia afetar a nossa casa" e alertara que Vicky tivesse o máximo de cuidado com a segurança. Como consequência disso, ela havia trancado as portas da frente e dos fundos e não deixara nenhuma janela do primeiro andar aberta.

Embora soubesse que não havia esquecido de averiguar nenhuma fechadura nem trinco, o silêncio lá embaixo a chamava, a advertia.

Cidade das trevas

Ela desceu as escadas e percorreu a sala de estar, o quarto e o banheiro de Carson, a cozinha, verificando se todas as portas e janelas ainda estavam trancadas. Encontrou tudo como lembrava haver deixado.

Persianas entreabertas e cortinas leves deixavam o andar inferior um tanto escuro. Toda vez que Vicky acendia uma luz para facilitar a inspeção, desligava-a depois, ao seguir adiante.

O quarto de Carson era a única parte do andar inferior que tinha ar-condicionado. Aparafusada no lugar, a unidade apoiada na janela não podia ser removida sem fazer muito barulho, o que denunciaria um intruso muito antes que este pudesse entrar. No momento, o ar-condicionado esperava para ser ligado; como unidades semelhantes nos quartos de Arnie e Vicky, era usado somente para facilitar o sono.

Com as janelas fechadas, os cômodos inferiores ficavam quentes, abafados. Na cozinha, ela abriu a porta superior da geladeira, não porque queria algo do congelador, mas porque o ar gelado que saía de lá lhe refrescaria o rosto.

De volta ao seu quarto no primeiro andar, ela ainda sentia a quietude da casa amedrontá-la. Parecia o silêncio de um machado suspenso no ar, esperando o golpe.

Ridículo. Ela estava assustando a si própria. Um acesso de pavor em plena luz do dia.

Vicky ligou seu CD player e, como Carson não estava em casa para ser incomodada, aumentou o volume um pouco mais do que costumava.

O disco era uma antologia de sucessos cantados por vários artistas. Billy Joel, Rod Stewart, Knack, Supertramp, BeeGees, Gloria Gaynor, Cheap Trick.

Dean Koontz

A música da sua juventude. Arthur a pedira em casamento. Tão felizes juntos. O tempo não significava nada. Eles achavam que viveriam para sempre.

Ela retornou à carta que estava escrevendo e começou a cantar junto com o CD, com o ânimo levantado pela música e pelas memórias de dias mais felizes, o silêncio perturbador expulso.

❂

Com o piso da casa comprimindo sua cabeça, rodeado pelo odor de terra pura e fungos de umidade, coberto pela escuridão, qualquer outra pessoa poderia ter passado da claustrofobia à sensação de pânico por ter sido enterrado vivo. Randal Seis, no entanto, criado na Mãos da Misericórdia, sente-se protegido, até confortável.

Ele ouve a mulher vir do andar de cima e caminhar por todas as salas, como se procurasse algo que havia esquecido. Depois, ela retorna para cima.

Quando escuta a música filtrada através da casa, ele sabe que sua oportunidade chegou. Encoberto pelo rock'n'roll, o barulho que ele fará para entrar na residência dos O'Connor não atrairá atenção.

Ele explorou o porão abaixo da casa em sua totalidade, surpreso por ter se aventurado tanto. Quanto mais distante se mantém da Mãos da Misericórdia, tanto em termos de distância como em tempo, mais sua agorafobia diminui e maior fica o desejo de explorar seus limites.

Ele está desabrochando.

Além dos pilares de concreto sobre os quais a casa se empoleira, o porão é pontuado por canos de água que chegam da rua, por canos de esgoto e de escoamento da água usada, por mais canos que conduzem a fiação elétrica. Todos esses serviços pontuam o piso da estrutura.

Mesmo se Randal pudesse desmontar um desses conduítes, nenhum dos pontos de penetração seria largo o bastante para que ele passasse.

Ele também encontrou um alçapão com cerca de um metro quadrado.

As dobradiças e o trinco estão no lado mais distante, onde ele não consegue alcançar. A porta provavelmente se abre para cima e para dentro.

Perto do alçapão, ao lado do tubo de gás que chega a casa, tubos flexíveis com diâmetro de vinte centímetros saem da casa; eles serpenteiam pelo espaço vazio. A ponta mais distante do tubo está ligada a um interruptor na sala de treliça.

Randal deduz que pode ser uma entrada de ar ou um respiradouro para um sistema de aquecimento a gás.

Julgando pelas evidências, o alçapão se abriria para uma caldeira. Um homem poderia usá-la para se movimentar entre o equipamento acima e as conexões sob o piso.

Na casa acima, autista, mas capaz de sorrir de modo deslumbrante, Arnie O'Connor possui o segredo da felicidade. Ou o garoto renuncia a ele ou Randal Seis o arrancará de seu rosto.

Deitado de costas, Randal leva os joelhos até o peito e pressiona os pés contra o alçapão. Com o intuito de entrar na casa fazendo o mínimo barulho possível, ele vai aos poucos aumentando a força. O trinco e as dobradiças rangem ao sentir a pressão contra os ferrolhos.

Dean Koontz

Quando uma música especialmente barulhenta ecoa pela casa, conforme ela vai crescendo, ele dobra seus esforços, e a porta do alçapão se abre com um ruído de parafusos rasgando a madeira, um som de metal sendo retorcido.

A felicidade logo pertencerá a ele.

CAPÍTULO 20

Depois da reunião com Victor, Cindi queria ir ao shopping, mas Benny queria conversar sobre métodos de decapitação.

De acordo com suas identidades, Cindi e Benny Lovewell tinham vinte e oito anos e vinte e nove anos, respectivamente, embora, na verdade, tivessem saído dos tanques de criação somente dez meses atrás.

Eles formavam um bonito casal. Mais precisamente, foram feitos para ser um bonito casal.

Atraentes, bem-vestidos, com um sorriso estonteante, voz musical e risada contagiosa. Eram educados, falavam macio e geralmente estabeleciam um relacionamento instantâneo com todos que encontravam.

Cindi e Benny eram dançarinos fabulosos, embora dançar não fosse a atividade de que mais gostassem. Seu maior prazer era matar.

Membros da Nova Raça eram proibidos de matar, exceto quando seu criador o ordenasse. Os Lovewell eram frequentemente requisitados para fazê-lo.

Dean Koontz

Quando um membro da Velha Raça era escolhido para ser substituído por um replicante, Cindi e Benny eram os últimos rostos sorridentes que aquela pessoa veria.

Os que não haviam sido agendados para serem substituídos por outros idênticos mas tinham, de alguma maneira, se tornado uma ameaça para Victor – ou o ofendiam – também estavam destinados a conhecer os Lovewell.

Às vezes, esses encontros começavam num clube de *jazz* ou numa taverna. Para o alvo, parecia que havia feito novas amizades – até que, mais tarde, um aperto de mão na partida ou um beijo de despedida no rosto evoluíam, com incrível rapidez, para um violento estrangulamento.

Outras vítimas, ao ver os Lovewell pela primeira vez, nem tinham chance de conhecê-los melhor, mal podiam retribuir seus sorrisos estonteantes antes de serem estripadas.

Nesse dia sufocante de verão, antes de serem convocados para ir à colônia Mãos da Misericórdia, os Lovewell estavam entediados. Benny sabia lidar bem com o tédio, mas a monotonia às vezes levava Cindi a agir de forma impensada.

Depois da reunião com Victor, na qual receberam ordens para matar os detetives O'Connor e Maddison em vinte e quatro horas, Benny queria começar a planejar logo o assassinato. Ele esperava que o negócio pudesse ser feito de modo a dar-lhes a chance de desmembrar pelo menos um dos policiais ainda vivo.

Proibidos de matar como desejavam, outros membros da Nova Raça viviam com inveja do livre-arbítrio com o qual os da Velha Raça conduziam sua vida. A inveja, mais amarga a cada dia, era expressada em desespero e numa raiva contida à qual era negado o alívio.

Cidade das trevas

Como assassinos habilidosos, a Cindi e Benny *era* permitido o alívio, e muito. Ele normalmente podia contar com Cindi para acompanhá-lo na ânsia com a qual ele próprio se lançava a cada missão.

Nessa ocasião, entretanto, ela insistiu em fazer compras antes. Quando Cindi insistia em fazer alguma coisa, Benny sempre cedia, porque ela reclamava tanto quando as coisas não eram do jeito dela que até Benny, com sua alta tolerância para o tédio, lamentava que seu criador o tivesse programado para ser incapaz de suicidar-se.

No shopping, para espanto de Benny, Cindi levou-o diretamente para a Tots and Tykes, uma loja que vendia roupas para bebês e crianças.

Ele esperava que isso não levasse a mais um sequestro.

– Não devíamos ser vistos aqui – ele a alertou.

– Não seremos. Nenhum de nossa espécie trabalha aqui, e nenhum de nossa espécie teria algum motivo para fazer compras aqui.

– Nós também não temos.

Sem responder, ela entrou na Tots and Tykes.

Enquanto Cindi olhava os vestidinhos e outras roupas nas prateleiras e balcões, Benny a seguia, tentando avaliar se era possível que ela pirasse, como já tinha acontecido antes.

Admirando um vestidinho amarelo com gola de babado, ela disse: – Não é adorável?

– Adorável – concordou Benny. – Mas ficaria melhor na cor rosa.

– Parece que eles não têm em rosa.

– Que pena. Rosa. Em rosa ficaria lindo.

Dean Koontz

Os membros da Nova Raça eram estimulados a fazer sexo entre si, em todas as suas variações, sempre e com a violência que quisessem. Era sua única válvula de escape.

No entanto, eram incapazes de se reproduzir. Os cidadãos desse bravo novo mundo seriam todos feitos em tanques, criados até a idade adulta e educados por programas de dados descarregados diretamente em seu cérebro em quatro meses.

No momento, eles eram criados em número de cem a cada vez. Em breve, as fazendas de tanques começariam a fabricá-los aos milhares.

Seu criador reservava toda a criação biológica para si. Não acreditava em famílias. As relações familiares desviavam as pessoas de seu grande trabalho para a sociedade como um todo, de conquistarem a vitória total sobre a natureza e de estabelecerem a utopia.

– Como será o mundo sem crianças? – Cindi perguntou-se.

– Mais produtivo – Benny disse.

– Monótono – ela argumentou.

– Mais eficiente.

– Vazio.

As mulheres da Nova Raça eram projetadas e fabricadas sem o instinto maternal. Não podiam ter desejo de dar à luz.

Algo estava errado com Cindi. Ela invejava as mulheres da Velha Raça por sua vontade própria, mas se ressentia mais intensamente pela capacidade que elas tinham de trazer uma criança ao mundo.

Outro cliente, uma mulher grávida, entrou no corredor em que eles estavam.

Cidade das trevas

Primeiro, o rosto de Cindi se iluminou ao ver o ventre inchado da mulher, mas em seguida se fechou numa careta de inveja cruel.

Pegando no braço dela, guiando-a para outra parte da loja, Benny disse: – Controle-se. Alguém pode notar. Você parece que quer matá-la.

– Eu quero.

– Lembre-se do que é.

– Estéril – ela disse, amarga.

– Não. Uma assassina. Não pode fazer seu trabalho se sua cara denota sua profissão.

– Está bem. Solte meu braço.

– Acalme-se. Relaxe.

– Estou sorrindo.

– É um sorriso formal.

Ela ligou sua potência estonteante no máximo.

– Assim está melhor – ele disse.

Pegando um pequeno suéter rosa com aplicações de borboletas coloridas e mostrando-o a Benny, Cindi disse: – Ah, mas não é uma gracinha?

– Uma gracinha – ele concordou. – Mas ficaria melhor em azul.

– Não estou vendo em azul.

– Nós devíamos ir trabalhar.

– Eu quero olhar mais um pouquinho.

– Temos um trabalho a fazer – ele lembrou.

– E temos vinte e quatro horas para fazê-lo.

– Quero decapitar um deles.

– É claro que quer. Você sempre quer. E nós vamos. Mas primeiro quero encontrar um conjuntinho de renda bem bonitinho, ou algo parecido.

Cindi estava com algum defeito. Ela desejava um bebê desesperadamente. Estava perturbada.

Tivesse ele certeza de que Victor eliminaria Cindi e produziria Cindi Dois, já teria relatado seu desvio meses antes. Entretanto, ele temia que Victor os considerasse uma unidade e eliminasse Benny também.

Ele não queria ser desligado e enterrado num monte de lixo enquanto Benny Dois se divertia.

Se ele fosse como os outros de sua espécie, fervendo de raiva e proibido de expressá-la de modo satisfatório, Benny Lovewell ficaria mais feliz sendo eliminado. A eliminação seria sua única esperança de alcançar a paz.

Mas a ele era permitido matar. Ele podia torturar, mutilar e desmembrar. Ao contrário de outros da Nova Raça, Benny tinha algo pelo que viver.

– Este é *tão* lindinho – disse Cindi, manuseando um conjunto de marinheiro tamanho dois anos.

Benny suspirou. – Quer comprar?

– Sim.

Em casa, eles tinham uma coleção secreta de roupas para bebês e crianças. Se algum membro da Nova Raça descobrisse o tesouro de roupas de Cindi, ela teria muito o que explicar.

– Muito bem – ele disse. – Compre logo antes que alguém nos veja, e vamos embora daqui.

– Depois que acabarmos com O'Connor e Maddison – ela disse –, podemos ir para casa tentar?

Cidade das trevas

Por *tentar* ela se referia a "tentar fazer um bebê".

Eles tinham sido criados estéreis. Cindi possuía vagina, mas não útero. Esse espaço reprodutivo era reservado a outros órgãos exclusivos da Nova Raça.

Era tão provável que o sexo entre eles conseguisse produzir um bebê quanto conseguiria produzir um grande piano.

No entanto, para apaziguá-la, para amolecê-la, Benny disse:
– Claro. Vamos tentar.

– Vamos matar O'Connor e Maddison – ela disse –, e cortá-los o quanto você quiser, fazer todas aquelas coisas que você gosta de fazer, e depois faremos um bebê.

Ela era maluca, mas ele tinha de aceitá-la como era. Se pudesse matá-la, Benny o teria feito, mas ele só podia dar cabo daqueles que fosse especificamente orientado a matar.

– Parece uma boa ideia – ele disse.
– Seremos os primeiros de nossa espécie a conceber.
– Vamos tentar.
– Eu serei uma mãe maravilhosa.
– Vamos comprar o conjunto de marinheiro e sair daqui.
– Talvez tenhamos gêmeos.

CAPÍTULO 21

Erika almoçou sozinha numa sala de jantar mobiliada para acomodar dezesseis pessoas, na presença de três milhões de dólares em obras de arte, com um arranjo de copos-de-leite e antúrios sobre a mesa.

Quando terminou, entrou na cozinha, onde Christine lavava os pratos do café da manhã.

Toda a comida da casa era servida em porcelana Limoges decorada com diferentes motivos, e Victor não permitiria que uma louça tão fina fosse colocada na máquina de lavar pratos. Todas as bebidas eram servidas em cristais Lalique ou Waterford, que também exigiam lavagem manual.

Se um prato estivesse riscado ou uma taça lascada, devia ser descartado. Victor não tolerava imperfeições.

Embora certas máquinas fossem necessárias e até vantajosas, a maioria das que foram inventadas para substituir o serviço da criadagem era vista por Victor com desprezo. Seus padrões de serviço pessoal haviam sido formados em outro século, quando as classes mais baixas sabiam como atender, de maneira apropriada, às necessidades dos superiores.

– Christine?

– Sim, sra. Hélios?

– Não se preocupe. Não vou discutir meus problemas sexuais com você.

– Muito bem, sra. Hélios.

– Mas estou curiosa sobre algumas coisas.

– Tenho certeza que sim, madame. É tudo novo para a senhora.

– Por que William estava mordendo os dedos até arrancá-los?

– Ninguém pode saber com certeza, exceto o próprio William.

– Mas não foi racional – Erika insistiu.

– É, eu percebi que não.

– Sendo da Nova Raça, ele é racional em tudo.

– Esse é o conceito – Christine disse, mas com uma inflexão estranha, que Erika não conseguiu interpretar.

– Ele sabia que seus dedos não iriam crescer novamente – Erika disse. – É como se ele estivesse... cometendo suicídio a cada mordida, mas nós não temos a capacidade de autodestruição.

Girando uma escovinha envolta num pano molhado dentro de um requintado bule de chá, Christine disse: – Ele não teria morrido por causa dos dedos arrancados, sra. Hélios.

– Sim, mas sem os dedos ele não poderia trabalhar como mordomo. Ele devia saber que seria eliminado.

– Na condição em que o viu, sra. Hélios, William não tinha essa clareza.

Além disso, como ambas sabiam, a proscrição contra o suicídio incluía a inabilidade de engendrar circunstâncias que provocassem a própria eliminação.

— Quer dizer... que William estava tendo um ataque de nervos mental? — O pensamento gelou Erika. — Certamente isso não é possível.

— O sr. Hélios prefere o termo *interrupção funcional*. William estava passando por uma interrupção funcional.

— Isso parece bem menos grave.

— Parece, não é?

— Mas Victor o eliminou mesmo assim.

— Eliminou, não é?

Erika disse: — Se um da Velha Raça tivesse feito algo parecido, diríamos que ficara maluco. Enlouquecido.

— Sim, mas somos superiores a eles de todas as maneiras, e muitos termos aplicáveis a eles não conseguem nos descrever. Nós exigimos toda uma nova gramática de psicologia.

Novamente, as palavras de Christine eram proferidas com uma inflexão curiosa, sugerindo que ela estava querendo dizer algo mais do que dizia.

— Eu... não entendo — Erika falou.

— Vai entender. Quando estiver viva por tempo suficiente.

Ainda se esforçando por compreender, ela disse: — Quando chamou meu marido para relatar que William estava arrancando os dedos, você falou: "Temos outra Margaret". O que quis dizer com aquilo?

Pegando um prato e colocando-o cuidadosamente na estante, Christine disse: — Até algumas semanas atrás, Margaret trabalhava aqui como chefe de cozinha. Ela estava aqui havia quase vinte anos, como William. Depois de um... episódio... ela foi removida. Está sendo preparada uma nova Margaret.

— Que episódio?

– Certa manhã, quando ela começava a fazer panquecas, começou a bater a cara na chapa de ferro quente e engordurada.

– Bater a cara?

– Sem parar, no mesmo ritmo. Cada vez que levantava o rosto da chapa, Margaret dizia *tempo*, e antes de bater a cara novamente ela repetia essa palavra. *Tempo, tempo, tempo, tempo, tempo* – com a mesma urgência com que ouviu William dizendo *tic, toc, tic, toc*.

– Que misterioso – disse Erika.

– Não será... quando tiver vivido por tempo suficiente.

Frustrada, Erika disse: – Fale claramente comigo, Christine.

– Claramente, sra. Hélios?

– Então quer dizer que eu acabei de sair do tanque e sou extremamente ingênua – então *me eduque*. Está bem? Ajude-me a entender.

– Mas a senhora teve toda a informação carregada diretamente para dentro de seu cérebro. Do que mais poderia precisar?

– Christine, não sou sua inimiga.

Afastando-se da pia e enxugando as mãos num pano de prato, Christine disse: – Sei que não é, sra. Hélios. E tampouco é minha amiga. A amizade é semelhante ao amor, e o amor é perigoso. O amor distrai o operário da realização máxima, assim como o ódio. Ninguém da Nova Raça é amigo ou inimigo do outro.

– Eu... não tenho essa atitude no meu programa.

– Não está no programa, sra. Hélios. Está no *resultado natural* do programa. Somos todos operários de valor idêntico. Operários de uma grande causa, dominando toda a natureza, construindo a sociedade perfeita, a utopia – e daí rumo às estrelas. Nosso valor não está na realização individual, mas em nossas realizações como sociedade. Não é isso o correto?

– É?

– Ao contrário de nós, sra. Hélios, lhe foi concedida a humildade e a vergonha, porque nosso criador gosta dessas qualidades em uma esposa.

Erika teve uma revelação que gostaria de ter evitado. Mas ela mesma, e não Christine, havia insistido em abrir essa porta.

– As emoções são uma coisa engraçada, sra. Hélios. Talvez seja melhor, afinal, ser limitado somente à inveja e à raiva, ao medo e ao ódio, porque esses sentimentos são circulares. Eles ficam girando em torno de si mesmos, como uma cobra que engole a própria cauda. Não levam a nada e mantêm a mente distante da esperança, o que é essencial, uma vez que a esperança nunca será concretizada.

Abalada pelo desconsolo na voz de Christine e por seus olhos, Erika tomou-se de compaixão pela governanta. Colocou a mão amiga sobre o ombro da mulher.

– Mas humildade e vergonha – prosseguiu Christine – podem levar à piedade, se ele quiser que sintamos piedade ou não. A piedade leva à compaixão. A compaixão ao arrependimento. E daí por diante. A senhora será capaz de sentir mais do que nós sentimos, sra. Hélios. Aprenderá a ter esperança.

Um peso adentrou o coração de Erika, uma carga opressiva, da qual ela não conseguia compreender a natureza.

– Ser capaz de ter esperança... isso será terrível para a senhora, sra. Hélios, porque seu destino é fundamentalmente igual ao nosso. A senhora não terá livre-arbítrio. Suas esperanças nunca se concretizarão.

– Mas William... Como isso explica William?

– Tempo, sra. Hélios. Tempo, tempo, tic, toc, tic, toc. Esses corpos incríveis e resistentes à doença que possuímos... quanto tempo nos disseram que iam durar?

– Talvez mil anos – Erika disse, pois esse era o número que constava no pacote de autoconhecimento do programa de dados de sua educação.

Christine balançou a cabeça. – A falta de esperança pode ser tolerada... mas não por mil anos. Para William, para Margaret... vinte anos. Depois disso eles tiveram uma... interrupção funcional.

O ombro retesado da governanta não havia relaxado sob o toque da sua senhora. Erika retirou a mão.

– Mas quando se *tem* a capacidade de ter esperança, sra. Hélios, e não se tem dúvida de que ela nunca será alcançada, não creio que alguém consiga durar vinte anos. Acho que nem cinco.

Erika percorreu a cozinha com o olhar. Olhou para a água cheia de sabão que havia na pia. Para os pratos no escorredor. Para as mãos de Christine. Finalmente, encontrou os olhos dela.

– Sinto muito por você.

– Eu sei – Christine disse. – Mas eu não sinto nada pela senhora, sra. Hélios. E nenhum dos outros sentirá. O que significa que a senhora está... completamente sozinha.

CAPÍTULO 22

A Outra Ella, um bar e restaurante num bairro conhecido como Faubourg Marigny, área hoje tão vibrante e cheia de personalidade quanto fora outrora o Bairro Francês, pertencia a uma mulher chamada Ella Fitzgerald e era dirigido por ela. Não era a famosa cantora. Era uma ex-prostituta e madame que, sabiamente, havia poupado e investido seu salário suado.

Segundo as instruções de Aubrey Picou, Carson e Michael pediram ao atendente do bar para falar com Godot.

Uma senhora idosa largou a cerveja que estava acalentando, virou-se no banquinho e tirou uma foto deles com seu celular.

Irritada, Carson disse: – Ei, vovó, não sou atração turística.

– Vá se foder – a mulher disse. – Se eu tivesse certeza que tinha uma carruagem de turistas por aqui, eu levaria você pra rua e enfiaria sua cara na bunda da mula.

– Se querem falar com Godot – o atendente do bar disse –, têm que passar pela Francine aqui.

– Pra mim, você vale menos – a velha garantiu a Carson – do que o jantar que eu vomitei ontem à noite.

Enquanto transmitia a foto para alguém, Francine sorriu para Michael. Ela pedira emprestados os dentes do Monstro do Pântano.

– Carson, lembra que você se olhou no espelho hoje de manhã e não gostou do que viu?

Ela disse: – De repente, me sinto linda.

– A vida toda – Francine disse a Carson – conheci gente de peitinho arrebitado que nem você, e nenhuma dessas piranhas tinha o cérebro maior do que uma ervilha.

– Bem, é aí que a senhora se engana – Michael disse. – Fizemos uma aposta e minha amiga fez uma ressonância magnética do cérebro. Ele tem o tamanho de uma noz.

Francine deu-lhe mais um sorriso torto. – Você é uma gracinha. Eu comeria você inteirinho.

– Estou lisonjeado.

– Não se esqueça do que aconteceu com o jantar dela ontem à noite – Carson lembrou-lhe.

Francine largou o celular. Do bar, pegou um BlackBerry que recebia uma mensagem de texto, evidentemente em resposta à foto.

Michael disse: – Você é uma gata moderna, Francine, navegando nos mares da telecomunicação.

– Você tem uma bunda bem gostosa e durinha – disse Francine. Ela largou o BlackBerry, desceu do banquinho e disse: – Vem comigo, gracinha. Você também, piranha.

Michael seguiu a velha, olhou para Carson, atrás dele, e disse: – Vamos, piranha. Vai ser divertido.

CAPÍTULO 23

Para ajudar na localização e talvez até na execução mais eficiente dos detetives O'Connor e Maddison, um enviado de Victor – Dooley Snopes – plantara um *transponder* de fixação magnética no bloco do motor da viatura deles, conectado ao cabo da bateria, quando o sedã estava estacionado na frente da casa de O'Connor e ela dormia tranquilamente nessa manhã de verão.

Dooley não tinha sido programado como assassino, embora desejasse ter sido. Ele era basicamente um infiltrado com muitos conhecimentos técnicos.

Cindi Lovewell passou de carro por Dooley, que estava em seu PT Cruiser estacionado em Faubourg Marigny. Os Lovewell possuíam um utilitário esportivo – um Mercury Mountaineer com vidros escuros nas janelas laterais e na traseira, o que facilitava o transporte discreto de corpos.

Cindi gostava do veículo não somente porque ele era muito possante e fácil de dirigir, mas também porque tinha muito espaço para as crianças que ela ansiava produzir.

Dean Koontz

Quando eles tivessem de ir desovar corpos até o aterro da Gerenciamento de Resíduos Sólidos Crosswoods, ao norte do Lago Pontchartrain, a viagem seria muito mais agradável se fosse uma aventura *em família*. Eles poderiam parar no caminho para fazer um piquenique.

No banco dianteiro de passageiro, estudando o ponto vermelho que piscava no centro do mapa de ruas exibido na tela de seu sistema de navegação por satélite, Benny disse: – Os tiras devem ter estacionado mais ou menos – ele verificava os veículos estacionados ao lado da calçada pelos quais eles passavam, e olhava na tela – *aqui*.

Cindi passou devagar por um carro de passeio sem identificação policial bem desgastado pelo uso. O pessoal de Victor estava sempre muito mais equipado do que as chamadas autoridades.

Ela estacionou numa vaga marcada como proibida, perto do fim da quadra. A carteira de motorista de Benny estava em nome do dr. Benjamim Lovewell, e o Mountaineer tinha placa de médico. Do compartimento no console ele tirou um cartão que dizia MÉDICO EM ATENDIMENTO e o pendurou no espelho retrovisor.

Ao seguir um alvo, assassinos profissionais precisam estacionar do modo mais convencional possível. E, quando a polícia vê um veículo com placa de médico passar correndo, quase sempre presume que o motorista está indo para um hospital.

Victor não apreciava ver suas economias gastas com estacionamentos e multas de trânsito.

Quando passaram a pé pelo carro de passeio em direção ao PT Cruiser, Dooley já tinha saído do carro para encontrá-los.

Cidade das trevas

Se fosse um cão, ele seria um *whippet*: esguio, pernas longas e cara pontuda.

– Eles entraram no *A Outra Ella* – disse Dooley, apontando para um restaurante do outro lado da rua. – Não faz cinco minutos. Já mataram alguém hoje?

– Ainda não – disse Benny.

– Mataram alguém ontem?

– Há três dias – Cindi disse.

– Quantos?

– Três – Benny disse. – Os replicantes deles estavam prontos.

Os olhos de Dooley ficaram escuros de inveja. – Eu queria poder matar alguns deles. Eu gostaria de matar *todos* eles.

– Não é seu trabalho – Benny disse.

– Ainda não – Cindi falou, querendo dizer que chegará o dia em que a Nova Raça atingirá números suficientes para deflagrar uma guerra aberta, depois do que a maior matança na história da humanidade marcaria a rápida extinção da Velha Raça.

– Tudo fica tão mais difícil – Dooley disse – quando a gente tem que vê-los por aí, vivendo a vida do modo que querem, do modo que os satisfaz.

Um jovem casal passou por eles, conduzindo seus dois filhos loiros, um menino e uma menina.

Cindi virou-se para observá-los. Ela queria matar os pais agora, bem aqui na calçada, e levar as crianças.

– Calma – disse Benny.

– Não se preocupe. Não haverá outro incidente – Cindi assegurou-lhe.

– Que bom.

– Que incidente? – perguntou Dooley.

DEAN KOONTZ

Em vez de responder, Benny disse: – Pode ir agora. Nós assumimos a partir daqui.

CAPÍTULO 24

Ocasionalmente estalando os lábios sobre os dentes amarelos e quebrados, Francine conduziu Carson e Michael pelo restaurante, atravessando uma cozinha movimentada, um depósito e subindo uma escadaria íngreme.

Lá no alto havia um patamar e uma porta azul. Francine apertou uma campainha ao lado da porta, mas não se ouviu nenhum som.

– Não se ofereça de graça – Francine aconselhou a Michael. – Muitas mulheres teriam prazer em dar do bom e do melhor pra você.

Ela olhou para Carson e riu com desdém. – E fique longe dessa aí – Francine disse a Michael. – Ela vai gelar seus colhões como se você os mergulhasse em nitrogênio líquido.

Depois, ela os deixou no patamar e começou a descer as escadas, cambaleando.

– Você podia empurrá-la – ele disse a Carson –, mas não seria correto.

– Na verdade – Carson disse –, se Lulana estivesse aqui, até ela concordaria, até Jesus não se importaria se eu fizesse isso.

A porta azul foi aberta por um tipo meio *Star Wars*: tão atarracado quanto R2-D2, tão careca quanto Yoda e tão feio quanto Jabba, o Hutt.

– *O Aubrey churou qui vocês eram limpeza* – ele disse –, *então num vou tirar os brinquedo qui tão levando dibaxo do braço'squerd i nem o can' curto qu'a mocinha tem aninhad'num suporte do cint'acima da bunda.*

– E boa tarde para você, também – Michael disse.

– *É miór me seguir'q'nem patinho'seguindo a mamãe, porqu'um moviment'em falso e vocês vão pra baix'da terra.*

A sala por trás da porta azul era mobiliada somente com um par de cadeiras de encosto reto.

Um gorila barbeado vestindo calça azul, suspensório, camisa de cambraia branca e chapéu estava sentado em uma das cadeiras. No chão, ao lado da cadeira, havia um livro – da série Harry Potter – que ele, evidentemente, tinha colocado de lado quando Francine apertara a campainha.

Em cima de suas pernas havia uma semiautomática calibre 12, sobre a qual descansavam suas mãos prontas para usá-la. O homem não apontava a arma para eles, mas seria capaz de estourar seus miolos antes que sacassem as pistolas e explodir a cara deles como complemento antes mesmo que seus corpos atingissem o chão.

Andando feito patinhos, Carson e Michael seguiram obedientemente seu líder atarracado, passaram por outra porta e adentraram uma sala com piso de linóleo amarelo com rachaduras, paredes na cor cinza com revestimento de painéis azuis e duas mesas de pôquer.

Cidade das trevas

Em volta da mesa mais próxima, estavam sentados três homens, uma mulher e um travesti asiático.

A cena parecia a abertura de uma grande piada, mas Michael não conseguiu pensar num bom desfecho.

Dois dos jogadores bebiam Coca-Cola, dois tomavam dr. Pepper e diante do travesti havia uma taça de licor e uma garrafa de anisete.

Nenhum dos jogadores de pôquer parecia ter o menor interesse em Carson e Michael. Nem a mulher nem o travesti piscaram para ele.

No meio da mesa, havia pilhas de fichas. Se as verdes eram de cinquenta e as pretas de cem, havia pelo menos oitenta mil dólares rolando nessa jogada.

Havia mais um gorila de barba feita parado na janela. A arma dele estava num coldre na altura do quadril, e ele manteve a mão sobre ela enquanto Carson e O'Connor atravessavam seu posto de guarda.

Uma terceira porta levava a uma sala de reuniões imunda que cheirava a câncer de pulmão. Doze cadeiras cercavam uma mesa cheia de marcas sobre a qual havia quatorze cinzeiros.

À cabeceira da mesa, estava um homem de rosto alegre, vivos olhos azuis e bigode. Seu chapéu descansava sobre as pontas das orelhas, parecidas com as alças de uma jarra.

Ele se levantou quando o grupo se aproximou, revelando que usava a calça acima da linha da cintura, entre o umbigo e o peito.

A mamãe pata disse: – *Seu Godot, esses aqui cheir'o pió tipo d'chente de bem, mas foi o Aubrey qu'indicou, então num ench'o meu saco si precisá passá um corretivo nelis antis di fech'o negócio.*

À direita do homem com orelhas de jarra e um pouco atrás dele estava Pé Grande, usando um terno de algodão listrado. Ele fazia os gorilas que tinham aparecido antes parecerem meros chimpanzés.

Godot, por outro lado, era amigável. Estendeu a mão direita e disse: – *S'é amigo d'Aubrey, é amigo meu, principalmente quand'traz dinheir'vivo.*

Apertando a mão estendida, Michael disse: – Nós achávamos que teríamos que esperar pelo senhor, sr. Godot, não o contrário. Espero não estarmos atrasados.

– Bem na hora – Godot garantiu. – *E quem seri'essa mocinha vistosa?*

– Essa mocinha vistosa – Carson disse – é quem traz o dinheiro vivo.

– *Fico'inda mais bonita* – Godot disse a ela.

Enquanto Carson retirava dois gordos maços de notas de cem dólares dos bolsos do casaco, Godot pegou uma das duas malas que estavam no chão ao lado de sua cadeira e colocou-a sobre a mesa.

Pé Grande mantinha as duas mãos livres.

Godot abriu a mala, revelando dois rifles Urban Sniper com suportes laterais de cartuchos e alças de três pontos, os canos encurtados para trinta e cinco centímetros. Junto com as armas havia quatro caixas de cartuchos, balas sólidas e não expansivas, que era a única munição utilizada pelo Sniper.

Carson disse: – O senhor é uma fonte formidável, sr. Godot.

– *Mamãe queri'qu'eu fosse padre, e papai, qu'Deus proteja su'alma, m' encaminhou para ser soldador, com'ele, mas eu m'rebelei d'verdad'e não qui'ser um cajun pobre, então fui'trás da minha felicidade, e aqui'stou.*

Cidade das trevas

A segunda mala era menor do que a primeira. Ela continha duas pistolas Magnum Desert Eagle .50 com acabamento em titânio. Embrulhadas ao lado das armas estavam as caixas de munição, conforme requisitado, e dois pentes extras para cada arma.

– *Certeza qu'tão prontos pr'o coice qu'este monstro vai dar?* – Godot perguntou.

Cauteloso ao pegar as grandes pistolas, Michael disse: – Não senhor, eu espero que ela me faça cair de bunda no chão.

Intrigado, Godot disse: – *Me priocup'é cuessa moça aqui, filho, não c'ocê.*

– A Eagle age macio – Carson disse. – Com menos coice do que se imagina. Ela dá um coice forte, é claro, mas eu também. A uma distância de dez metros, eu conseguiria meter as nove balas do pente entre sua virilha e sua garganta, nem mais alto, nem mais para o lado.

Essa afirmação trouxe Pé Grande para a frente, olhando de modo ameaçador.

– *Num's preocupe* – Godot disse ao guarda-costas. – *Ela num'stá ameaçando. Tá só se gabando.*

Fechando a mala que continha as pistolas, Carson disse: – Vai contar o dinheiro?

– *É uma das mulh'res mai'duronas qu'já vi, mas também tem algo d' santa. Ficaria desapontado si discobriss' qu'me roubou, mesmo qu'sej'um poquinho.*

Carson não conseguiu segurar um sorriso. – Está aí, cada dólar.

– Senhor Godot – Michael disse –, foi muito confortável negociar com o senhor, sabendo que estamos lidando com seres humanos de verdade.

– *É muito cordial d'sua parte* – Godot respondeu. – *Muito cordial e parec'qu'é de coração.*
– E é – Michael disse. – É mesmo.

CAPÍTULO 25

Randal Seis está de pé no gabinete da caldeira no andar térreo, ouvindo Billy Joel cantar no andar de cima.

O gabinete mede aproximadamente dois metros por dois metros e meio. Mesmo a pálida luz azul da chama piloto do gás e a fraca iluminação que chega por debaixo da porta fornecem a claridade suficiente para que ele avalie o espaço.

Depois de tanto tempo, finalmente ele está dentro da casa do autista sorridente Arnie O'Connor. O segredo da felicidade está ao seu alcance.

Ele espera aqui na confortável escuridão, enquanto as músicas se sucedem. Está saboreando seu triunfo. Está se aclimatando ao novo ambiente. Planejando seu próximo passo.

Ele também tem medo. Randal Seis nunca esteve numa casa antes. Até a penúltima noite, ele vivera exclusivamente dentro da Mãos da Misericórdia. Entre lá e aqui, passara um dia escondido numa caçamba de lixo; mas uma caçamba de lixo não é o mesmo que uma casa.

Do lado de fora desse gabinete, existe um lugar tão estranho para ele quanto seria qualquer outro planeta de qualquer outra galáxia.

Ele gosta do que é familiar. Teme o novo. Não gosta de mudanças.

Uma vez que ele abra a porta e cruze a soleira, tudo diante dele será novo e estranho. Tudo será diferente, para sempre.

Tremendo no escuro, Randal quase chega a crer que seu alojamento na Misericórdia e até as excruciantes experiências às quais o Pai o sujeitava seriam preferíveis ao que o espera.

No entanto, três músicas depois, ele abre a porta e encara o espaço adiante, seus dois corações martelando no peito.

A luz do sol incidindo em uma janela com vidro fosco ilumina duas máquinas que ele reconhece de anúncios de revistas e de buscas na internet. Uma máquina lava as roupas. A outra as seca.

Ele sente o cheiro de detergente e de alvejante por trás das portas do gabinete acima das máquinas.

Diante dele está uma lavanderia. Uma *lavanderia*. Nesse momento, ele não consegue pensar em nada que pudesse sugerir de modo mais pungente a trivialidade da vida cotidiana do que uma lavanderia.

Mais do que tudo, Randal Seis deseja uma vida comum. Ele não quer ser – não pode ser – da Velha Raça, mas quer viver como eles vivem, sem o tormento incessante, com seu pequeno quinhão de felicidade.

A experiência da lavanderia é progresso suficiente para um dia. Ele silenciosamente fecha a porta e permanece de pé no escuro do gabinete da caldeira, satisfeito consigo mesmo.

Cidade das trevas

Ele revive os momentos deliciosos quando teve o primeiro relance das superfícies com esmalte branco das máquinas de lavar e de secar roupas, e o grande cesto de plástico contendo o que poderia ser diversas roupas sujas e amarrotadas.

A lavanderia tinha piso de vinil igual ao dos corredores e da maioria das salas da Mãos da Misericórdia. Ele não esperava ver piso de vinil. Ele pensava que *tudo* seria extremamente diferente do que conhecia.

Os ladrilhos de vinil da Misericórdia são da cor cinza com pontos verdes e rosa. Na lavanderia, são amarelos. Esses dois estilos de piso são, ao mesmo tempo, diferentes e iguais.

Enquanto a música que vem lá de cima da casa muda algumas vezes, Randal vai, pouco a pouco, ficando envergonhado de sua timidez. Espiar a lavanderia dos O'Connor por uma porta não é, afinal, um feito heroico.

Ele está se iludindo. Está sucumbindo à sua agorafobia, ao seu desejo autista de minimizar as informações sensoriais que recebe.

Se continuar com esse ritmo agonizante, precisará de seis meses para abrir caminho pela casa e encontrar Arnie.

Ele não pode viver na parte de baixo da casa, no porão vazio, por tanto tempo. Para começar, ele tem fome. Seu corpo superlativo é uma máquina que precisa de muito combustível.

Randal não se importa de comer as aranhas, roedores, minhocas e cobras que puder achar na parte de baixo da casa. Mas, a julgar pelas criaturas que encontrou até agora em suas horas no porão, aquele domínio escuro não contém nem uma pequena fração da caça de que ele necessita para sustentar-se.

Ele abre a porta novamente.

Dean Koontz

A maravilhosa lavanderia. À espera.

Ele sai do gabinete da caldeira e fecha a porta com cuidado, mais emocionado do que qualquer palavra pudesse descrever.

Ele nunca caminhou por ladrilhos de vinil amarelo como esses. Eles funcionam do mesmo jeito que os ladrilhos de vinil cinza. As solas de seus sapatos produzem um leve chiado.

Uma porta entre a lavanderia e a cozinha está aberta.

Randal Seis se detém nesse limiar, maravilhado. Uma cozinha é tudo – é mais! – do que ele achou que seria, um lugar de inúmeras conveniências e encanto arrebatador.

Ele poderia facilmente ficar inebriado com essa atmosfera. Precisa permanecer sóbrio e cauteloso, preparado para bater em retirada se ouvir alguém se aproximando.

Até conseguir localizar Arnie e arrancar dele o segredo da felicidade, Randal quer evitar encontrar-se com alguém. Ele não sabe ao certo o que aconteceria nesse encontro, mas seus sentidos dizem que as consequências não seriam agradáveis.

Embora tenha sido projetado para ser autista e servir aos experimentos do Pai, o que o torna diferente dos demais da Nova Raça, ele compartilha boa parte da programação deles. É incapaz de cometer suicídio, por exemplo.

Ele não pode matar, exceto quando instruído por seu criador a fazê-lo. Ou em defesa própria.

O problema é que Randal é extremamente temeroso em seu autismo. Ele se sente ameaçado facilmente.

Escondido na caçamba de lixo, ele havia matado um mendigo que viera procurar latas de refrigerante vazias e outros pequenos tesouros.

Cidade das trevas

O pobre-diabo talvez não apresentasse nenhum risco para ele, talvez nem fosse capaz de causar-lhe dano, mesmo assim Randal o arrastara pela cabeça para dentro da caçamba, quebrara seu pescoço e o enterrara debaixo dos sacos de lixo.

Considerando que a mais ínfima novidade o amedronta, que a mínima mudança o enche de receio, qualquer encontro com um estranho provavelmente resultará num ato violento de autodefesa. Ele não tem preocupação moral com relação a isso. Afinal, todos eles pertencem à Velha Raça e devem morrer, mais cedo ou mais tarde.

O problema é que deslocar a coluna de um vagabundo num beco deserto provavelmente não atrairá a atenção; porém, matar alguém dentro de casa certamente fará barulho e revelará sua presença a outros residentes, talvez até aos vizinhos.

Entretanto, como está faminto e a geladeira, sem dúvida, contém algo mais gostoso do que aranhas e minhocas, ele avança para fora da lavanderia e adentra a cozinha.

CAPÍTULO 26

Cada um carregando uma mala cheia de armas, Carson e Michael deixaram *A Outra Ella*.

Como a filha de um detetive que supostamente se corrompera, Carson acreditava estar sob escrutínio mais cerrado de seus colegas da polícia do que um tira comum. Ela compreendia isso, ficava magoada com tal possibilidade – e tinha autoconsciência suficiente para perceber que poderia estar imaginando isso.

Saindo de seu encontro com a desbocada Francine e o cortês Godot, atravessando a calçada na direção de seu veículo, Carson inspecionou a rua, acreditando talvez que a Corregedoria da Polícia, tendo vigiado o local, poderia, a qualquer momento, sair de seus disfarces e efetuar prisões.

Cada pedestre parecia ter interesse especial por Carson e Michael, olhar de modo suspeito para as malas que levavam. Dois homens e uma mulher do outro lado da rua pareciam observar com particular intensidade.

Por que alguém sairia de um restaurante com malas? Ninguém leva tanta comida para viagem.

Colocaram tudo no porta-malas e Carson saiu de Faubourg Marigny rumo ao Quarter sem ser detida.

– E agora? – Michael indagou.

– Vamos à caça.

– Legal.

– Vamos analisar detalhadamente.

– Analisar o quê?

– A cor do amor, o som de palmas. O que você *acha* que temos que analisar?

– Não estou muito a fim de pensar – ele disse. – Pensar tanto ainda vai nos matar.

– Como chegamos até Victor Frankenstein?

– Hélios.

– Hélios, Frankenstein... continua sendo Victor. Como chegamos a esse Victor?

Michael disse: – Talvez eu seja supersticioso, mas queria que Victor tivesse um nome diferente.

– Por quê?

– Um Victor é alguém que derrota seu adversário. Victor quer dizer "vencedor".

– Lembra-se daquele sujeito que prendemos no ano passado por homicídio duplo na loja de antiguidades na Royal?

– Claro. Ele tinha três testículos.

– Mas que diabos isso tem a ver? – ela perguntou, impaciente. – Não sabíamos disso até ele ser detido, indiciado e preso.

– Não tem nada a ver com nada – ele admitiu. – É só um daqueles detalhes que ficam na cabeça.

– O que estou tentando dizer é que o nome dele era Champ Champion, mas ele era um perdedor, mesmo assim.

Cidade das trevas

— O verdadeiro nome dele era Shirley Champion, o que explica tudo.

— Ele mudou o nome, legalmente, para Champ Champion. Cary Grant nasceu Archie Leach. O que importa é o nome de nascimento.

— Vou encostar o carro, você abaixa o vidro e pergunta para qualquer pedestre que quiser se ele conhece algum filme de Archie Leach. Olha como o nome de nascimento é importante.

— Marilyn Monroe... ela nasceu Norma Jean Mortenson — ele disse —, o que explica por que ela terminou morrendo de overdose ainda jovem.

— Essa vai ser uma daquelas vezes em que você fica impossível?

— Eu sei que normalmente é você quem fica assim — ele disse. — E quanto a Joan Crawford? Ela nasceu Lucile Le Sueur, o que explica por que ela batia em crianças com cabides de ferro.

— Cary Grant nunca bateu em ninguém com cabides de ferro e teve uma vida fabulosa.

— É, mas ele não foi o maior ator da história do cinema. As regras não se aplicam a ele. Victor e Frankenstein são dois nomes *poderosos*, pelo que eu saiba, e ele nasceu com os dois. Não importa o que você diga, eu me sentiria mais confortável se a mãe dele o tivesse batizado de Nancy.

— O que eles estão fazendo? — Cindi perguntou, impaciente, olhando para o mapa de ruas na tela do painel do carro.

Benny não tirava os olhos da tela e Cindi dirigia. Ele disse: — No final de cada quadra, ela vira, vai para a frente e para trás, faz ziguezague, fica dando voltas como um rato cego num labirinto.

Dean Koontz

– Talvez eles saibam que estão sendo seguidos.

– Não podem saber – ele disse. – Eles não podem nos ver.

Como conseguiam seguir o sedã por meio do sinal contínuo do *transponder* que Dooley havia colocado sob o capô, os Lovewell não precisavam manter contato visual. Podiam conduzir uma perseguição muito mais livre, a uma distância de várias quadras, e até seguir os detetives em ruas paralelas.

– Eu sei como ela se sente – Cindi disse.

– Como assim?

– Feito um rato cego num labirinto.

– Eu não disse que ela se sente assim. Não sei como ela se sente. Eu disse que ela está dirigindo assim.

– A maior parte do tempo – Cindi disse –, me sinto como um rato cego num labirinto. E ela não tem filhos, como eu.

– Quem?

– A detetive O'Connor. Ela tem idade suficiente para ter meia dúzia de filhos pelo menos, mas não tem nenhum. Ela é estéril.

– Você não tem como saber se ela é estéril.

– Eu sei.

– Talvez ela não queira filhos.

– Ela é mulher. Ela quer.

– Ela virou novamente, para a esquerda agora.

– Viu?

– Vi o quê?

– Ela é estéril.

– Ela é estéril porque virou para a esquerda?

Solenemente, Cindi disse: – Feito um rato cego num labirinto.

Cidade das trevas

Carson virou à direita na rua Chartres, depois do bar Casa de Napoleão, refinado e decadente. – Atacar Victor na Biovision está fora de questão – ela disse. – Muita gente, muitas testemunhas, provavelmente nem todos são criaturas feitas por ele.

– Podíamos atacá-lo no carro, chegando ou saindo.

– Na rua? Se conseguirmos não morrer fazendo isso, não quero terminar numa penitenciária feminina com todas aquelas ex-namoradas suas.

– Estudamos a rotina dele – Michael disse – e encontramos o lugar que seja mais retirado ao longo do caminho.

– Não temos tempo para estudar a rotina dele – ela lembrou. – Somos alvos *agora*. Nós dois sabemos disso.

– O laboratório secreto do qual falamos antes. O lugar onde ele... cria.

– Não temos tempo de achar esse lugar também. Além disso, deve ter mais seguranças que Fort Knox.

– A segurança de Fort Knox provavelmente é superestimada. Os bandidos a dominaram em *Goldfinger*.

– Não somos bandidos – ela disse – e não estamos num filme. O melhor lugar para pegá-lo é na casa dele.

– É uma mansão. Tem muitos empregados.

– Temos que abrir caminho e ir direto até ele, entrando com tudo – ela disse.

– Não somos uma unidade de polícia altamente especializada como a SWAT.

– Mas também não somos polícia de trânsito.

– E se uma parte dos empregados for da nossa espécie? – Michael disse, preocupado.

– Não deve haver nenhum. Ele não ia querer a nossa espécie o servindo em casa, onde pudessem ver ou escutar alguma coisa. Devem ser todos da Nova Raça.

– Não podemos ter certeza absoluta.

Na rua Decatur com a praça Jackson, onde carruagens faziam fila para oferecer passeios no Quarter, uma das plácidas mulas havia se afastado do meio-fio. O condutor e um policial a perseguiam a pé, enquanto a mula puxava sua adornada carruagem em círculos que bloqueavam o tráfego.

– Talvez a velha Francine tenha esfregado alguém na bunda dela – Michael sugeriu.

Mantendo o foco, Carson disse: – Então temos que pegar Victor na casa dele, no Garden District.

– Talvez seja mais sensato sairmos de Nova Orleans. Podíamos ir para algum lugar em que ele não conseguisse nos encontrar e aí teríamos mais tempo para analisar o plano.

– É. E aliviar a pressão. Tirar uma semana para *pensar* mesmo. Talvez duas. Talvez não voltar *nunca mais*.

– Seria muito ruim? – ele perguntou.

– "A única coisa necessária para o triunfo do mal...

– ...é o silêncio dos bons". É. Já ouvi isso.

– Quem disse isso, afinal? – ele indagou.

– Acho que foi o Tigre, mas também pode ter sido o Pooh.

O condutor da carruagem recuperou as rédeas. A mula acalmou-se e permitiu ser conduzida de volta ao meio-fio. O tráfego parado começou a andar.

Carson disse: – Ele sabe que queremos pegá-lo. Mesmo se sairmos da cidade, ele não vai parar enquanto não nos encontrar, Michael. Estaríamos sempre fugindo.

– Parece romântico – ele disse, melancólico.

– Não vá para esse lado – ela o alertou. – O jardim de rosas de Aubrey não era o lugar, e aqui é pior ainda.

– Será que vai existir um lugar?

Ela dirigiu em silêncio por uns instantes, virou à direita na próxima curva e disse: – Talvez. Mas só se derrubarmos Hélios antes que o pessoal dele nos arranque as tripas e jogue no Mississippi.

– Você sabe mesmo como encorajar um homem.

– Agora não fale mais nisso. Fique quieto. Se ficarmos babando em cima um do outro, vamos perder o foco. Se perdermos o foco, estaremos mortos.

– Que pena que o resto do mundo nunca vê esse lado carinhoso que você tem.

– Falo sério, Michael. Não quero falar de nós dois. Nem quero brincar com isso. Temos uma guerra para vencer.

– Está bem. OK. Já ouvi. Vou me conter. – Ele suspirou. – Champ Champion tinha três testículos, e logo logo não terei nenhum; eles vão simplesmente murchar.

– Michael – ela disse, alertando-o.

Ele suspirou mais uma vez e não emitiu mais sequer uma palavra.

Duas quadras adiante, ela olhou para ele, de lado. Michael era adorável. E tinha consciência disso.

Contendo-se, ela disse: – Temos que encontrar um lugar reservado para dar uma olhada nas novas armas, carregá-las e carregar os pentes reserva também.

– O Parque da Cidade – ele sugeriu. – Pegue a via de serviço que usamos para chegar ao lugar onde encontramos os contadores mortos há dois anos.

– O sujeito nu que foi estrangulado com o colar de contas do *Mardi Gras*.

– Não, não. Ele era arquiteto. Estou falando do cara com roupa de caubói.

– Ah, sim, a roupa de caubói de couro preto.

– Era azul muito escuro – Michael corrigiu.

– Se você está dizendo... Você é mais ligado em moda do que eu. O corpo estava bem perto da via de serviço.

– Não estou falando de onde encontramos o corpo – Michael disse –, mas de onde encontramos a cabeça.

– Temos que atravessar uma alameda de pinheiros.

– E depois alguns carvalhos.

– Em seguida, há um gramado aberto. Eu me lembro. É um lugar lindo.

– É muito bonito – Michael concordou –, e não fica perto de nenhuma das trilhas de caminhada. Teremos privacidade.

– O assassino certamente teve privacidade.

– Certamente – Michael disse.

– Quanto tempo levamos para chegar até ele? Quatro semanas?

– Pouco mais de cinco.

– Você o pegou com um tiro e tanto – Carson disse.

– Ricocheteou bem na lâmina do machado dele.

– Eu só não gostei muito de estar na zona de respingo.

– A lavagem a seco conseguiu tirar as manchas do cérebro dele?

– Quando eu disse ao atendente o que era, ele nem tentou. E era uma jaqueta nova.

– Não foi culpa minha. Aquele tipo de ricochete é obra de Deus.

Carson relaxou. Assim era melhor. Nada daquela conversa de romance, que a distrai e a deixa nervosa.

CAPÍTULO 27

Na sala de dissecção feita de aço inox e ladrilhos de cerâmica brancos, ao examinar a carcaça do detetive Jonathan Harker, Victor descobriu que cerca de vinte e cinco quilos da substância do corpo dele estavam faltando.

Um cordão umbilical arrebentado fazia uma trilha do vazio até o torso. Considerando o abdome e a caixa torácica em pedaços, isso sugeria que alguma forma de vida indesejada – o que chamamos de parasita – havia se formado dentro de Harker, encontrado um estado no qual podia viver independentemente de seu hospedeiro e se libertara, destruindo Harker nesse processo.

Era um desdobramento perturbador.

Ripley, que operava o gravador de vídeo manual com o qual era feito um registro visual de todas as autópsias, ficou claramente aturdido pelas implicações dessa descoberta.

– Sr. Hélios, ele deu à luz, senhor.

– Eu não chamaria isso de dar à luz – Victor disse, sem disfarçar a irritação.

– Não somos capazes de nos reproduzir – Ripley disse. A voz e o jeito dele indicavam que o pensamento de outra vida saindo de Harker era o equivalente a uma blasfêmia.

– Não é reprodução – Victor disse. – É malignidade.

– Mas senhor... uma malignidade autossuficiente que se movimenta?

– Eu quis dizer uma *mutação* – Victor explicou, impaciente.

No tanque, Ripley tinha recebido uma educação completa sobre a fisiologia da Velha Raça e da Nova Raça. Ele deveria compreender tais nuanças biológicas.

– Um segundo eu, parasita, se desenvolveu espontaneamente alimentando-se da carne de Harker – Victor disse –, e, quando conseguiu viver independente dele, se... separou.

Ripley parou de gravar e ficou ali, de queixo caído, perplexo, pálido de temor. Ele tinha sobrancelhas cerradas que lhe conferiam um ar de cômica perplexidade.

Victor não se lembrava do motivo por que decidira desenhar Ripley com aquelas sobrancelhas desgrenhadas. Eram absurdas.

– Sr. Hélios, imploro indulgência, senhor, mas está dizendo que é isso o que pretendia, um segundo indivíduo que mutasse dentro de Harker? Com que propósito, senhor?

– Não, Ripley, é claro que não era isso que eu pretendia. Existe um antigo ditado da Velha Raça que é bastante útil: "As coisas dão errado".

– Mas senhor, me perdoe, foi o senhor quem projetou nossa carne, é nosso criador, nosso mestre. Como pode haver alguma coisa sobre nossa carne que o senhor não entenda... ou preveja?

Cidade das trevas

Pior do que a expressão cômica que as sobrancelhas conferiam à Ripley era o fato de que elas facilitavam um olhar exagerado de repreensão.

Victor não gostava de ser repreendido. – A ciência avança em grandes saltos, mas por vezes dá um pequeno salto para trás.

– Para trás? – Tendo sido adequadamente doutrinado enquanto estava no tanque, Ripley às vezes tinha dificuldade para ajustar suas expectativas à vida real. – A ciência, em geral, sim, senhor, às vezes dá passos errados. Mas não o senhor. Não o senhor, e não a Nova Raça.

– Uma coisa importante que devemos ter em mente é que os passos à frente são muito maiores do que os passos para trás, e muito mais numerosos.

– Mas esse é um enorme passo para trás, senhor, não é? Nossa carne... fora de controle?

– Sua carne não está fora de controle, Ripley. Onde você conseguiu esse temperamento melodramático? Está se fazendo de ridículo.

– Me desculpe, senhor. Tenho certeza de que não entendo. Estou certo de que, após ter tempo para analisar, compartilharei de sua equanimidade sobre a questão.

– Harker não é um sinal do que está por vir. Ele é uma anomalia. É uma singularidade. Não haverá mais mutações como ele.

Talvez o parasita não tenha meramente se alimentado das entranhas de Harker, mas ele próprio tenha incorporado seus dois corações, assim como seus pulmões e vários outros órgãos internos, a princípio compartilhando-os e depois tomando-os para si. Essas coisas estavam faltando no cadáver.

De acordo com Jack Rogers – o verdadeiro legista, agora morto e substituído por um replicante –, os detetives O'Connor e Maddison relataram que uma criatura horrível havia saído de Harker, como se estivesse num casulo. Eles a viram se afastar e entrar num bueiro.

Quando terminou com Harker e coletou amostras de tecido para estudos posteriores, Victor ficou de mau humor.

Enquanto ensacavam os restos de Harker e os colocavam de lado para serem levados a Crosswoods, Ripley perguntou:

– Onde está o outro eu de Harker agora, sr. Hélios?

– Ele fugiu para um bueiro. Está morto.

– Como sabe que está morto?

– Eu *sei* – Victor disse, incisivo.

Eles se voltaram para William, o mordomo, que esperava numa outra mesa de autópsia.

Embora acreditasse que o episódio em que William arrancou os dedos com os dentes tivesse sido deflagrado somente por colapso psicológico, Victor abriu o torso do mordomo e inventariou seus órgãos, só para se certificar de que não havia um outro eu em formação. Não encontrou nenhuma evidência de mutação.

Com uma serra de ossos desenhada por Victor, que tinha uma lâmina de diamante afiada o bastante para perfurar os ossos densos de qualquer Novo Homem, eles trepanaram o crânio de William. Removeram seu cérebro e o colocaram, em solução conservante, num Tupperware para depois o seccionar e estudar.

O destino de William não alarmava Ripley como fizera o de Harker. Ele já tinha visto coisas assim.

Cidade das trevas

Victor trouxera à vida um ser perfeito, com uma mente perfeita, mas o contato com a Velha Raça, a imersão na sociedade doente deles, às vezes corrompia os nascidos nos tanques.

Isso continuaria a ser um problema ocasional até que a Velha Raça fosse erradicada, e com ela a ordem social e a moralidade pré-darwinianas que a criaram. A partir daí, depois da Última Guerra, sem o paradigma da Velha Raça para confundi-los e seduzi-los, o povo de Victor existiria para sempre em perfeita saúde mental, todos e cada um deles.

Quando tinham terminado com William, Ripley disse: – sr. Hélios, me desculpe, senhor, mas não consigo parar de imaginar, não consigo parar de pensar... é possível que o que aconteceu com Harker possa acontecer comigo?

– Não. Eu lhe disse, ele era uma singularidade.

– Mas senhor, me desculpe se pareço impertinente... se o senhor não esperava que acontecesse da primeira vez, como pode ter certeza de que não acontecerá novamente?

Retirando suas luvas cirúrgicas de látex, Victor disse: – Mas que droga, Ripley, pare de fazer isso com as sobrancelhas.

– Com as sobrancelhas, senhor?

– Você sabe ao que me refiro. Limpe isso tudo.

– Senhor, é possível que a consciência de Harker, a essência da mente dele, de algum modo tenha sido transferida para o seu segundo eu?

Tirando o avental cirúrgico que usava sobre as roupas e dirigindo-se para a porta da sala de dissecção, Victor disse: – Não. Foi uma mutação parasítica, muito provavelmente sem inteligência maior do que uma crua consciência animal.

– Mas senhor, se a criatura não for uma coisa, afinal, senhor, se ela for o próprio Harker e agora estiver vivendo nos bueiros, então ela está livre.

A palavra "livre" fez com que Victor se detivesse. Ele se virou para encarar Ripley.

Quando Ripley percebeu o erro, o medo baixou suas sobrancelhas de sua altura absurda e arrogante e as tornou carrancudas. – Não estou querendo sugerir que o que aconteceu com Harker poderia ser desejável, de modo algum.

– Não está, Ripley?

– Não, senhor. É um horror o que houve com ele.

Victor continuou a encará-lo. Ripley não ousou dizer mais nenhuma palavra.

Depois de um longo silêncio mútuo, Victor disse: – Além das sobrancelhas, Ripley, você é excitável demais. Isso incomoda.

CAPÍTULO 28

Movendo-se com hesitação dentro da cozinha, em estado de deslumbramento, Randal Seis imagina que isso é o que um monge devoto deve sentir quando está num templo, diante de um altar consagrado.

Pela primeira vez em sua vida, Randal está num lar. A Misericórdia era o lugar onde se alojava, mas nunca fora um lar. Era somente um lugar. Não era dotado de emoção.

Para a Velha Raça, o lar é o centro da existência. O lar é o primeiro refúgio – e a última defesa – contra os desapontamentos e horrores da vida.

O coração do lar é a cozinha. Ele sabe que isso é verdade porque leu numa revista sobre decoração de lares e em outra revista sobre cozinha *light*.

Ademais, Martha Stewart havia afirmado que é verdade, e Martha Stewart é, por aclamação da Velha Raça, a autoridade máxima nesses assuntos.

Durante as reuniões sociais, amigos mais chegados e vizinhos frequentemente gravitam em torno da cozinha. Alguns dos momentos mais felizes das famílias são os momentos juntos na cozinha. De acordo com os filósofos da Velha Raça, nada demonstra mais amor do que cozinhar, e isso se faz na cozinha.

As persianas estão entreabertas. O sol do final de tarde que alcança as janelas foi antes filtrado pelos carvalhos. Mesmo assim, Randal consegue ver o suficiente para explorar o lugar.

Silenciosamente, ele abre armários, descobrindo pratos, xícaras, pires, copos. Nas gavetas, ele encontra panos de prato dobrados, talheres, facas e uma atordoante coleção de apetrechos culinários.

Normalmente, muitas novas visões, muitos objetos não familiares, levariam Randal a um ataque de pânico. Ele é frequentemente forçado a retirar-se para um canto e virar as costas para o mundo a fim de conseguir sobreviver ao choque de muitas informações sensoriais.

Por alguma razão, a impressionante riqueza de novas experiências nessa cozinha não o afeta dessa forma. Em vez de pânico, ele sente... encantamento.

Talvez seja porque está, finalmente, num *lar*. O lar de uma pessoa é inviolável. Um santuário. Uma extensão da própria personalidade, afirma Martha. O lar é o mais seguro de todos os lugares.

Ele está no *coração* desse lar, na sala mais segura do lugar mais seguro, onde muitas lembranças felizes serão criadas, onde dividir e dar e sorrir é algo que acontece diariamente.

Randal Seis nunca riu. Ele sorriu, uma vez. Quando entrou na casa dos O'Connor, quando saiu da tempestade e adentrou o porão, no escuro, entre as aranhas, sabendo que finalmente encontraria Arnie, ele sorrira.

Cidade das trevas

Quando ele abre a porta da despensa, fica tonto com a variedade e quantidade de comida enlatada e empacotada que vê nas prateleiras. Nunca ousara imaginar tanta abundância.

Na Mãos da Misericórdia as refeições e lanches eram trazidos até seus aposentos. O menu era planejado pelos outros. Ele não podia escolher a comida – exceto pela cor, no que era insistente.

Aqui, as opções diante de seus olhos eram deslumbrantes. Só de latas de sopa, ele pôde ver seis variedades.

Quando ele sai da despensa e abre a porta do refrigerador, suas pernas tremem e seus joelhos quase falham. Entre outras coisas, o *freezer* contém três potes de sorvete.

Randal Seis adora sorvete. Ele não se cansa de tomar sorvete.

Sua emoção inicial abruptamente vira frustração brutal ao perceber que nenhum dos sabores é baunilha. Tem chocolate com amêndoas. Tem chocolate com hortelã. Tem morango com banana.

Randal comia quase exclusivamente alimentos brancos e verdes. A maioria brancos. Essa restrição de cores em sua comida é uma defesa contra o caos, uma expressão de seu autismo. Leite, peito de frango, peru, batatas, pipoca (sem manteiga, que a deixa muito amarela), maçãs e peras descascadas... Ele tolera verduras verdes como alface, aipo e vagem, e também frutas verdes, como uvas.

As deficiências nutricionais de uma dieta estritamente verde e branca são tratadas com cápsulas brancas de vitaminas e minerais.

Ele nunca tomou sorvete de um sabor que não fosse baunilha. Ele sempre soube que existiam outros sabores, mas os achava muito repulsivos para pensar em comê-los.

Os O'Connor, no entanto, não têm baunilha.

Por um instante, ele se sente derrotado e quase tomado pelo desespero.

Randal está com fome, morrendo de fome, e tem vontade de experimentar, como nunca sentiu antes. Para sua surpresa, ele remove o pote de chocolate com hortelã do *freezer*.

Ele jamais comera algo marrom. Escolhe chocolate com hortelã em vez de chocolate com amêndoas porque presume que haverá pedaços verdes dentro dele, o que talvez o torne mais tolerável.

Randal retira uma colher da gaveta de talheres e leva o sorvete até a mesa da cozinha. Ele se senta, estremecendo de temerosa antecipação.

Comida marrom. Ele pode não sobreviver.

Quando tira a tampa do recipiente, Randal descobre que a hortelã aparece em pequeninas tiras verde-claro, entremeadas na gelada massa marrom. A cor familiar o encoraja. O pote está cheio e ele enche uma colher com a iguaria.

Levantando a colher, ele perde a coragem de colocá-la na boca. Faz quatro tentativas e finalmente, na quinta, obtém sucesso.

Ah!

Nada revoltante, afinal. Delicioso.

Galvanizantemente delicioso: ele enfia a segunda colher na boca sem hesitação. E uma terceira.

Enquanto come, é tomado por uma paz, uma satisfação nunca antes sentida. Ele ainda não se sente feliz, de acordo com seu conceito de felicidade, mas está mais perto dessa condição desejada do que jamais esteve nesses quatro meses fora do tanque.

Cidade das trevas

Tendo vindo aqui em busca dos segredos da felicidade, ele encontrou algo mais: o *lar*.

Ele sente que pertence a esse lugar de um modo como nunca sentiu que pertencia à colônia Mãos da Misericórdia. Sente-se tão seguro aqui que consegue comer comida marrom. Talvez mais tarde ele até experimente o sorvete rosa e amarelo de morango e banana. Tudo, não importa quão ousado, parece ser possível dentro dessas paredes que o abrigam.

Quando já devorou metade do sorvete no pote, percebe que nunca sairá daqui. Esse é o seu lar.

Em toda a sua história, os homens da Velha Raça morreram – e mataram – para proteger seus lares. Randal Seis conhece um pouco de história, os costumeiros dois *gigabytes* recebidos no tanque.

Ser arrancado dessa paz e atirado no mundo barulhento e luminoso seria parecido com a morte. Portanto, qualquer tentativa de forçá-lo a sair de seu lar será interpretada como um ataque assassino, justificando uma resposta rápida e letal.

Esse é seu lar. Com toda a sua força, ele defenderá seu direito a ele.

Ele ouve passos descendo a escada.

CAPÍTULO 29

Gunny Aleto, motorista de caminhão de lixo, entrou na cabana que servia de escritório da gerência, sentou-se à beira da mesa de Nick Frigg e disse: – Raio raiva ralé ralo ramo rana ranço.

Nick não respondeu. Ela estava só com problemas para engrenar; e, se ele tentasse adivinhar a palavra que ela procurava, só a confundiria.

– Rango ranho rapto raso rastro rato. *Rato!* – Ela encontrou o substantivo que queria. – Já notou os ratos?

– Que é que têm eles?

– Que é que tem quem?

– Os ratos, Gunny.

– Você também notou?

– Notou o quê?

– Os ratos sumiram – ela disse.

– Sumiram pra onde?

– Se eu soubesse, não estaria perguntando.

– Perguntando o quê?

– Onde estão os ratos?

– Sempre tivemos ratos – Nick disse.

Ela balançou a cabeça. – Aqui não. Agora não. Não mais.

Gunny parecia uma artista de cinema, só que imunda. Nick não sabia por que Victor a fizera linda e depois a designara para o depósito de lixo. Talvez o contraste entre sua aparência e sua função o divertisse. Talvez ele a tivesse modelado copiando alguém da Velha Raça que o rejeitara ou tivesse, de alguma outra maneira, granjeado o ressentimento dele.

– Por que não vai lá fora e procura elefantes? – Gunny sugeriu.

– Do que você está falando... elefantes?

– Vai ser tão fácil quanto achar ratos. Arando o lixo, eu normalmente persigo bandos deles o tempo todo, mas não vejo nenhum há três dias.

– Talvez eles estejam ficando mais no fundo na cova, quanto mais a enchemos.

– Então temos cinco? – Gunny perguntou.

– Cinco ratos?

– Eu ouvi que chegaram cinco mortos da Velha Raça hoje.

– É. E mais três imperfeitos – Nick disse.

– Noite divertida – ela disse. – Cara, tá quente hoje.

– É o verão da Louisiana, o que é que você queria?

– Não estou reclamando – ela disse. – Gosto do sol. Queria que fizesse sol de noite.

– Não seria noite se tivesse sol.

– É esse o problema – concordou Gunny.

Comunicar-se com Gunny Aleto podia ser um desafio. Ela era bonita, uma motorista de caminhão tão boa quanto os outros, mas o modo como o pensamento dela evoluía, revelado por suas conversas, nem sempre seguia uma linearidade.

Todos da Nova Raça tinham uma graduação. No alto, estavam os Alfas, a elite governante. Eram seguidos pelos Betas e pelos Gamas.

Como gerente do aterro sanitário, Nick era um Gama. Todos de sua equipe eram Ípsilons.

Os Ípsilons eram designados e programados para o trabalho pesado. Estavam um degrau ou dois acima das máquinas de carne sem autoconsciência que um dia substituiriam muitos robôs de fábrica.

Nenhuma inveja entre classes era permitida entre os da Nova Raça. Cada um tinha sido programado para ficar satisfeito com a graduação com a qual havia nascido e para não ter desejos de ascensão.

Continuava permitido, é claro, desdenhar e sentir-se superior àqueles cuja graduação era *inferior* à sua. O desprezo pelos inferiores fornecia um saudável substituto para a perigosa ambição.

Ípsilons como Gunny Aleto não tinham o benefício de receber informações descarregadas diretamente em seu cérebro, como recebiam os Gamas como Nick, assim como ele recebia menos do que os Betas e muito menos do que os Alfas.

Além de serem menos educados do que as outras classes, os Ípsilons às vezes pareciam ter problemas cognitivos que indicavam que seu cérebro não era tão cuidadosamente confeccionado quanto o das classes superiores.

– Imbecil imberbe imenso imoral impacto impecável imperfeito. *Imperfeito!* Os imperfeitos. Temos três, você disse. Como eles são?

— Ainda não vi — Nick disse.
— Devem parecer idiotas.
— Tenho certeza que sim.
— Imperfeitos com cara de idiota. Noite divertida.
— Não vejo a hora — Nick disse, o que era verdade.
— Para onde acha que eles foram?
— O entregador os colocou no refrigerador.
— Os ratos? — ela perguntou, confusa.
— Achei que estava falando dos imperfeitos.
— Eu estava falando dos ratos. Sinto falta dos meus amiguinhos. Não acha que temos gatos, acha?
— Ainda não vi nenhum gato.
— Isso explicaria não ter ratos — ela disse. — Mas, se não viu nenhum, tudo bem para mim.

Se Gunny tivesse que viver entre os membros da Velha Raça, ela poderia não passar por um deles — ou poderia ser considerada retardada mental.

Como membro da equipe da Crosswoods, entretanto, ela não tinha vida fora do aterro sanitário. Vivia dentro desses portões vinte e quatro horas por dia, sete dias por semana, ocupando um beliche dentro de um dos *trailers* que serviam de alojamento.

Apesar de seus problemas, ela era uma excelente motorista de escavadeira e Nick estava satisfeito em tê-la.

Levantando-se da beira da mesa de Nick, Gunny disse: — Bom, vou voltar para a fossa... e hoje à noite tem diversão, hein?

— Hoje à noite tem diversão — ele concordou.

CAPÍTULO 30

Depois de sua conversa com Christine na cozinha, Erika Hélios passeou pelos cômodos da mansão que ainda não visitara.

O ostensivo *home theater* era no estilo *belle époque* russo, copiado dos palácios de São Petersburgo. Victor havia especificado esse estilo opulento em homenagem ao seu finado amigo Joseph Stalin, ditador comunista e visionário.

Joe Stalin havia contribuído com enormes recursos para financiar a pesquisa da Nova Raça depois da triste derrocada do Terceiro Reich, que tinha sido um revés terrível para Victor. Tão confiante estava Joe na capacidade de Victor para fabricar uma variedade de humanos melhorados, obedientes e inteiramente controláveis que havia ordenado a morte de quarenta milhões de seus cidadãos por vários meios antes mesmo que a tecnologia de clonagem nos tanques fosse aperfeiçoada.

Desejando viver para sempre, Joe submeteu-se a algumas das mesmas técnicas com as quais Victor havia sustentando sua própria vida por – naquela época – quase duzentos anos.

Dean Koontz

Infelizmente, Stalin devia estar sofrendo de um tumor cerebral não diagnosticado ou algo assim, pois, durante o período em que passou por esses procedimentos para prolongar a vida, tornou-se cada vez mais desligado da realidade e paranoico.

Chegou a nascer cabelo nas palmas das mãos de Stalin – o que *nunca* acontecera a Victor. Ademais, Stalin era acometido por imprevisíveis ataques de violência irrefreável, por vezes dirigida às pessoas em torno dele, por vezes a peças da mobília, e uma vez ao seu par de botas favorito.

Os companheiros mais próximos a ele o envenenaram e maquinaram uma história de fachada para esconder o fato de haverem perpetrado um golpe. A injustiça mais uma vez se impôs a Victor, e o dinheiro para suas pesquisas foi cortado por aqueles contadores mesquinhos que sucederam ao pobre Joe.

No tanque, Erika recebeu toda a magnífica história de Victor; no entanto, era proibida de falar sobre ela com alguém que não Victor. Ela recebera esse conhecimento somente para que compreendesse as lutas heróicas dele, seus triunfos e a glória de sua existência.

Depois do *home theater*, ela explorou a sala de música, o salão de recepções, a sala de estar formal, a sala de estar informal, a pérola que era a sala para o café da manhã, a sala de troféus, a sala de bilhar, a piscina interna, cujo deque era decorado com azulejos de mosaico e, finalmente, a biblioteca.

A visão de todos aqueles livros a deixou desconfortável, pois ela sabia que eles eram corrompedores, talvez até malignos. Eles significaram a morte para Erika Quatro, que absorvera conhecimentos perigosos neles contidos.

Cidade das trevas

No entanto, Erika tinha de familiarizar-se com a biblioteca porque haveria reuniões sociais para as quais Victor convidaria importantes figuras da Velha Raça – na maioria políticos poderosos e grandes empresários – a fim de irem até a biblioteca a fim de tomar um conhaque ou outras bebidas depois do jantar. Como anfitriã, ela precisaria sentir-se confortável aqui, a despeito dos livros horrorosos.

Enquanto caminhava pela biblioteca, ousava tocar em um livro ou outro e acostumar-se à energia sinistra deles. Até pegou um da estante e o examinou, com os dois corações acelerados.

Caso um convidado, alguma noite, dissesse: *Erika, querida, poderia me passar aquele livro com encadernação adorável? Eu gostaria de dar uma olhada nele,* ela deveria estar preparada para entregar o volume de modo tão casual quanto um tratador pegaria qualquer uma de suas serpentes.

Christine tinha sugerido que Erika vasculhasse as diversas prateleiras de textos de psicologia e estudasse bastante sobre sadismo sexual. Contudo, ela não conseguia decidir-se a, de fato, abrir um *livro*.

Ao vagar pela enorme sala, escorregando a mão pelo lado de baixo de uma prateleira, saboreando o contato macio com o fino acabamento da madeira, ela descobriu um botão escondido. Acionou-o antes mesmo de perceber o que estava fazendo.

Uma das estantes era, na verdade, uma porta oculta, que se abriu de repente sobre dobradiças do tipo pivô. Adiante, havia uma passagem secreta.

No tanque, ela não tinha sido informada da existência dessa porta escondida nem do que se encontrava por trás dela. Mas também não era proibida de explorar.

CAPÍTULO 31

Depois de ligar as luzes da cozinha, antes de preparar o jantar, Vicky Chou lavou as mãos na pia e descobriu que a toalha estava suja e precisava ser trocada. Enxugou as mãos nela, de qualquer maneira, antes de pegar uma toalha limpa na gaveta.

Ela atravessou a cozinha e abriu a porta da lavanderia. Sem ligar as luzes, jogou a toalha suja no cesto de roupas.

Detectando um cheiro de mofo, fez uma anotação mental para inspecionar o cômodo em busca de bolor logo pela manhã. Os espaços mal ventilados como esse precisavam de atenção especial no clima úmido da região pantanosa.

Ela colocou toalhas americanas de plástico sobre a mesa de jantar. Pegou talheres para ela e para Arnie.

A urgência com que Carson tinha saído de casa, depois de dormir a manhã inteira, sugeria que não viria jantar.

O prato de Arnie era diferente do de Vicky: maior, retangular, em vez de redondo, e dividido em quatro compartimentos. Ele não gostava que os alimentos se misturassem.

Ele não tolerava itens laranja e verdes no mesmo prato. Embora conseguisse cortar a carne e outros alimentos sozinho, insistia que os tomates fossem cortados em pedacinhos pequenos para ele.

"Fofinho", ele dizia, fazendo caretas de desgosto quando encontrava um pedaço de tomate que precisasse de faca. "Fofinho, fofinho."

Muitos outros autistas tinham mais regras do que Arnie. Como ele falava muito pouco, Vicky o conhecia por suas excentricidades mais do que pelas palavras, e costumava achá-las mais ternas do que frustrantes.

Num esforço para socializar Arnie sempre que possível, ela insistia ao máximo para que ele fizesse as refeições com ela e sempre com a irmã, quando Carson estava em casa. Às vezes, a insistência de Vicky não o convencia e ela permitia que ele comesse no quarto, perto de seu castelo de Lego.

Com a mesa pronta, ela abriu o *freezer* para pegar uma caixa de bolinhos de batata – e descobriu que o sorvete de chocolate com hortelã não tinha sido guardado adequadamente. A tampa estava entreaberta; uma colher tinha sido deixada dentro do recipiente.

Arnie nunca tinha feito nada assim antes. Normalmente, esperava a comida ser colocada diante dele; raramente se servia. Tinha bom apetite, mas não muito interesse em quando e o que comia.

Nessas ocasiões, quando atacava a despensa ou a geladeira, Arnie era cuidadoso. Nunca deixava respingos nem migalhas.

Os altos padrões de higiene culinária do menino beiravam o obsessivo. Ele nunca provava algo do prato de outra pessoa, nem mesmo de sua irmã, nem de um garfo ou colher que não fosse o seu.

Vicky não podia imaginar que ele comeria direto da embalagem. E, se ele tinha feito isso antes, sem o conhecimento dela, nunca deixara uma colher para trás.

Ela imaginou que Carson se permitira satisfazer um repentino desejo pouco antes de sair de casa apressadamente.

Quando Vicky olhou mais de perto, entretanto, descobriu que o sorvete na superfície estava mole, quase derretido. O recipiente tinha ficado um tempo fora do *freezer* – e fora colocado de volta havia alguns minutos apenas.

Ela colocou a tampa no lugar, fechou a porta do *freezer* e levou a colher para a pia, onde a enxaguou.

Colocando a colher na lavadora, ela chamou: – Arnie? Cadê você, querido?

A porta dos fundos estava trancada com duas fechaduras, como ela havia deixado. O menino nunca tinha saído para caminhar lá fora antes, mas tampouco havia deixado uma colher no pote de sorvete.

Da cozinha, Vicky seguiu por um pequeno vestíbulo até a sala de estar. As persianas e cortinas faziam sombras. Ela acendeu uma luz.

– Arnie? Está aqui em baixo, Arnie?

A casa não ostentava nada tão grandioso como um salão de entrada, somente um pequeno vestíbulo em uma ponta da sala de estar. A porta da frente também continuava com duas trancas.

Às vezes, quando Carson estava num caso que exigia muito e Arnie sentia falta da irmã, o menino gostava de ficar sentado na poltrona do quarto dela, entre suas coisas.

Ele não estava lá agora.

Vicky subiu as escadas e ficou aliviada ao encontrá-lo em segurança no quarto. Ele não reagiu quando ela entrou.

– Meu bem – ela disse –, não deve comer sorvete tão perto da hora do jantar.

Arnie não respondeu, mas encaixou um bloco no lugar dos taludes do castelo, que ele estava modificando.

Considerando as sérias limitações com as quais o menino convivia, Vicky evitava ralhar com ele. Ela não pressionou quanto ao sorvete, mas disse: – O jantar vai ficar pronto em quarenta e cinco minutos. É um dos seus pratos prediletos. Você desce, então?

Como única resposta, Arnie olhou na direção do relógio digital na cabeceira da cama.

– Bom. Vamos comer um delicioso jantar juntos e depois eu lerei mais alguns capítulos de *Podkayne de Marte*, se quiser.

– Heinlein – o menino disse, suavemente, quase reverente, pronunciando o nome do autor do romance.

– Isso mesmo. Quando deixamos a pobre Podkayne, ela estava em apuros.

– Heinlein – Arnie repetiu, e em seguida voltou a trabalhar no castelo.

De volta ao andar térreo, seguindo o corredor até a cozinha, Vicky fechou a porta do armário de casacos, que ficara entreaberta.

Já estava entrando na cozinha quando percebeu que, no corredor, tinha sentido o mesmo cheiro de mofo que sentira na lavanderia. Ela se virou, olhou para o caminho que tinha percorrido e cheirou.

Cidade das trevas

Embora a casa fosse construída sobre estacas, o ar que circulava sob a estrutura não impedia que colônias de fungos, especialmente mofo, conspirassem para invadir os cômodos elevados. Eles floresciam no espaço úmido e escuro de rastejamento do porão. Os pilares de concreto absorviam água do chão por osmose, e o mofo subia por essas superfícies umedecidas, abrindo caminho na direção da casa.

Pela manhã, ela definitivamente iria fazer uma inspeção completa em cada canto escuro dos armários do andar térreo, armada com o melhor produto antimofo inventado pelo homem.

Quando era adolescente, Vicky tinha lido uma história de O. Henry que a deixara com fobia de mofo para sempre. Numa pensão, no calor úmido e escuro atrás de um aquecedor, um imundo tapete manchado de sangue, colonizado pelo mofo, tinha, de alguma maneira, ganhado vida, uma forma de vida ávida, mas estúpida, e certa noite, de um jeito ameboide, quieto e deslizante, foi em busca de outra vida quando a luz se apagou, asfixiando o inquilino enquanto ele dormia.

Vicky Chou não se via como Sigourney Weaver em *Alien, o oitavo passageiro*, nem como Linda Hamilton em *O exterminador do futuro*, mas estava firmemente determinada a travar batalha com qualquer mofo que ameaçasse seu território. Nessa guerra interminável, ela não considerava estratégias de fuga; o único resultado aceitável de cada batalha era a vitória total.

De volta à cozinha, ela tirou a caixa de bolinhos de batata do *freezer*. Untou uma forma e espalhou os bolinhos sobre ela.

Ela e Arnie jantariam juntos. Depois, *Podkayne de Marte*. Ele gostava que ela lesse para ele, e Vicky gostava da hora de ler histórias tanto quanto ele. Pareciam uma família. Será uma noite agradável.

CAPÍTULO 32

Deucalião passara a tarde andando de igreja em igreja, da catedral à sinagoga, sem se deter em nenhum lugar entre elas, tirando vantagem de sua especial compreensão do tempo e espaço para passar de nave em nave, de um lugar católico para um protestante, para outro católico, por muitos bairros e crenças da cidade, de santuário a nártex à sacristia. Também entrou secretamente em reitorias e capelas e presbitérios protestantes, observando clérigos em seu trabalho, buscando um que ele sentisse, com segurança, pertencer à Nova Raça.

Poucos desses homens do clero – entre eles uma mulher – levantaram suas suspeitas. Se fossem monstros numa extensão ainda maior do que ele mesmo era, escondiam-no bem. Eram mestres do disfarce, tanto na privacidade quanto em público.

Devido às suas posições, eles seriam, é claro, o melhor da produção de Victor, seus Alfas, excepcionalmente inteligentes e habilidosos.

Na Nossa Senhora das Dores, o padre parecia *errado*. Deucalião não conseguia saber ao certo por qual motivo suspeitara dele. A intuição, além do mero conhecimento e da razão, lhe diziam que o padre Patrick Duchaine não era um filho de Deus.

O padre tinha cerca de um metro e oitenta, cabelo grisalho e rosto doce, um clone perfeito, talvez, de um padre verdadeiro hoje apodrecendo numa cova rasa.

Em sua maioria sozinhos, somente alguns acompanhados, primordialmente mais velhos do que jovens, pouco mais de vinte paroquianos se reuniam para as Vésperas. Com o serviço ainda não começado, sentaram-se em silêncio e não perturbaram a calma da igreja.

Em um lado da nave, os vitrais brilhavam sob a luz ardente do sol que se punha. Padrões geométricos coloridos eram projetados sobre os devotos, nos bancos da igreja.

A Nossa Senhora das Dores abria para confissões todas as manhãs antes da missa e nas tardes, como agora, quando se celebravam as Vésperas.

Permanecendo no corredor escuro do lado leste da nave, fora da luz deslumbrante do vitral, Deucalião aproximou-se de um confessionário, fechou a porta e ajoelhou-se.

Quando o padre abriu o painel de privacidade que cobria a tela que os separava e fez o convite à confissão, Deucalião disse, suavemente: – O seu deus vive no Céu, padre Duchaine, ou no Garden District?

O padre ficou em silêncio por um instante e em seguida disse: – Essa parece ser uma pergunta de um homem particularmente perturbado.

– Não um homem, padre. Mais do que um homem. E menos do que um homem. Como o senhor, creio eu.

Cidade das trevas

Após um segundo de hesitação, o padre disse: – Por que veio aqui?

– Para ajudá-lo.

– E por que eu precisaria de ajuda?

– O senhor sofre.

– Esse mundo é um vale de lágrimas para todos nós.

– Podemos mudar isso.

– Mudar isso não está em nosso poder. Podemos somente sofrer em paciência.

– O senhor prega a esperança, padre. Mas não tem esperança dentro de si.

O silêncio do padre o condenou e o identificou.

Deucalião disse: – Como deve ser difícil para o senhor assegurar aos outros que Deus terá piedade de suas almas imortais sabendo, como o senhor sabe, que mesmo que Deus exista o senhor não tem uma alma à qual Ele possa conceder sua Graça e a vida eterna.

– O que quer de mim?

– Uma conversa particular. Consideração. Discrição.

Após hesitar, o padre Duchaine disse: – Venha à reitoria depois do serviço.

– Estarei esperando em sua cozinha. O que lhe trago, padre, é a esperança que o senhor crê nunca poder ser sua. O senhor precisa somente ter coragem de acreditar e agarrar-se a ela.

CAPÍTULO 33

Carson estacionou o carro no acostamento, eles pegaram as malas e atravessaram uma alameda de pinheiros, subiram um leve declive e entraram num pequeno bosque de carvalhos frondosos. Para além dos carvalhos, havia um vasto gramado.

Com o dobro do tamanho do Central Park de Nova York, o Parque da Cidade servia a uma população pouco maior do que a de Manhattan. Dentro de seus limites, portanto, havia lugares reclusos, especialmente sob os derradeiros raios de sol de uma tarde de verão de calor excruciante.

Em toda a extensão do prado não havia sequer uma pessoa andando ou interagindo com a natureza, brincando com um cachorro, jogando *frisbee* nem se livrando de um corpo.

Colocando sua mala no chão, Michael indicou um ponto gramado a alguns metros além dos carvalhos. – Foi ali que encontramos a cabeça do contador, escorada naquela pedra. Essa você certamente nunca vai esquecer.

– Se fizessem um cartão de lembrança adequado à ocasião – Carson disse –, eu mandaria um para você todo ano.

– Fiquei impressionado com o ângulo atrevido em que ele usava o chapéu de caubói – Michael recordou –, especialmente se considerarmos as circunstâncias.

– Não era o primeiro encontro deles? – Carson perguntou.

– Era. Eles foram a uma festa à fantasia juntos. Era por isso que ele estava usando roupas de caubói de couro azul com imitações de diamantes.

– As botas dele tinham madrepérola incrustada.

– Eram legais aquelas botas. Aposto que ele devia fazer uma bela figura com o corpo e a cabeça juntos, mas nunca tivemos a oportunidade de ver o conjunto completo.

– Nós chegamos a saber que fantasia o assassino usou? – ela perguntou, enquanto ajoelhava sobre folhas de carvalho secas e quebradiças para abrir sua mala.

– Acho que ele foi de toureiro.

– Ele cortou a cabeça do caubói com um machado. Um toureiro não carrega um machado.

– É, mas ele sempre levava um machado no porta-malas do carro – ela lembrou.

– Provavelmente ao lado da caixa de primeiros socorros. Como um primeiro encontro pode dar tão errado a ponto de terminar com alguém decapitado?

Abrindo a mala que continha os rifles, Michael disse: – O problema é que todo mundo tem expectativas muito altas, nada realistas, para o primeiro encontro. Via de regra, as pessoas ficam desapontadas.

Enquanto Michael checava os Urban Sniper e colocava a alça de três pontos neles, Carson trabalhava nos carregadores de cada pistola e inseria um cartucho na abertura.

Cidade das Trevas

Exceto pelos pequenos ruídos que ela e Michael faziam, um manto de silêncio envolvia o bosque, encobrindo também o prado mais adiante.

Ela carregou os pentes de nove balas das duas Magnum Desert Eagle com cartuchos .50 Ação Expressa.

– Antes de entrarmos com tudo na casa dele – ela disse –, precisamos ter certeza de que Hélios está lá. Só teremos uma chance de surpreendê-lo.

– É, estive pensando a mesma coisa. Precisamos falar com Deucalião. Ele pode ter alguma ideia.

– Acha que Arnie corre perigo? – Carson disse, preocupada.

– Não. A ameaça para Hélios somos nós, não o Arnie. E ele não vai tentar me silenciar pegando seu irmão. Ele vai perceber que é muito mais fácil destruir nós dois.

– Espero que você tenha razão – ela disse. – Assim eu fico mais tranquila.

– É, nada me deixa mais feliz do que ser o alvo principal de um arquivilão.

– Olha só – Godot adicionou dois coldres para as Eagles, de graça.

– Que estilo?

– De cintura.

– Especiais para a arma? – ele perguntou.

– Sim.

– Me dê aqui. Esse monstro ia se sentir sem jeito num coldre de ombro.

– Vai sair daqui levando sua Eagle na cintura? – ela perguntou.

– Não é muito fácil alcançá-la dentro da mala, não é? Se Hélios mandou o pessoal dele – ou o que quer que eles sejam – atrás da gente, podemos precisar desses mata-monstros muito antes de chegarmos à casa dele.

Enquanto Michael carregava os rifles, Carson se encarregava dos quatro pentes extras das Magnum .50.

Colocaram os coldres e embainharam as Eagles. Os dois escolheram o quadril esquerdo para saque cruzado, escondendo a arma sob o casaco.

No quadril direito, cada um deles carregava uma bolsa contendo dois pentes extras para a Eagle e oito balas extras para a Urban Sniper.

A jaqueta esporte fornecia cobertura razoável; mas o novo peso pareceria um tanto inconveniente durante algum tempo.

Eles fecharam as malas e colocaram as alças com os rifles sobre o ombro esquerdo – coronha para cima, nariz para baixo. Pegaram as duas malas quase vazias e tomaram o caminho de volta pelo bosque de carvalhos.

Quando haviam descido dois terços do declive aberto, entre os carvalhos e os pinheiros, eles colocaram as malas no chão e olharam para o caminho que tinham acabado de percorrer.

– Tenho que sentir a máquina – Carson disse.

– Um tiro cada um, depois saímos correndo antes que a segurança do parque venha averiguar.

A colina em aclive serviria para aparar as balas e impedir que ricocheteassem.

Eles seguraram as Eagles firmemente com as duas mãos e dispararam quase simultaneamente. Os disparos fizeram *muito* barulho, um barulho de zona de guerra.

Cidade das Trevas

Pedaços de terra e grama marcaram o impacto, como se dois jogadores de golfe invisíveis e raivosos tivessem arrancado torrões da turfa.

Carson sentiu o coice da arma até as articulações dos ombros, mas conseguira manter o nariz para baixo.

– É barulho suficiente para você? – Michael perguntou.

– Você ainda não ouviu nada – ela disse, colocando a Eagle no coldre.

Eles ergueram os rifles pendurados no ombro e os tiros foram como dois trovões que fizeram tremer o ar e pareceram vibrar até o chão sob seus pés.

– Como sentiu? – ele perguntou.

– Foi macio.

– Uma bala dessas pode arrancar a perna de um homem.

– Talvez não uma perna *deles*.

– Com certeza não vai deixá-los sorrindo. É melhor irmos.

Colocaram os rifles nos ombros mais uma vez, pegaram as malas e caminharam, resolutos, entre as sombras quentes dos pinheiros.

CAPÍTULO 34

Cindi Lovewell estacionou o Mountaineer na via de serviço, mais ou menos cem metros atrás do sedã policial, desligou o motor e desceu os vidros.

– Eles não estão no carro – Benny disse. – Para onde acha que foram?

– Eles devem ter entrado no bosque para urinar – Cindi disse. – A espécie deles não tem nosso grau de controle.

– Acho que não foi isso – Benny disse. – Pelo que entendo da biologia deles, os homens da Velha Raça não costumam ter problemas em controlar a urina até ficarem bem velhos e sua próstata aumentar.

– Então talvez tenham entrado no bosque para fazer um bebê.

Benny pediu a si mesmo paciência. – As pessoas não fazem bebês no bosque.

– Fazem, sim. Elas fazem bebês em qualquer lugar. No bosque, no campo, em barcos, nos quartos, na mesa da cozinha, em praias com luar, nos banheiros de aviões. Elas fazem bebês em qualquer lugar, o tempo todo, milhões e milhões de novos bebês a cada ano.

– O método de reprodução deles é grosseiro e ineficiente, se você pensar bem – disse Benny. – Os tanques são um sistema melhor, mais limpo e mais controlável.

– Os tanques não fazem bebês.

– Eles fazem cidadãos adultos e produtivos – Benny disse. – Todos já nascem em condições de servir à sociedade. É muito mais prático.

– Eu gosto de bebês – Cindi disse, teimosa.

– Não deveria – ele alertou.

– Mas gosto. Gosto dos dedinhos deles, dos pezinhos, das bochechinhas rechonchudas, de seus sorrisos desdentados. Gosto da maciez deles, do cheiro deles, do...

– Está ficando obsessiva novamente – ele disse, nervoso.

– Benny, por que você não quer um bebê?

– É uma violação de tudo que somos – ele disse, exasperado. – Para nós, não seria natural. Tudo o que eu quero, o que eu *realmente* quero, é matar algumas pessoas.

– Eu quero matar algumas pessoas também – ela o confortou.

– Não tenho certeza disso.

Ela balançou a cabeça e olhou para ele com desapontamento. – Está sendo tão injusto, Benny. Você sabe que quero matar pessoas.

– Eu costumava achar que sim.

– Mal consigo esperar o dia em que vamos matar *todos* eles. Mas você também não tem vontade de criar?

– Criar? Não. Por que teria? Criar? Não. Não quero ser *eles*, com seus bebês e seus livros e seus impérios corporativos...

Cidade das trevas

Benny foi interrompido por duas explosões quase simultâneas, fortes e uniformes, distantes, mas inconfundíveis.

– Tiros – Cindi disse.

– Duas balas. Depois dos pinheiros.

– Acha que eles atiraram um no outro? – ela perguntou.

– Por que atirariam um no outro?

– As pessoas fazem isso. O tempo todo.

– Eles não atiraram um no outro – ele disse, mas estava expressando uma esperança mais do que uma convicção.

– Acho que atiraram um no outro.

– Se atiraram um no outro – ele disse –, eu vou ficar muito zangado.

Mais dois tiros, também quase simultâneos, mas com ruído maior do que os outros e caracterizados por um estrondo oco e não uniforme, ecoaram dos pinheiros.

Aliviado, Benny disse: – Eles não atiraram um no outro.

– Talvez alguém esteja atirando neles.

– Por que você é sempre tão *negativa*? – ele perguntou.

– Eu? Eu sou positiva. Sou a favor da criação. A criação é uma coisa positiva. Quem é que é *contra* a criação?

Com profunda preocupação com o destino dos dois detetives, Benny ficou olhando para o bosque distante pelo para-brisas.

Eles ficaram sentados em silêncio por meio minuto e então Cindi disse: – Precisamos de um berço de vime.

Ele se recusou a entrar naquele tipo de conversa.

– Estamos comprando roupas – ela disse – quando existem tantas coisas de que vamos precisar primeiro. Ainda não comprei fraldas nem mantinhas.

Mais espesso do que o ar úmido, um manto de desespero começou a cobrir Benny Lovewell.

Cindi disse: – Eu não vou comprar nenhum leite até ver se consigo amamentar. Eu mesma quero amamentar nosso bebê.

Saindo dos pinheiros, surgiram duas figuras.

Mesmo com sua visão aprimorada, a essa distância Benny precisou de um momento para ter certeza da identidade deles.

– São eles? – ele perguntou.

Depois de hesitar, Cindi disse: – Sim.

– Sim! Sim, são eles. – Benny ficou muito contente por estarem vivos e por ele ainda ter a chance de matá-los.

– O que estão carregando? – Cindi perguntou.

– Não consigo ver.

– Malas?

– Pode ser.

– Onde conseguiriam malas no bosque? – Cindi se perguntou.

– Talvez tenham pegado das pessoas que mataram.

– Mas o que essas *outras* pessoas estariam fazendo com malas num bosque?

– Não me importo – Benny disse. – Quem sabe por que eles fazem o que fazem? Eles não são como nós, não são uma espécie totalmente racional. Vamos matá-los.

– Será que aqui é um bom lugar? – Cindi perguntou, mas ligou o motor.

– Eu estou realmente pronto. Eu *preciso* disso.

– É muito aberto – ela disse. – Não poderemos ficar à vontade para fazer da maneira mais gostosa.

Reconhecendo de má vontade, Benny disse: – Tem razão. Está bem, está bem. Mas podemos subjugá-los, nocauteá-los e levá-los para um lugar mais íntimo.

– Depois do distrito das artes e armazéns, onde os ricos ainda não construíram casas. Aquela fábrica abandonada. Você sabe onde é.

– Onde matamos o chefe de polícia e a esposa dele quando seus replicantes ficaram prontos – Benny disse, aquecendo a memória.

– Matamos eles muito bem – Cindi disse.

– Matamos, não foi?

– Lembra como ele gritava quando descascamos a cabeça dela feito uma laranja? – Cindi perguntou.

– Era de esperar que um chefe de polícia fosse mais durão.

Conduzindo o Mountaineer pela via de serviço, Cindi disse:

– Podemos cortá-los em pedaços enquanto ainda estão vivos – e depois, sabe o que vamos fazer?

– O quê? – ele perguntou, enquanto se aproximavam do carro estacionado, onde os detetives tinham acabado de colocar as malas no banco traseiro.

– Bem ali no meio do sangue e todo o resto – Cindi disse –, vamos fazer um bebê.

O humor dele estava nas nuvens. Ele não deixaria que ela o derrubasse.

– Claro, certamente – ele disse.

– Sangue, sangue bem fresco, é usado de vez em quando nos rituais mais eficazes – ela disse.

– Claro que é. Vamos chegar lá antes que eles entrem no carro. Que rituais?

– Rituais de fertilidade. A Velha Raça é fértil. Se transarmos no sangue deles, cobertos pelo sangue quente deles, quem sabe também ficaremos férteis.

Os tiras viraram para olhar o Mountaineer que se aproximava e Benny ficou excitado com a perspectiva de violência, mesmo assim, não pôde deixar de perguntar: – Rituais de fertilidade?
– Vodu – disse Cindi. – O culto Ibo do vodu.
– Ibo?
– *Je suis rouge* – ela disse.
– Isso parece francês. Não somos programados com francês.
– Quer dizer "A que é rubra" ou, mais precisamente "Eu, a rubra". É assim que Ibo chama a si mesmo.
– Ibo novamente – disse Benny.
– Ele é o deus do Mal no culto do sacrifício do vodu. Vamos matar esses dois e depois fazer um bebê enquanto nadamos no sangue deles. Salve Ibo, toda a glória a Ibo.
Cindi conseguira distrair Benny de sua presa. Ele ficou olhando para ela fixamente, aturdido e temeroso.

CAPÍTULO 35

Quando Erika Hélios adentrou a passagem secreta, a porta na estante fechou-se automaticamente atrás dela.

– É como um romance de Wilkie Collins – ela murmurou, referindo-se à obra de um escritor vitoriano que nunca tinha lido.

O corredor de pouco mais de um metro de largura tinha piso de concreto, paredes de concreto e teto de concreto. A sensação era de estar entrando numa casamata abaixo de uma cidade devastada pela guerra.

Aparentemente, detectores de movimento controlavam as luzes, porque quando ela parou por um tempo mais longo, avaliando sua descoberta, o corredor ficou escuro. Quando se moveu na escuridão, as luzes voltaram a acender.

O estreito corredor conduzia a uma única direção e terminava numa imensa porta de aço.

Como Victor adorava dispositivos e coisas tecnológicas, Erika previa que essa porta devia ter uma fechadura eletrônica. O estilo de Victor seria equipá-la com um escâner que lê a palma da mão ou padrões da retina, permitindo acesso somente a ele.

Em vez disso, a porta estava trancada com parafusos com porcas feitos de aço e quase três centímetros de espessura: cinco deles. Um fora colocado no batente superior, outro na soleira e três no batente direito, na altura das enormes dobradiças.

Contemplando tal barreira, Erika considerou que abrir a porta não seria uma atitude inteligente. O espaço do outro lado não era uma caixa e a porta não era uma tampa, mas ela não conseguiu evitar pensar em Pandora, a primeira mulher, cuja curiosidade a levara a abrir a tampa da caixa na qual Prometeu havia trancado todos os males que poderiam afligir a humanidade.

Esse pedacinho de mito deu-lhe uma breve pausa, porque a humanidade – um outro termo para a Velha Raça – estava condenada, de qualquer maneira. Ela mesma poderia, um dia, ser ordenada a matar quantos encontrasse.

Além disso, Samuel Johnson – seja ele quem for – certa vez dissera: "A curiosidade é uma característica permanente e certa de uma mente vigorosa".

A julgar pelo peso imposto a essa porta e pelo tamanho dos ferrolhos que a mantinham trancada, alguma coisa de importância considerável para Victor devia estar esperando para ser descoberta do outro lado. Se Erika quer ser a melhor esposa possível – e a última Erika a surgir dos tanques –, deve compreender seu marido, e para compreendê-lo ela deve conhecer tudo o que ele mais valoriza. O que estivesse atrás daquela barreira, que lembrava a porta de um cofre, tinha, claramente, muito valor para ele.

Cidade das trevas

Ela tirou o parafuso do batente superior e em seguida o da soleira. Um por um, tirou os parafusos do batente lateral.

A prancha de aço abriu-se para dentro, levando ao próximo espaço, onde uma fileira de luzes no teto se acendeu automaticamente. Ao atravessar a porta, ela notou que esta, que deslizara suavemente sobre suas dobradiças maciças, tinha cerca de vinte centímetros de espessura.

Deparou com outro pequeno corredor, de mais ou menos quatro metros de comprimento, que terminava numa porta idêntica à primeira.

Ao longo desse segundo corredor, pontas metálicas saíam das paredes. À esquerda, pareciam ser de cobre. À direita, eram de outro metal, talvez aço, talvez não.

Um chiado leve e uivante preenchia o corredor. Parecia sair das pontas de metal.

A educação descarregada em seu cérebro havia se concentrado primariamente em música, dança, alusões literárias e outros assuntos que garantissem seu desempenho como anfitriã cintilante quando Victor convidasse importantes políticos da Velha Raça, o que ele faria até a hora em que pudesse eliminá-los com segurança. Ela não sabia muito sobre ciências.

Contudo, desconfiava que quando necessário – pelo motivo que fosse – poderosas correntes elétricas correriam em círculos pelas pontas de metal que estavam alinhadas nos dois lados do corredor, talvez fritando ou vaporizando quem porventura ficasse preso entre elas.

Nem mesmo um membro da Nova Raça sairia dali incólume.

Enquanto permaneceu ali, a dois passos da porta, remoendo pensamentos sobre sua descoberta, um raio laser azul brotou de um artefato no teto e a escaneou da cabeça aos pés, parando em seguida, como se estivesse avaliando sua forma.

O raio laser se recolheu. Um momento depois, as pontas metálicas cessaram o chiado. Um silêncio pesado encheu o corredor.

Ela teve a impressão de que tinha sido aprovada. Provavelmente não viraria uma torrada queimada caso seguisse adiante.

Se estivesse errada, dar alguns passos para trás não a salvaria da destruição; portanto, ela avançou com ousadia, deixando a porta aberta atrás de si.

Seu primeiro dia na mansão – começando com a fúria de Victor no quarto, seguido pela episódio de William arrancando os dedos, depois a conversa perturbadora que tivera com Christine na cozinha – não tinha sido tão acolhedor quanto ela esperava. Quem sabe com essa descoberta o dia mude para melhor. Não ser eletrocutada parecia ser um bom sinal.

CAPÍTULO 36

– Toda a glória a Ibo – Cindi repetiu. – Que ele aprove o gosto de meu sangue.

Se estava muito a fim de capturar e matar os detetives havia somente alguns momentos, Benny Lovewell tinha, de repente, perdido completamente o interesse.

Cindi o tinha cegado com o papo de vodu, de que ele nunca tinha ouvido antes. Ela o fez perder a estabilidade.

De repente, ele não sabia mais se podia confiar nela. Eles formavam uma equipe. Precisavam agir como um só, sincronizados, com total confiança.

Quando diminuíram a velocidade ao chegar perto do sedã, Benny disse: – Não pare.

– Deixe o macho comigo – ela disse. – Ele não me verá como ameaça. Vou quebrá-lo tão depressa e com tanta força que ele nem vai saber o que aconteceu.

– Não, siga em frente, em frente, vamos – instigou Benny.

– Mas por quê?

– O que foi que eu *disse*? Se quiser, algum dia, fazer um bebê comigo, é melhor *não parar*!

Eles vinham deslizando e quase pararam ao lado do sedã.

Os detetives ficaram olhando. Benny sorriu e acenou, o que antes pareceu a coisa certa a fazer depois ele teve a impressão de que estava só chamando a atenção para si mesmo, então desviou rapidamente o olhar, o que, percebeu, talvez tivesse levantado suspeitas.

Antes de parar completamente, Cindi acelerou e eles seguiram pela via de serviço dentro do parque.

Olhando de relance o sedã que ia ficando distante no espelho retrovisor, Cindi disse: – Mas o que foi *aquilo?*

– Foi por causa de Ibo – ele disse.

– Não entendi.

– Não entendeu? *Você* não entendeu? *Eu* é que não entendi. *Je suis rouge*, deuses do mal, sacrifícios de sangue, vodu?

– Você nunca ouviu falar de vodu? Era muito popular em Nova Orleans, no século XIX. Ainda acontece, e de fato...

– Você não aprendeu nada no tanque? – ele perguntou. – *Não existe outro mundo além deste*. Isso é essencial para nossa crença. Somos estritamente racionalistas, materialistas. Somos *proibidos* de ter superstições.

– Eu sei disso. Acha que não sei disso? A superstição é uma falha grave da Velha Raça. A mente dele é fraca, cheia de insensatez, medo e bobagens.

Benny repetiu o que ela havia dito quando eles estavam perto do sedã: – "Salve Ibo, toda a glória a Ibo". Isso não parece materialista para mim. Para mim, não.

– Quer relaxar? – disse Cindi. – Se você pertencesse à Velha Raça, teria estourado um vaso sanguíneo.

– É isso o que você faz quando sai sozinha de vez em quando? – ele perguntou. – Vai para uma catedral de vodu?

– Não existe uma catedral de vodu. Que ignorância. Se é do estilo haitiano, eles chamam o templo de *houmfort*.

– Então você vai ao *houmfort* – ele disse, horrorizado.

– Não, porque não existe muito vodu do estilo haitiano por aqui.

Fora da vista do sedã, ela saiu da via de serviço e estacionou sobre a grama. Deixou o motor ligado, e também o ar-condicionado.

Ela disse: – Zozo Deslile vende *gris-gris* na casinha dela em Treme, e faz feitiços e invoca espíritos. Ela é uma *bocor* do culto a Ibo, com *mucho mojo, yassuh*.

– Quase nada do que você falou faz sentido – disse Benny. – Cindi, você percebe a situação em que se colocou, em que nos colocou? Se algum dos nossos descobrir que você virou religiosa, será eliminada, e provavelmente eu também serei. Tudo vai bem para nós: permissão para matar, mais e mais trabalho o tempo todo. Os outros nos invejam e você vai arruinar tudo isso com essa sua superstição maluca.

– Eu não sou supersticiosa.

– Não é não?

– Não sou não. Vodu não é superstição.

– É religião.

– É ciência – ela disse. – É verdade. Dá certo.

Benny resmungou uma coisa qualquer.

– Graças ao vodu – ela disse –, eu vou acabar tendo um filho. É só uma questão de tempo.

– Eles poderiam estar inconscientes no porta-malas do carro nesse momento – Benny disse. – Poderíamos estar a caminho da velha fábrica.

Ela abriu o zíper da bolsa e retirou uma pequenina bolsa de algodão com um fecho de fita vermelha. – Ela contém as sementes de Adão e Eva. Duas delas, costuradas juntas.

Ele não disse nada.

Também da bolsa Cindi tirou um pequeno frasco. – A mistura de Judas, feita de botões do Jardim de Galada, pó de prata dourada, o sangue de um coelho, essência de Van Van, pó de...

– E o que se faz com isso?

– Mistura-se meia colher de chá num copo de leite morno e se toma todo dia pela manhã, de pé, sobre um montinho de sal.

– Parece muito científico.

Ela não ignorou o sarcasmo dele. – Como se você soubesse tudo de ciência. Você não é um Alfa. Nem um Beta. Você é um Gama, igual a mim.

– Isso mesmo – Benny disse. – Um Gama. Não um Ípsilon ignorante. E nem um membro supersticioso da Velha Raça. Um *Gama*.

Ela colocou as sementes de Adão e Eva e a mistura de Judas de volta dentro da bolsa. Fechou o zíper.

– Não sei o que fazer – disse Benny.

– Temos uma missão, lembra? Matar O'Connor e Maddison. Não sei por que ainda não fizemos isso.

Benny olhava o parque pelo vidro dianteiro.

Cidade das trevas

Nunca desde que fora retirado do tanque de criação ele se sentira tão triste. Ansiava por estabilidade e controle, mas se encontrava em meio ao caos crescente.

Quanto mais ele ruminava sobre seu dilema, mais depressa afundava numa sombria melancolia.

Pesando seu dever para com Victor contra seu interesse próprio, ele se perguntou por que havia sido concebido para ser o materialista puro e depois teve de cuidar de todo o resto, exceto de si mesmo. Por que deveria se preocupar com outras coisas que não seus próprios interesses – exceto porque seu criador o eliminaria se ele desobedecesse? Por que ele deveria se importar que a Nova Raça ascendesse, considerando que esse mundo não tinha significado transcendente? Qual era o propósito de aniquilar a humanidade e dominar toda a natureza, qual era o propósito de se aventurar até as estrelas se tudo na natureza – até o fim do universo – era somente uma máquina estúpida concebida sem significado? Por que se esforçar para reinar sobre o nada?

Benny tinha sido criado para ser um homem de ação, sempre se movimentando, fazendo e matando. Não tinha sido projetado para *pensar* tanto assim sobre questões filosóficas.

– Deixe o pensamento profundo para os Alfas e Betas – ele disse.

– Eu sempre deixo – retrucou Cindi.

– Não estou falando com você. Estou falando comigo mesmo.

– Nunca vi você fazer isso antes.

– Estou começando.

Ela franziu a testa. – Como vou saber quando está falando comigo ou com você mesmo?

– Não quero falar muito comigo mesmo. Talvez nunca mais fale. Eu não me interesso por mim a esse ponto.

– Seríamos os dois mais interessantes se nós tivéssemos um bebê.

Ele suspirou. – O que tiver de ser será. Vamos eliminar quem devemos eliminar até que nosso criador nos elimine. Está fora de nosso controle.

– Não está fora do controle de Ibo – ela disse.

– Aquele que é rubro.

– Isso mesmo. Quer vir comigo conhecer Zozo Deslisle e pegar um *gris-gris* da felicidade?

– Não. Eu só quero apagar esses tiras, cortá-los e ouvi-los gritar enquanto torço os intestinos deles.

– Foi *você* quem me mandou passar direto – ela lembrou.

– Eu errei. Vamos atrás deles.

CAPÍTULO 37

Victor estava em sua mesa de trabalho no laboratório principal, fazendo um pequeno intervalo para comer alguma coisa, quando o rosto de Annunciata apareceu em seu computador com todo o detalhamento de sua imagem digital.

– Sr. Hélios, Werner me pediu para informar-lhe que está nos aposentos de Randal Seis e que ele está explodindo.

Embora Annunciata não fosse uma pessoa real, somente a manifestação de um complexo software, Victor retrucou, irritado: – Você está estragando tudo novamente.

– Senhor?

– Não pode ter sido isso o que ele disse. Revise a mensagem dele e a entregue corretamente.

Werner tinha pessoalmente efetuado uma busca nos aposentos de Randal e assumira a responsabilidade de revisar tudo o que havia no computador de Randal.

Annunciata falou novamente: – Sr. Hélios, Werner me pediu para informar-lhe que está nos aposentos de Randal Seis e que ele está explodindo.

– Contate Werner e peça que ele repita a mensagem, depois volte a me comunicar quando entender corretamente.

– Sim, sr. Hélios.

Com o último biscoito de amendoim levantado perto dos lábios, ele hesitou, esperando que ela repetisse Hélios, mas ela não repetiu.

Como o rosto de Annunciata desapareceu da tela, Victor comeu o último pedaço e em seguida tomou café.

Annunciata voltou. – Sr. Hélios, Werner repete que está, de fato, explodindo e deseja enfatizar a urgência da situação.

Pondo-se de pé, Victor atirou a caneca na parede, contra a qual ela se despedaçou fazendo muito barulho.

Com firmeza, ele disse: – Annunciata, vamos ver se você consegue entender alguma coisa direito. Chame o pessoal da limpeza. Derramaram café no laboratório principal.

– Sim, sr. Hélios.

O quarto de Randal Seis era no segundo andar, que servia de dormitório para todos os da Nova Raça que haviam se formado nos tanques, mas ainda não estavam prontos para serem enviados ao mundo fora das paredes da Misericórdia.

Enquanto o elevador descia, Victor esforçava-se para ficar calmo. Depois de duzentos e quarenta anos, ele já deveria ter aprendido a não deixar esse tipo de coisa irritá-lo.

Seu mal era ser um perfeccionista num mundo imperfeito. Ele procurou algum conforto em sua convicção de que um dia sua gente seria refinada ao ponto de atingir os altos padrões que ele impunha a si próprio.

Até lá, o mundo o torturaria com suas imperfeições, como sempre havia feito. Era recomendável que ele risse de uma idiotice em vez de ficar inflamado com ela.

Cidade das trevas

Ele não ria muito. Na verdade, não ria nada ultimamente. A última vez que ele se lembra de ter dado uma *boa* e longa risada foi em 1979, com Fidel, em Havana, com relação a alguma pesquisa com cérebro exposto envolvendo prisioneiros políticos de Q.I. extremamente alto.

Quando chegou ao segundo andar, Victor estava preparado para rir, junto com Werner, do erro de Annunciata. Werner não tinha senso de humor, é claro, mas seria capaz de fingir um sorriso. Às vezes, fingir ser jovial podia levantar os ânimos quase tanto quanto a coisa real.

Quando Victor saiu do elevador e entrou no corredor principal, entretanto, viu uma dúzia dos seus reunidos diante da porta do quarto de Randal Seis. Sentiu um ar de perigo nesse ajuntamento.

Afastaram-se para deixá-lo passar e ele encontrou Werner no chão com o rosto voltado para cima. O maciço, musculoso chefe da segurança havia rasgado sua camisa; retorcendo-se, fazendo caretas, ele abraçava a si mesmo, como que desesperado para manter o torso no lugar.

Embora tivesse exercitado sua capacidade de desligar a dor, Werner suava em bicas. Parecia horrorizado.

– O que está havendo com você? – Victor perguntou, ajoelhando-se ao lado de Werner.

– Explodindo. Estou ex, estou ex, estou explodindo.

– Isso é absurdo. Você não está explodindo.

– Parte de mim quer ser outra coisa – Werner disse.

– O que você diz não faz sentido.

Batendo os dentes, ele disse: – O que vai ser de mim?

– Mexa os braços, vamos ver o que está acontecendo.

– O que eu sou, por que eu sou, como isso está acontecendo? Pai, me diga.

– Não sou seu pai – Victor disse, incisivo. – *Mexa os braços.*

Quando Werner revelou seu torso, do pescoço ao umbigo, Victor viu a carne pulsando e se enrugando como se o esterno tivesse ficado mole como um tecido adiposo, como se dentro dele inúmeras cobras se contorcessem em nós falsos, atando e desatando a si mesmas, flexionando seu colear de serpente numa tentativa de partir seu hospedeiro e libertar-se violentamente dele.

Atônito e assombrado, Victor colocou uma das mãos sobre o abdome de Werner para determinar, pelo toque e pela palpação, a natureza daquele caos interno.

Imediatamente ele descobriu que o fenômeno não era o que parecia ser. Não era uma entidade separada que se movia dentro de Werner, nem uma colônia de cobras inquietas, nem nada assim.

Sua carne criada no tanque tinha mudado, ficara amorfa, uma massa gelatinosa, um firme, porém completamente maleável, pudim de carne que parecia estar lutando para se recriar de outra forma... que não a de Werner.

A respiração do homem se tornou difícil. Uma série de sons estrangulados saía dele, como se alguma coisa tivesse alcançado sua garganta.

Estrelas hemorrágicas lhe brotaram nos olhos e ele lançou um olhar vermelho e desesperado para seu criador.

Agora os músculos de seus braços começaram a dar nós e a se retorcer, a desabar e se formar novamente. O pescoço grosso latejava, se abaulava, e seus traços faciais começaram a se deformar.

Cidade das trevas

O colapso não acontecia num nível fisiológico. Era uma metamorfose celular, a mais fundamental biologia molecular, o despedaçar não meramente do tecido, mas da essência.

Sob a mão com os dedos abertos de Victor, a carne do abdome dava forma a si própria – *dava forma a si própria* –, gerando uma mão que o segurou, não ameaçadora, mas quase amorosa, da qual ele, assustado, livrou-se, recuando depressa.

Pondo-se de pé, Victor gritou: – Uma maca! Depressa! Tragam uma maca. Temos que isolar esse homem.

CAPÍTULO 38

Enquanto desenroscava os cinco parafusos que trancavam a segunda porta que lembrava um cofre, ela se perguntava se alguma das Erikas anteriores havia descoberto essa passagem secreta. Gostava de imaginar que, se elas a tivessem encontrado, não o teriam feito logo no primeiro dia na mansão.

Embora tivesse acionado o botão da biblioteca por acidente, ela começava a interpretar sua descoberta como a consequência de uma curiosidade viva e admirável, de acordo com o sr. Samuel Johnson, previamente citado. Desejava crer que a sua era uma curiosidade mais viva e *mais* admirável do que a de suas predecessoras.

Ela ruborizou-se com esse desejo imodesto, mas o sentiu da mesma forma. Queria *tanto* ser uma boa esposa, e não falhar, como elas.

Se outra Erika tinha encontrado a passagem, talvez não possuísse ousadia suficiente para entrar. Ou, se tivesse entrado, poderia ter hesitado em abrir até mesmo a primeira das duas portas de aço, quanto mais a segunda.

Dean Koontz

Erika Cinco sentia-se aventureira, como Nancy Drew ou – melhor ainda – como Nora Charles, a esposa de Nick Charles, o detetive de *O homem magro*, de Dashiell Hammet, outro livro ao qual ela podia sabiamente se referir sem arriscar a vida para lê-lo.

Tendo tirado o último parafuso, ela hesitou, saboreando o suspense e a emoção.

Sem sombra de dúvida, o que havia do outro lado desse portal era de tremenda importância para Victor, talvez algo tão importante que o daria a conhecer de modo pormenorizado, revelando a natureza mais profunda de seu coração. Em uma ou duas horas ela poderia aprender mais sobre seu brilhante, embora enigmático, marido do que em um ano de convivência.

Ela esperava encontrar um diário com seus segredos mais íntimos, suas esperanças, suas considerações sobre a vida e o amor. Na verdade, não era realista presumir que duas portas de aço e um túnel de eletrocução tinham sido instalados meramente para garantir que o diário dele pudesse ser mantido em algum lugar mais seguro do que na gaveta de uma mesa de cabeceira.

Mesmo assim, Erika desejava intensamente descobrir um relato sincero da vida dele escrito de próprio punho, para que ela pudesse conhecê-lo, conhecer seu âmago, a fim de melhor servi-lo. Ela ficou um pouco surpresa – mas satisfeita – por descobrir que era assim tão romântica.

O fato de as trancas ficarem do lado de fora dessas portas não lhe passara desapercebido. Erika concluiu o óbvio: que o intuito era aprisionar alguma coisa.

Ela não era destemida, mas tampouco podia ser chamada de covarde. Como todos os da Nova Raça, possuía enorme força, agilidade, astúcia e uma confiança feroz nas proezas físicas de que era capaz.

De qualquer maneira, ela vivia cada minuto em função da resignação ao seu criador. Se chegasse a ouvir, pela voz de Victor, a ordem para eliminar a si própria, obedeceria sem hesitação, como fora programada para fazer.

William, o mordomo, tinha recebido tais instruções ao telefone e, mesmo em sua pertubação, havia feito o que lhe foi ordenado. Assim como ele era capaz de desligar a dor – como todos eles eram, em momentos de crise –, também ela era capaz de desligar todas as funções nervosas autônomas quando assim ordenado. Num instante, William havia parado o próprio coração e a respiração.

Não era um truque que ele poderia ter usado para cometer suicídio. Somente instruções com as palavras rituais perfeitas, proferidas pela voz de seu mestre, poderiam acionar esse processo.

Quando sua existência depende inteiramente dessa resignação, quando sua vida está pendurada por um filamento finíssimo com a possibilidade de ser cortado pela tesoura de umas poucas palavras incisivas, não é possível ter muito medo do que pode estar encerrado atrás de duas portas de aço trancadas.

Erika abriu a segunda porta e luzes se acenderam automaticamente no espaço adiante. Ela cruzou a soleira e deparou com uma aconchegante sala de visitas no estilo vitoriano.

Sem janelas, o espaço de seis metros por seis tinha chão de mogno polido, um antigo tapete persa, papel de parede de William Morris e teto decorado com placas de mogno. A lareira de nogueira cor de ébano ostentava azulejos William de Morgan em volta da fornalha.

Ladeado por um par de abajures com franjas de xantungue de seda, um sofá estilo *chesterfield* com estofamento exagerado e almofadas decorativas de tecidos com temas japoneses ofereciam a Victor um lugar para descansar, se desejasse, não para tirar uma soneca (ela imaginava), mas para relaxar e permitir que sua mente brilhante tecesse novos planos, únicos de seu gênio.

Numa Bergère com banquinho para descansar os pés, ele podia meditar sentado ereto, se escolhesse, sob um abajur de pé alto com barra de contas.

Sherlock Holmes se sentiria em casa nessa sala, ou H. G. Wells, ou G. K. Chesterton.

O ponto focal, tanto do sofá rechonchudo quanto da poltrona, era um imenso receptáculo de vidro: três metros de comprimento, um metro e meio de largura e mais de um metro de profundidade.

Tanto quanto possível, esse objeto havia sido criado para complementar o ambiente vitoriano. Ele estava apoiado sobre uma série de pés de bronze em garra e bola. As seis faces de vidro tinham as bordas chanfradas para refratar a luz, e eram sustentadas por uma pomposa moldura de bronze dourado e ricamente trabalhado. Parecia uma caixa de joias gigante.

Uma substância semiopaca de um dourado avermelhado preenchia a caixa de vidro e desafiava o olho a defini-la. Num momento, o material parecia ser um líquido no qual circulavam leves correntes; no momento seguinte, ao contrário, assemelhava-se a um vapor denso, talvez um gás, vagando mansamente ao longo do vidro.

Misterioso, esse objeto atraía Erika do mesmo modo que os olhos brilhantes de Drácula atraíram Mina Harker para sua potencial destruição, num romance que não deveria ser uma fonte de alusão literária adequada a um jantar formal comum no Garden District, mas que fazia parte de seu repertório, mesmo assim.

Sendo refrativo, o fluído, ou vapor, absorvia a luz dos abajures e brilhava intensamente. A luminosidade interna revelava uma forma escura suspensa no centro da caixa de vidro.

Erika não conseguia ver nem o mais vago detalhe desse objeto lá encerrado, mas, por alguma razão, ela pensou num escaravelho petrificado numa antiga resina.

Ao se aproximar do receptáculo, a sombra em seu núcleo pareceu se contrair, mas era mais provável que ela tivesse imaginado esse movimento.

CAPÍTULO 39

Do Parque da Cidade, Carson rumou para o Garden District a fim de percorrer as ruas em torno da residência de Hélios.

Eles ainda não estavam prontos para abrir caminho a bala e entrar na mansão para caçar Frankenstein, mas precisavam avaliar o território e traçar rotas de fuga na hipótese – improvável – de conseguirem não somente matar Victor, mas de também saírem vivos da casa.

No caminho, ela dissera a Michael: – Aquelas pessoas dentro do Mercury Mountaineer branco lá no parque... você as conhece?

– Não. Mas ele acenou.

– Acho que já os vi antes.

– Onde?

– Não consigo lembrar.

– O que está dizendo? Eles pareceram suspeitos para você?

Verificando o espelho retrovisor, Carson disse: – Não gostei do sorriso dele.

– Em Nova Orleans, não saímos atirando nas pessoas porque elas têm um sorriso forçado.

– O que eles estavam fazendo na via de serviço? Ela só é usada pelo pessoal do parque, e aquele carro não era do parque.

– Nós também não somos do parque. Dadas as circunstâncias, é fácil ficar paranoico.

– É burrice não ficar paranoico – ela disse.

– Quer voltar lá, achá-los e atirar neles?

– Eu me sentiria melhor – ela disse, checando o retrovisor novamente. – Quer chamar Deucalião, marcar um encontro?

– Estou tentando imaginar como o primeiro monstro de Frankenstein conseguiu comprar um celular.

– Ele pertence a Jelly Biggs, aquele malandro que mora no Luxe, o amigo do sujeito que deixou o cinema para Deucalião.

– Que tipo de gente dá a um filho um nome como Jelly Biggs? Eles o condenaram a ser gordo.

– Não é o verdadeiro nome dele. É seu apelido do tempo do circo de horrores.

– Mas ele ainda o usa.

– Parece que, quando eles ficam muito tempo no mundo do circo, o nome de trabalho se torna mais confortável do que o nome de verdade.

– Qual era o nome de Deucalião no circo de horrores? – Michael perguntou.

– O Monstro.

– Isso foi antes de as coisas serem politicamente corretas. *O Monstro*... que bomba na autoestima! Hoje ele seria chamado de *O Diferente*.

– Ainda é estigmatizante.

Cidade das trevas

– É. Ele se chamaria *Beleza Incomum*. Sabe o telefone dele?

Ela o recitou em voz alta enquanto Michael digitava o número em seu aparelho.

Ele esperou, escutou, e disse: – Oi, aqui é o Michael. Precisamos nos ver. – Ele deixou seu número de telefone e encerrou a ligação. – Esses monstros são todos tão irresponsáveis. O telefone estava desligado. Deixei uma mensagem.

CAPÍTULO 40

Dentro do armário de casacos, entre a sala de estar e a cozinha, Randal Seis ainda não está completamente satisfeito, mas está contente, pois se sente em casa. Finalmente, possui um lar.

Antigos hospitais convertidos em laboratórios para clonagem e engenharia biológica, em sua experiência, não possuem armário de casacos. Por si, a existência de um armário de casacos já sugere um *lar*.

A vida na região pantanosa não exige uma coleção de sobretudos nem agasalhos. Penduradas no varão, somente algumas jaquetas leves com zíper.

No chão do armário, há alguns itens guardados em caixas, mas ele tem bastante espaço para sentar, se quiser. No entanto, está excitado demais para sentar; fica de pé no escuro, a ponto de tremer de expectativa.

Ele ficará satisfeito se permanecer de pé no armário por horas, até dias. Mesmo esse espaço apertado é preferível aos seus aposentos na Misericórdia e às máquinas assustadoras às quais seu criador sempre o agrilhoa para conduzir testes dolorosos.

O que o tenta a abrir a porta é, primeiramente, o canto alegre da mulher e o delicioso ruído do trabalho na cozinha. Depois, ele é seduzido pelo aroma irresistível das cebolas que são refogadas na manteiga.

Tendo já comido um alimento marrom, talvez ele possa comer qualquer coisa com segurança.

Sem perceber direito o que faz, pois está meio abobalhado pelos cheiros e sons domésticos, Randal abre a porta um pouco mais e se aventura pelo corredor.

A porta da cozinha está a menos de cinco metros. Ele vê a mulher cantando na frente do fogão, de costas para ele.

Agora pode ser uma boa hora para se aventurar mais profundamente pela casa e procurar Arnie O'Connor. O Graal de sua busca está ao alcance da mão: o sorridente autista que detém o segredo da felicidade.

Contudo, a mulher no fogão o fascina, pois ela deve ser a mãe de Arnie. Carson O'Connor é a irmã do menino, mas esta não é Carson, não é a pessoa da foto do jornal. Numa família da Velha Raça existe sempre uma mãe.

Randal Seis, filho da Misericórdia, nunca conheceu uma mãe. Entre os da Nova Raça, não existe tal criatura. Em vez dela, há o tanque.

Não é meramente uma fêmea que ele tem diante de si. Esse é um ser de grande mistério, que pode criar a vida humana dentro do próprio corpo, sem nenhuma das formidáveis máquinas necessárias para produzir um membro da Nova Raça no laboratório.

Cidade das trevas

Com o tempo, quando a Velha Raça estiver totalmente morta, o que não acontecerá num futuro muito distante, mães como essa mulher serão personagens míticos, seres lembrados pela sabedoria popular. Ele não consegue evitar olhá-la, maravilhado.

Ela instiga os mais estranhos sentimentos em Randal Seis. Uma reverência inexplicável.

Os cheiros, os sons, a *beleza mágica* da cozinha o atraem inexoravelmente na direção da porta.

Quando se afasta do fogão e vira para cortar alguma coisa ao lado da pia, ainda cantando baixinho, a mulher não consegue vê-lo.

De perfil, cantando, preparando o jantar, ela parece feliz, até mais feliz do que Arnie parecia naquela fotografia.

Conforme Randal se aproxima da cozinha, ocorre-lhe que essa mulher pode ser o segredo da felicidade de Arnie. Talvez o necessário para a felicidade seja uma mãe que o tenha carregado dentro dela, que o valorize tanto quanto valoriza a própria carne.

A última vez em que Randal Seis viu seu tanque de criação foi quatro meses atrás, no dia em que saiu dele. Não havia motivo para vê-lo novamente.

Quando a mulher vira de costas para ele e volta ao fogão, ainda sem ter percebido sua presença, Randal é assolado por sentimentos que nunca experimentara antes, que não consegue nomear, para os quais não tem palavras nem descrição.

Ele está dominado por um anseio, mas não sabe ao certo *o que* anseia. Ela o atrai como a gravidade atrai uma maçã que cai de uma árvore.

Cruzando a sala na direção da mulher, Randal percebe que uma coisa que ele deseja é ver-se refletido nos olhos dela, o rosto dele nos olhos dela.

Ele não sabe por quê.

E deseja que ela afaste o cabelo da testa dele. Randal deseja que ela sorria para ele.

Ele não sabe por quê.

Randal para bem atrás dela, tremendo com uma emoção que nunca lhe brotara antes, sentimentos dos quais nunca percebera ser capaz.

Por um momento, ela permanece sem percebê-lo, mas então algo a alerta. A mulher se vira, assustada, e grita de surpresa e de medo.

Ela tinha trazido uma faca da pia para o fogão.

Embora a mulher não faça menção de usar a arma, Randal segura a faca com sua mão esquerda, pela lâmina, cortando-se, e a arranca da mão dela, jogando-a no chão da cozinha.

Com o punho direito, ele a atinge na lateral da cabeça e ela despenca no chão.

CAPÍTULO 41

Depois das Vésperas, na reitoria da Igreja de Nossa Senhora das Dores, Deucalião observava o padre Patrick Duchaine servir duas xícaras com um café forte e escuro. Ele lhe ofereceu leite e açúcar, mas Deucalião recusou.

Quando o padre sentou-se à frente de Deucalião, do outro lado da mesa, disse: – Eu faço tão forte que fica quase amargo. Tenho uma afinidade com o amargo.

– Suspeito que todos de sua espécie tenham – Deucalião disse.

Eles haviam dispensado as preliminares no confessionário. Conheciam um ao outro pela essência do que eram, embora o padre Duchaine não soubesse particularidades sobre a criação do visitante.

– O que aconteceu com seu rosto? – ele perguntou.

– Eu enraiveci meu criador e tentei levantar a mão contra ele. Ele tinha implantado no meu crânio um dispositivo que eu desconhecia. Ele usava um anel especial capaz de produzir um sinal, acionando o dispositivo. Estamos programados para desligar, como utensílios ativados por voz, quando ouvimos certas palavras na voz inconfundível dele. Venho de um período mais primitivo de sua obra. O dispositivo em meu crânio deveria ter me destruído. Ele funcionou mal, tornando-me um monstro mais óbvio.

– A tatuagem?

– Um disfarce bem-intencionado, mas inadequado. Passei a maior parte de minha vida em circos de horrores, em exibições e lugares parecidos, onde quase todos são proscritos, de um modo ou de outro. Mas antes de vir para Nova Orleans eu passei alguns anos num mosteiro tibetano. Um amigo de lá, um monge, exercitou sua arte em meu rosto antes de eu partir.

Depois de dar um lento gole em sua bebida, o padre grisalho disse: – Quão primitivo?

Deucalião hesitou em revelar suas origens, mas depois percebeu que seu tamanho incomum, o pulsar periódico de algum tipo de calor acendendo em seus olhos e a cruel condição de seu rosto eram suficientes para identificá-lo. – Mais de duzentos anos atrás. Sou o primeiro que ele fez.

– Então é verdade – Duchaine disse, com uma aridez ainda maior a escurecer-lhe os olhos. – Se você é o primeiro e mesmo assim viveu tanto, nós poderemos bem viver mil anos, e essa terra será nosso inferno.

– Talvez sim, mas pode ser que não. Eu vivi séculos, não porque ele soubesse, naquela época, como incutir em mim a imortalidade. Minha longevidade e muito mais veio a mim com o relâmpago que me deu vida. Ele pensa que morri há muito tempo... e não desconfia que tenho um destino.

— O que quer dizer com... um relâmpago?

— Deucalião bebeu um pouco do café. Depois de depositar a caneca sobre a mesa, ficou um pouco em silêncio e então disse: — O relâmpago é somente um fenômeno meteorológico, e não me refiro meramente a uma nuvem negra de trovoada quando digo que o raio que me animou veio de um domínio mais elevado.

Enquanto o padre Duchaine ponderava sobre a revelação, surgiu alguma cor em seu rosto previamente pálido. — Naquele raio, veio a longevidade e muito mais. Muito mais... e um destino? — Ele se inclinou para a frente na cadeira. — Está me dizendo... que ganhou uma alma?

— Não sei. Reivindicar uma pode ser um ato de orgulho demasiado grande para ser perdoado em alguém cujas origens são tão desprezíveis como as minhas. Só posso dizer com certeza que me foi dado conhecer as coisas, que fui abençoado com uma certa compreensão da natureza e de seus meios, conhecimentos que nem mesmo Victor virá a adquirir, nem mais ninguém nesse lado da morte.

— Então — disse o padre —, diante de mim se encontra uma Presença. — A caneca entre suas mãos sacudia ruidosamente contra a mesa com a vibração de seu estremecimento.

Deucalião disse: — Se o senhor já chegou a se perguntar se existe alguma verdade na fé que prega — e eu suspeito que, apesar de sua programação, deve ter pelo menos pensado nisso —, então alimentou a possibilidade de que exista sempre, a toda hora, uma Presença que o acompanha.

Quase derrubando a cadeira ao levantar, Duchaine disse: — Receio precisar de algo mais que café. — Ele foi até a despensa e voltou com duas garrafas de conhaque. – Com o nosso metabolismo, é preciso uma certa quantidade para embotar a mente.

– Para mim, não – Deucalião disse. – Prefiro a clareza.

O padre encheu sua caneca vazia até a metade com café e completou-a com a bebida. Sentou-se. Bebeu. E disse: – Você falou em um destino e só consigo pensar em um que pudesse tê-lo trazido a Nova Orleans duzentos anos depois.

– É meu destino detê-lo – Deucalião revelou. – Matá-lo.

A cor que havia chegado às bochechas do padre agora se esvaía. – Nenhum de nós pode levantar a mão contra ele. Seu rosto destruído é uma prova disso.

– Não podemos. Mas outros podem. Os que são nascidos de uma mulher e de um homem não lhe devem lealdade... e clemência.

O padre tomou mais de seu café incrementado com conhaque. – Mas somos proibidos de expô-lo, proibidos de conspirar contra ele. Esses comandos estão instalados dentro de nós. Não temos capacidade para desobedecer.

– Essas proscrições não foram instaladas em mim – Deucalião disse. – Elas, sem dúvida, ocorreram a ele mais tarde, talvez no dia de seu casamento, há duzentos anos... quando eu assassinei sua esposa.

Quando o padre Duchaine acrescentou conhaque à sua infusão, o gargalo da garrafa rangeu contra a borda da caneca. – Não importa quem seja o seu deus, a vida é um vale de lágrimas.

– Victor não é um deus – Deucalião insistiu. – Ele é ainda mais insignificante que um falso deus e não chega a ser nem a metade de um homem. Com sua ciência perversa e sua determinação imprudente, ele se tornou menor do que quando nasceu, ele se diminuiu como nem mesmo a mais baixa das bestas na natureza conseguiria se rebaixar e degradar.

Cada vez mais agitado, a despeito do conhaque, Duchaine disse: – Mas não há nada que você possa pedir que eu faça, mesmo presumindo que eu tivesse vontade de fazê-lo. Não posso *conspirar*.

Deucalião terminou seu café. Como havia esfriado, também ficara mais amargo. – Não estou pedindo que faça nada, nem que levante a mão nem que conspire contra ele.

– Então, por que está aqui?

– Tudo o que desejo do senhor é o que mesmo um falso padre pode oferecer a seus fiéis muitas vezes por dia. Tudo o que peço é que estenda a mim uma pequena graça, uma pequena graça, depois do que irei embora e nunca mais voltarei.

Julgando por sua horripilante expressão, padre Duchaine mal tinha recursos suficientes para fazer a revelação que agora extravasava lentamente: – Eu me entreguei a pensamentos odiosos sobre nosso criador, seu e meu. E há duas noites abriguei Jonathan Harker aqui por algum tempo. Sabe quem é?

– O detetive que virou assassino.

– Sim, a imprensa divulgou bastante o caso. Mas o que as notícias não disseram... é que Harker era um de nós. Tanto a psicologia quanto a fisiologia dele estavam descontroladas. Ele estava... mudando. – Duchaine estremeceu. – Eu não conspirei com ele contra Victor. Mas dei-lhe abrigo. Porque... porque eu fico pensando às vezes sobre a Presença da qual falamos.

– Uma pequena graça – Deucalião insistiu –, uma pequena graça é só o que peço.

– O que é?

– Diga-me onde foi feito, o nome do lugar onde ele realiza seu trabalho e em seguida partirei.

Duchaine juntou as mãos na frente do rosto, como numa prece, embora a postura representasse mais um hábito do que uma devoção. Ficou olhando para as mãos durante algum tempo e, finalmente, disse: – Se eu lhe disser, quero algo em troca.

– E o que seria? – Deucalião perguntou.

– Você matou a esposa dele.

– Sim.

– Então você, o primeiro, não foi criado com uma proscrição contra matar.

– Só ele estará em segurança diante de mim – disse Deucalião.

– Então eu lhe direi o que deseja saber... porém somente se me der algumas horas para eu me preparar.

Por um momento, Deucalião não entendeu, mas depois sim. – Deseja que eu o mate.

– Não sou capaz de pedir tal coisa.

– Eu compreendo. Mas me diga o nome do lugar agora, e retornarei quando o senhor desejar... terminar o nosso acordo.

O padre balançou a cabeça. – Temo que, uma vez que você obtenha o que deseja, poderá não voltar. E eu preciso de algum tempo para me preparar.

– Preparar em que sentido?

– Pode parecer tolice para você, vindo de um falso padre sem alma. Mas eu quero rezar a missa pela última vez, e orar, mesmo sabendo que não há motivo para que seja ouvido com compreensão.

Deucalião levantou-se da cadeira. – Não vejo nenhuma tolice em seu pedido, padre Duchaine. Talvez seja a coisa menos tola que o senhor poderia pedir. Quando deseja que eu retorne? Em duas horas?

O padre assentiu. – Não é algo assim tão terrível o que estou pedindo, é?

– Não sou inocente, padre Duchaine. Já matei antes. E certamente, depois do senhor, tornarei a matar.

CAPÍTULO 42

Lulana St. John e sua irmã, Evangeline Antoine, trouxeram ao pastor Kenny Laffite duas tortas de creme de amêndoas com canela cobertas com nozes fritas.

Evangeline havia feito duas para seu patrão, Aubrey Picou. Com a generosa permissão dele, ela fizera outras duas para o ministro.

O sr. Aubrey havia expressado o desejo de comer as quatro tortas sozinho, mas tinha reconhecido que seria gula demais, o que era – para sua recente e surpreendente descoberta – um dos sete pecados capitais. Ademais, o pobre sr. Aubrey tinha cólicas intestinais periódicas que poderiam ser agravadas por duas dessas saborosas iguarias, mas que certamente o levariam à ruína total se fossem em número de quatro.

O dia de trabalho de Lulana e Evangeline havia terminado. O irmão delas, Moses Bienvenue, tinha ido para casa ficar com a esposa, Saffron, e os dois filhos deles, Jasmilay e Larry.

No começo da noite, a única pessoa servindo o sr. Aubrey era o irmão de Lulana, Evangeline e Moses, Meshach Bienvenue.

Como uma mamãe galinha cuidando de seu pintinho, o bom Meshach iria providenciar que seu patrão estivesse alimentado e confortável e, na medida do possível para o sr. Aubrey, agindo de modo correto.

As irmãs vinham sempre trazer comidas de presente para o pastor Kenny, já que ele era um maravilhoso homem de Deus que havia sido uma bênção para a igreja delas, pois tinha um apetite voraz e porque não era casado. Aos trinta e dois anos, verdadeiramente devoto, atraente e bonito, sob alguns parâmetros, ele era um peixe melhor do que uma rede cheia de bagres.

Romanticamente falando, nenhuma das irmãs tinha interesse pessoal nele. Era muito jovem para elas. Ademais, Lulana era casada e feliz; e Evangeline era viúva e também feliz.

Entretanto, elas tinham uma sobrinha que daria uma esposa perfeita para um homem de Deus. Ela se chamava Esther, a filha da irmã mais velha delas, Larissalene. Assim que Esther completasse os três meses que ainda restavam de um tratamento dental de dezesseis meses para corrigir um problema lamentável, a doce jovem estaria apresentável.

Lulana e Evangeline, com um currículo de sucesso em arranjar casamentos, tinham preparado o caminho para Esther com tortas e bolos, biscoitos, pães e bolinhos divinos: um caminho mais certo do que aqueles abertos com folhas de palmeira e pétalas de rosa.

Vizinho à igreja, o presbitério era uma charmosa casa de dois andares, não tão grandiosa de modo a envergonhar o Senhor e nem tão humilde que fizesse parecer difícil para a congregação atrair um pregador. A varanda da frente havia sido mobiliada com cadeiras de balanço de madeira curvada com encostos e assentos de bambu, e ganhara um ar festivo graças aos cestos de musgo nos quais pendiam brincos-de-princesa com flores vermelhas e roxas.

Quando as irmãs, cada uma trazendo uma torta fina, subiram os degraus da frente, encontraram a porta escancarada, como o pastor Kenny costumava deixar quando estava em casa. Ele era um sacerdote muito acolhedor e informal e, fora do culto, apreciava o uso de tênis brancos, calças cáqui e camisas xadrez.

Pela tela na porta, Lulana não conseguia ver muito. O crepúsculo tardio do meio do verão ainda demoraria mais uma hora para chegar, mas a luz do sol já estava vermelha e os raios que penetravam pelas janelas não faziam mais do que conceder um brilho púrpuro às sombras. Lá no fundo, na cozinha, uma luz cintilava.

Quando Evangeline levantou a mão para apertar a campainha, um grito sobressaltado veio de dentro do presbitério. Parecia um grito de dor que aumentou de volume, vibrou e cedeu.

A princípio, Lulana pensou que elas estariam incomodando o pastor Kenny em meio a um ato de consolação a algum membro arrependido ou mesmo enlutado de seu rebanho.

Em seguida, ouviu-se o sinistro grito novamente e, pela porta de tela, Lulana pôde vislumbrar uma figura que se lamentava, passando impetuosamente sob o arco da sala de estar para o salão inferior. Apesar das sombras, ela conseguia discernir que o homem atormentado não era um pecador angustiado nem um paroquiano com dor profunda, mas o próprio ministro.

– Pastor Kenny? – disse Evangeline.

Ouvindo o som de seu nome, o pastor apressou-se pelo corredor na direção delas, dando golpes no ar como se estivesse afastando mosquitos.

Ele não abriu a porta para elas, mas espiou pela tela com a expressão de um homem que havia visto, e há muito pouco escapado, do diabo.

– Fui eu, não foi? – ele disse, ofegante e angustiado. – Sim. Sim, fui eu. Eu fiz aquilo só porque sou. Só porque sou, eu fiz. Só porque sou o pastor Kenny Laffite, eu fiz, eu fiz. Fui eu, fui eu.

Alguma coisa no ritmo e a repetição das palavras fazia Lulana lembrar daquelas crianças dos livros do dr. Seuss, o que a deixou aflita como uma criança. – Pastor Kenny, o que houve?

– Eu sou quem sou. Ele não é, eu sou. Então fui eu que fiz, eu fiz, eu fiz – ele declarou, em seguida afastando-se da porta de tela e seguindo pelo corredor, dando golpes no ar com aflição.

Depois de um instante de reflexão, Lulana disse: – Irmã, acredito que somos necessárias aqui.

Evangeline disse: – Não tenho dúvidas, minha cara.

Embora não convidada, Lulana abriu a porta de tela, entrou no presbitério e segurou a porta aberta para sua irmã entrar.

Dos fundos da casa, vinha a voz do ministro: – O que vou fazer? O quê, o que vou fazer? Qualquer coisa, qualquer coisa... é o que vou fazer.

Atarracada e forte como um rebocador, com seu enorme busto fendendo o ar como uma proa fende a água, Lulana navegou pelo corredor. Evangeline, como um imponente veleiro de mastros altos, seguiu sua esteira.

Cidade das trevas

O ministro estava na cozinha ao lado da pia, chacoalhando as mãos vigorosamente. – Não deverás, não deverás, não deverás, mas eu fiz. Não deverás, mas eu fiz.

Lulana abriu a geladeira e encontrou espaço para as duas tortas. – Evangeline, nunca vi alguém tão nervoso. Talvez não seja necessário, mas é melhor ter um pouco de leite quente.

– Pode deixar comigo, querida.

– Obrigada, irmã.

Nuvens de vapor se desprendiam da pia. Lulana viu que, sob a água quente que corria, as mãos do ministro estavam da cor do fogo.

– Pastor Kenny, vai se queimar.

– Só porque sou, eu sou. Eu sou o que sou. Eu sou o que sou. Fui eu, eu que fiz.

A torneira estava tão quente que Lulana precisou envolver as mãos num pano de prato para fechá-la.

O pastor Kenny tentou abri-la novamente.

Ela deu um tapa delicado na mão dele, como se estivesse advertindo uma criança a não repetir a travessura. – Agora, pastor Kenny, enxugue-se e vamos sentar aqui à mesa.

Sem usar o pano, o ministro afastou-se da pia e também da mesa. Com as pernas trêmulas, as mãos vermelhas pingando água, dirigiu-se à geladeira.

Ele gemia e grunhia baixinho, do mesmo jeito que fizera quando elas estavam na varanda da frente.

Ao lado da geladeira, uma faca estava pendurada na parede. Lulana acreditava que o pastor Kenny era um bom homem, um homem de Deus, e ela não tinha medo dele, mas, dadas as circunstâncias, parecia uma boa ideia mantê-lo afastado de facas.

Com um chumaço de toalhas de papel, Evangeline o seguia, enxugando a água do chão.

Pegando o ministro por um braço e conduzindo-o da melhor maneira possível, Lulana disse: – Pastor Kenny, o senhor está nervoso, fora de si. Precisa sentar e deixar esse nervoso sair, deixar a paz entrar.

Embora aparentasse estar tão acometido que mal conseguia ficar de pé, o ministro deu uma volta com Lulana em torno da mesa e depois mais meia-volta e somente então ela conseguiu que ele sentasse.

Ele soluçava, mas não chorava. Aquilo era terror, não pesar.

Evangeline já havia encontrado uma panela grande, que encheu com água quente da pia.

O ministro dava murros no peito com a mão fechada, balançava-se para a frente e para trás na cadeira, com a voz devastada de tormento. – Tão de repente, muito de repente, percebi o que eu sou, o que eu fiz, o problema em que me meti, um problema enorme.

– Estamos aqui agora, pastor Kenny. Quando dividimos os problemas, eles pesam menos em nós. Se os dividir comigo e com Evangeline, seus problemas pesarão um terço do que pesam agora.

Evangeline havia colocado a panela com água no fogão e acendido a chama. Agora ela retirava um pacote de leite da geladeira.

– Se dividir seus problemas com Deus, ora, eles vão sair flutuando dos seus ombros, não vão pesar mais nada. Por certo não tenho que dizer justamente ao senhor como eles flutuarão.

Descerrando as mãos e levantando-as diante do rosto, ele as olhava, aterrorizado. – Não deverás, não deverás, não deverás, não, não, NÃO!

Cidade das trevas

A respiração dele não cheirava a álcool. Lulana estava pouco inclinada a pensar que ele poderia ter inalado alguma coisa menos íntegra do que o doce ar de Deus, mas, se o reverendo gostasse de cocaína, ela supunha que era melhor descobrir isso agora do que depois que os dentes de Esther estivessem consertados e a paquera começasse.

– Recebemos mais *deverás* do que *não deverás* – Lulana disse, tentando a todo custo aproximar-se dele. – Mas existem tantos *não deverás* que eu preciso que o senhor seja mais específico. Não deverás o quê, pastor Kenny?

– Matar – ele disse, dando de ombros.

Lulana olhou para a irmã. Evangeline, com o pacote de leite nas mãos, levantou as sobrancelhas.

– Fui eu, fui eu. Fui eu que fiz, fui eu.

– Pastor Kenny – Lulana disse –, eu sei que o senhor é um homem bondoso e gentil. Seja o que for que tenha feito, estou certa de que não é tão terrível quanto acredita.

Ele abaixou as mãos. Finalmente, olhou para ela. – Eu o matei.

– E quem o senhor teria matado? – Lulana perguntou.

– Eu não tive nenhuma chance – o homem perturbado sussurrou. – Ele não teve nenhuma chance. Nenhum de nós teve chance.

Evangeline encontrou um pote de vidro, dentro do qual começou a despejar o leite do pacote.

– Ele está morto – disse o ministro.

– Quem? – Lulana insistiu.

– Ele está morto e eu estou morto. Sempre estive morto.

No celular de Lulana, estavam registrados os muitos números de uma vasta família, mais os números de uma ainda maior família de amigos. Embora o sr. Aubrey – Aubrey Picou, seu patrão – estivesse trilhando seu caminho para a redenção mais depressa do que ele imaginava (mesmo sendo mais lento do que Lulana desejava), contudo, ainda era um homem com um passado desprezível que poderia, um dia, voltar a afligi-lo; portanto, em seu catálogo telefônico estavam os números do escritório, do celular e da residência de Michael Maddison, caso o sr. Aubrey alguma vez precisasse de um policial para fazer-lhe um interrogatório justo. Ela digitou o nome de Michael, obteve o número do celular dele e o discou.

CAPÍTULO 43

Na sala de estar vitoriana sem janelas que ficava depois das duas portas da câmara mortuária, Erika rodeava o imenso recipiente de vidro, estudando cada detalhe. A princípio, ele parecera uma grande caixa de joias, e ainda parecia; mas agora também lembrava algo como um caixão, embora um caixão de tamanho descomunal e extremamente incomum.

Ela não tinha motivo para acreditar que ele contivesse um corpo. No centro do recipiente, a forma coberta pelo líquido – ou gás – o âmbar não tinha membros nem traços discerníveis. Era somente uma massa escura sem detalhe algum; poderia ser qualquer coisa.

Se a caixa, de fato, contivesse um corpo, o espécime era grande: cerca de dois metros e meio de altura e mais de um metro de largura.

Ela examinou a decoração de bronze dourado da moldura sob a qual os painéis de vidro eram mantidos juntos, buscando alguma linha de junção que pudesse indicar uma articulação oculta. Não encontrou nenhuma. Se o alto da caixa era uma tampa, ela era operada por algum princípio que a eludia.

Quando bateu de leve com os nós dos dedos, o som sugeriu uma espessura de mais de dois centímetros.

Ela percebeu que sob o vidro, diretamente abaixo do ponto onde batera com os nós dos dedos, a substância âmbar – fosse da natureza que fosse – produziu pequenas depressões, como faz uma pedra atirada na água. As depressões afloraram na cor azul safira, transformaram-se num círculo e recuaram pela superfície; o tom âmbar foi restabelecido em sua esteira.

Ela deu outra batida leve, com o mesmo efeito. Quando bateu três vezes seguidas, três círculos concêntricos azuis apareceram, recuaram e desapareceram.

Embora seus dedos tivessem feito o mínimo contato, o vidro parecera frio. Quando ela colocou a palma da mão contra ele, descobriu que estava gelado, poucos graus mais quente do que seria necessário para congelar sua pele.

Quando Erika se ajoelhou sobre o tapete persa e olhou por baixo da caixa, entre seus requintados pés em bola e garra, viu conduítes elétricos e tubos de várias cores e diâmetros que saíam do fundo e desapareciam dentro do piso. Isso sugeria que deveria haver uma sala de manutenção lá embaixo, embora a mansão supostamente não possuísse um porão.

Victor era dono de uma das maiores propriedades do bairro que, na verdade, era fruto da junção de duas grandes casas, realizada de modo tão elegante que havia sido aclamado pelo patrimônio histórico. Toda a reconstrução de interiores fora realizada por membros da Nova Raça, mas ela não foi revelada – nem autorizada – em sua totalidade pelo departamento municipal de obras.

Cidade das trevas

Seu brilhante esposo havia galgado um lugar mais alto do que universidades inteiras de cientistas. Suas realizações eram até mais memoráveis se considerarmos que ele tinha sido forçado a trabalhar na clandestinidade – e desde a lamentável morte de Mao Tsé-tung, sem suporte financeiro de nenhum governo.

Ela levantou-se e rodeou o receptáculo mais uma vez na tentativa de determinar se ele tinha cabeceira ou pés, como teria qualquer caixão. O desenho do objeto não dava nenhuma indicação, mas ela finalmente decidiu, puramente pela intuição, que a cabeceira devia ser o lado que estivesse mais distante da porta de entrada da sala.

Inclinando-se para a frente, cada vez mais baixo, Erika colocou o rosto bem perto do alto do receptáculo, examinando bem de perto o miasma de cor âmbar, aproximando-se cada vez mais, esperando ver pelo menos um leve traço que sugerisse o contorno ou a textura da vaga forma imersa no manto líquido.

Quando seus lábios estavam a não menos de cinco centímetros do vidro, ela disse, suavemente: – Olá, olá, olá, aí de dentro.

Dessa vez, a forma *realmente* se moveu.

CAPÍTULO 44

Nick nariz-de-cão estava de pé na beira da cova, respirando profundamente o fedor trazido até ele por uma leve brisa que vinha da direção do sol poente.

Mais de uma hora atrás, o último dos caminhões do dia havia despejado sua carga e a Gerenciamento de Resíduos Sólidos Crosswoods tinha fechado os portões até a manhã seguinte. Agora o aterro era um mundo em si mesmo, um universo circundado por correntes metálicas e arame farpado.

Na noite que se aproximava, os membros da equipe de Nick Frigg estavam livres para ser quem eram, o que eram. Eles podiam fazer o que quisessem, sem se preocupar que um motorista da Velha Raça pudesse ver algum comportamento que não correspondesse à normalidade de sua postura como operários do aterro sanitário.

Na cova oeste abaixo dele, os membros de sua equipe introduziam tochas montadas em varas de madeira no campo de lixo, dentro da área onde aconteceriam os enterros. Depois do cair da noite, eles acenderiam lamparinas de querosene no alto de cada vara.

Com sua visão aprimorada, Nick e seu pessoal não precisavam de tanta luz como a que estavam preparando, mas, para essas cerimônias, tochas criavam o clima perfeito. Até mesmo os da Nova Raça, até Gamas como Nick e mesmo os humildes Ípsilons como a equipe que ele chefiava, apreciavam a arte de encenar.

Talvez particularmente os Ípsilons. Eles eram mais inteligentes do que animais, naturalmente, mas em alguns sentidos eram como animais em sua simplicidade e excitabilidade.

Às vezes, para Nick Frigg parecia que quanto mais os Ípsilons vivessem aqui em Crosswoods, tendo pouco contato com outro Gama que não ele mesmo, não tendo contato nenhum com Betas ou Alfas, mais simplórios e animalizados se tornavam, como se, faltando-lhes as classes superiores da Nova Raça para servir de exemplo, eles não conseguissem seguir adequadamente nem mesmo o parco conhecimento e os modestos padrões de conduta que haviam sido descarregados em seus cérebros quando ainda estavam em seus tanques.

Depois dos enterros, a equipe festejaria, beberia muito e faria sexo. No princípio, eles comeriam ansiosamente e logo estariam rasgando violentamente a comida, empanturrando-se com abandono. As bebidas alcoólicas fluiriam diretamente da garrafa para a boca, sem misturas, sem diluição, para maximizar e acelerar seu efeito. O sexo seria ávido e egoísta, depois insistente e colérico, depois selvagem, satisfazendo a todos os desejos, entregando-se a todas as sensações.

Eles encontrariam alívio da solidão, da falta de sentido. Mas o alívio vinha somente *enquanto* se alimentavam, *enquanto* bebiam e faziam sexo. Depois a angústia voltaria como um martelo, batendo o prego mais fundo, mais fundo, mais fundo. O que eles sempre esqueciam. Porque *precisavam* esquecer.

Nesse momento, Gunny Alecto e outros membros da equipe estavam no refrigerador, colocando os cinco corpos humanos e os três imperfeitos sobre dois caminhões com tração nas quatro rodas que os levaria ao lugar da cerimônia. Os cadáveres da Velha Raça iriam em um caminhão e os imperfeitos em outro.

Os mortos da Velha Raça seriam transportados com menos respeito do que os imperfeitos, na verdade sem respeito algum. Seus corpos seriam sujeitos a grotescas indignidades.

Na estrutura de classes da Nova Raça, os Ípsilons não tinham ninguém que os fizesse sentir-se superiores – exceto os da Velha Raça. Nessas cerimônias fúnebres, eles expressavam um ódio de tanta pureza e cozido por tanto tempo em fogo brando que ninguém na história da terra já havia desprezado mais intensamente, odiado com mais ferocidade ou abominado seu inimigo com fúria maior.

Vai ser uma noite divertida.

CAPÍTULO 45

Na Mãos da Misericórdia, nenhuma das três salas de isolamento fora projetada para conter uma doença mortal, pois Victor não tinha interesse em criar micro-organismos. Não havia qualquer perigo de que ele criasse uma nova bactéria ou vírus mortal acidentalmente.

Consequentemente, a câmara de sete metros por cinco que ele escolhera para Werner não era cercada por uma bolsa de pressão positiva que impedisse a fuga de micróbios e esporos aerotransportados, nem possuía seu próprio sistema independente de ventilação.

A sala de isolamento tinha a função exclusiva de conter qualquer variante da Nova Raça – ele experimentou com alguns exóticos – que Victor suspeitava pudessem ser difíceis de lidar e qualquer um que repentinamente demonstrasse comportamento antissocial de natureza letal.

Portanto, as paredes, o teto e o piso da câmara eram de concreto bruto e reforçado com aço, com a espessura de sete centímetros. As superfícies do interior tinham sido revestidas com três camadas sobrepostas de chapas de aço de vinte e cinco milímetros. Se necessário, uma descarga elétrica mortal poderia ser introduzida nessas placas de aço com o girar de um botão na sala de monitoramento, que ficava ao lado.

O único acesso à câmara de isolamento se fazia por meio de um módulo de transição entre ela e a sala de monitoramento. A equipe às vezes se referia a ela como a câmara de vácuo, embora esse termo inadequado irritasse Victor. Nenhuma mudança de atmosfera ocorreria durante o uso do módulo de transição, e não havia uma simples reciclagem de ar.

O módulo apresentava duas portas de aço redondas que haviam sido feitas para cofres de bancos. Pelo desenho, era mecanicamente impossível manter as duas portas abertas ao mesmo tempo; portanto, quando a porta interna se abria, um prisioneiro da câmara de isolamento poderia entrar no vestíbulo, mas não poderia alcançar a sala de monitoramento.

Numa maca, com a carne passando por um processo de divisão celular, ou talvez de reorganização molecular, Werner fora levado às pressas pelos corredores da Misericórdia até a sala de monitoramento, passado pelo módulo e chegado à câmara de isolamento, com Victor instigando os atendentes: – Andem, mais depressa, maldição, corram!

A equipe poderia pensar que o pânico cego havia tomado seu criador, mas Victor não podia se preocupar com o que eles pensavam. Werner estava detido na cela-fortaleza, e só isso importava.

Quando se formara uma mão saindo da carne amorfa de Werner, ela havia segurado a mão de Victor com ternura, suplicante. Mas a docilidade inicial não deveria ser tomada como prognóstico confiável de uma transformação benigna.

Nada remotamente parecido havia acontecido até então. Tamanho colapso repentino de integridade celular acompanhado por uma reforma biológica autônoma não deveria ser possível.

O bom-senso dizia que tal metamorfose radical, que deve obviamente incluir mudanças drásticas nos tecidos cerebrais, acarretaria a perda de uma porcentagem significativa de informações descarregadas no cérebro e na programação que Werner havia recebido no tanque, talvez incluindo a proscrição contra matar seu criador.

Prudência e urgência responsável – e não *pânico* – foram necessárias. Como um homem de visão científica inigualável, Victor percebera imediatamente a ameaça e agira com calma admirável, mas com vigor, a fim de responder ao perigo e conter a ameaça.

Ele fez uma anotação mental de circular um memorando severo nesse sentido em toda a Misericórdia antes do final do dia.

Ele o ditaria para Annunciata.

Não, ele mesmo o redigiria e distribuiria, para o inferno com Annunciata.

Na sala de monitoramento, onde Victor se reunira com Ripley e quatro outros membros da equipe, um painel de seis telas de alta definição retangulares, cada uma mostrando em circuito fechado a imagem de uma das seis câmeras no interior da sala de isolamento, revelava que Werner ainda permanecia numa condição plástica perturbadora. No momento, ele tinha quatro pernas, nenhum braço e um corpo disforme que se mexia sem parar e do qual pulou para fora com ímpeto algo vagamente parecido com a cabeça de Werner.

Dean Koontz

Extremamente agitada, a coisa parecida com Werner corria nervosamente pela câmara de isolamento, miando feito um animal ferido e às vezes dizendo "Pai? Pai? *Pai?*"

Esse negócio de pai irritou Victor até os limites de sua paciência. Ele não gritou *Cale a boca, cale a boca, cale a boca* para as telas somente porque queria evitar a necessidade de adicionar um segundo parágrafo àquele memorando.

Não queria que pensassem nele como pai. Eles não eram sua família; eram suas invenções, suas fabricações e, acima de tudo, sua propriedade. Ele era o criador deles, o dono deles, o mestre deles e até o líder, se assim desejassem pensar nele, mas não o *pater familias*.

A família era uma instituição primitiva e destrutiva pois se colocava acima do bem da sociedade como um todo. O relacionamento entre pais e filhos era contrarrevolucionário e devia ser erradicado. Para suas criações, toda a sua raça seria a família, cada um deles seria o irmão ou a irmã de todos os outros, para que nenhum relacionamento em especial fosse diferente dos outros nem mais especial do que os outros.

Uma raça, uma família, uma grande colmeia ressonando em uníssono, sem as distrações da individualidade e da família, poderia alcançar *qualquer coisa* que almejasse e à qual dedicasse sua infindável energia, sem ter o empecilho de emoções infantis; livre de toda superstição, poderia vencer qualquer desafio que o Universo lhe reservasse. Uma espécie dinâmica, invencível e até agora de inimaginável determinação, ganhando ímpeto cada vez maior, avançaria, avançaria para conquistar glória após glória, em nome dele.

Cidade das Trevas

Observando aquela coisa de quatro pernas chamada Werner, miando, pulando nervosamente, enquanto de suas entranhas brotavam coisas parecidas, mas não idênticas, a braços, Ripley elevou suas ridículas sobrancelhas e disse: – Igual a Harker.

Victor imediatamente o repreendeu: – Não é nada parecido com Harker. Harker foi uma singularidade. Harker gerou um segundo eu parasita. Nada igual ao que está acontecendo com Werner.

Com os olhos cravados nas imagens das telas, Ripley disse: – Mas, sr. Hélios, ele parece estar...

– Werner não está gerando um segundo eu parasita – Victor disse, com firmeza. – Werner está passando por uma metamorfose celular catastrófica. Não é a mesma coisa. De modo algum. Werner é uma singularidade *diferente*.

CAPÍTULO 46

Cindi e Benny Lovewell, um que acredita na ciência do vodu e outro que não, restabeleceram contato com os detetives O'Connor e Maddison por meio do sinal emitido pelo *transponder* sob o capô do sedã do departamento de polícia. Eles alcançaram seus alvos – mas permaneceram fora de contato visual – no Garden District.

Por longos instantes, os tiras percorreram os mesmos poucos quarteirões, dando voltas, e em seguida mudavam de direção, cruzando território idêntico na direção oposta, fazendo um circuito e em seguida outro.

– Como um rato cego num labirinto – Cindi disse solenemente, identificando-se mais uma vez com a ausência de filhos na vida de O'Connor.

– Não – Benny discordou. – É diferente.

– Você não entenderia.

– Tenho a mesma capacidade de entender que você.

– Sobre isso, não tem. Você não é uma fêmea.

— Bem, se é necessário ter útero para ser uma fêmea, então você também não é uma fêmea. Você não tem útero. Você não foi projetada para produzir um bebê, e provavelmente não pode ficar grávida.

— Vamos ver o que Ibo tem a dizer sobre isso — ela respondeu, convencida. — *Je suis rouge*.

Estudando o ponto que se movia na tela do localizador, Benny disse: — Eles estão indo tão devagar...

— Quer fazer contato, empurrá-los para o meio-fio, apagá-los e pegá-los?

— Aqui não. Nesse tipo de bairro os residentes chamam a polícia. Vamos acabar numa perseguição. — Depois de observar a tela mais um minuto, ele disse: — Estão procurando alguma coisa.

— O quê?

— Como vou saber?

— Que pena que Zozo Deslisle não está aqui — Cindi disse. — Ela tem visão vodu. Ela daria uma olhada nessa tela e saberia o que eles estão tramando.

— Eu estou errado — Benny disse. — Não estão procurando. Eles encontraram o que querem e agora estão estudando.

— Estudando o quê? Ladrões estudam bancos. Não existem bancos neste bairro, só casas.

Quando Benny desviou o olhar da tela, sentindo uma resposta surgindo no canto de sua mente, o alvo acelerou abruptamente. O ponto vermelho fez um retorno na tela e começou a se mover mais depressa.

— O que estão fazendo agora? — Cindi perguntou.

Cidade das trevas

– Eles são tiras. Talvez tenham recebido um chamado de emergência. Fique com eles. Não deixe que nos vejam, mas tente ficar no mesmo quarteirão. Talvez surja uma oportunidade.

Um minuto depois, Cindi disse: – Estão indo para o Quarter. É público demais para nós.

– Fique junto deles mesmo assim.

Os detetives não pararam no Quarter. Eles seguiram a curva do rio ao longo de Faubourg Marigny e entraram no bairro chamado Bywater.

O ponto na tela parou de se mover quando os Lovewell se aproximaram do sedã policial não identificado, ao primeiro raio alaranjado do crepúsculo, ele estava estacionado perto de uma igreja, diante de uma casa de tijolos de dois andares. O'Connor e Maddison haviam desaparecido.

CAPÍTULO 47

Carson sentou-se à frente de Lulana St. John na mesa da cozinha, na diagonal do pastor Kenny Laffite.

Michael estava perto do fogão, onde Evangeline aquecia um pote de vidro cheio de leite dentro de uma panela.

– Aquecer direto na panela – ela disse a Michael – pode queimar o leite.

– E aí ele fica com nata, não é? – ele perguntou.

Ela fez uma careta. – Queimado no fundo e com nata no alto.

O ministro estava sentado com os braços sobre a mesa, olhando para as mãos, horrorizado. – De repente, percebi o que fiz. Só por ser quem sou, eu o matei. E matar é *proibido*.

– Pastor Laffite – Carson disse –, a lei não o obriga a responder nossas perguntas sem ter seu advogado presente. Quer chamar um advogado?

– Este bom homem não matou ninguém – Lulana protestou. – O que quer que tenha acontecido foi um acidente.

Carson e Michael já haviam realizado uma rápida busca na casa e não tinham encontrado nenhum corpo nem sinais de violência.

– Pastor Laffite – Carson disse –, por favor, olhe para mim.

O ministro continuou olhando fixamente para as mãos. Seus olhos estavam arregalados ao máximo, e não piscavam.

– Pastor Laffite – ela disse –, me perdoe, mas o senhor parece drogado e alcoolizado ao mesmo tempo. Receio que o senhor possa ter feito uso de alguma droga ilegal recentemente.

– No instante em que acordei – disse o ministro –, ele estava morto, ou prestes a morrer. Só por ter acordado, eu o matei.

– Pastor Laffite, o senhor compreende que tudo o que disser poderá ser usado contra o senhor num julgamento?

– Este bom homem nunca irá a julgamento – Lulana disse. – Ele só está confuso. Foi por isso que eu chamei vocês dois em vez de outros quaisquer. Eu sabia que vocês não tirariam conclusões apressadas.

Os olhos do ministro ainda não piscavam. Tampouco estavam lacrimejando. Deveriam começar a lacrimejar pelo fato de ele não piscar.

De seu posto ao lado do fogão, Michael disse: – Pastor, quem o senhor pensa ter matado?

– Eu matei o pastor Kenny Laffite – o ministro disse.

Lulana entregou-se à surpresa com tanto entusiasmo, pondo a cabeça para trás, deixando cair o queixo e levando a mão ao peito. – Louvado seja o Senhor! O pastor Kenny, não pode ter matado a si mesmo. Está sentado bem aqui ao nosso lado.

Ele mudou de drogado para alcoolizado novamente. – Viram, viram, viram, é assim, é fundamental. Não sou autorizado a matar. Mas, pelo simples fato de existir, pelo simples *fato*, sou, no mínimo, parcialmente responsável pela morte dele, então, no mesmo dia de minha criação, eu estava violando meu programa. Meu programa é falho. Se meu programa é falho, o que mais posso fazer que não devo fazer, o que mais, o que mais, *o que mais?*

Carson olhou para Michael.

Ele, que estava encostado relaxadamente no balcão ao lado do fogão, colocou-se de pé, com as mãos pendendo ao lado do corpo.

– Pastor Kenny – Lulana disse, pegando a mão dele entre as suas –, o senhor tem passado por um período muito tenso, tentando levantar fundos para a reforma da igreja, além de todas as suas outras tarefas...

– ...cinco casamentos num mês – Evangeline acrescentou. Segurando o pote de vidro com uma luva térmica, ela encheu um copo com leite. – E ainda três funerais.

Carson afastou sua cadeira da mesa quando Lulana disse: – E todo esse trabalho o senhor teve de fazer sem o conforto de uma esposa. Não é surpresa que esteja exausto e estressado.

Colocando uma colher de açúcar no leite, Evangeline disse: – Nosso próprio tio Absalom trabalhou até não poder mais sem o conforto de uma esposa e um belo dia começou a ver fadinhas.

– Ela não quer dizer homossexuais – Lulana assegurou a Laffite –, mas aquelas pequeninas criaturas com asas.

Carson levantou-se da cadeira e deu um passo para trás enquanto Evangeline, acrescentando diversas gotas de extrato de baunilha ao leite, dizia: – Ver fadas não é algo para se envergonhar. O tio Absalom só estava precisando de um pouco de descanso, um pouco de carinho, depois ele ficou bem, nunca mais viu fadas.

– Eu não devo matar pessoas, mas, pelo simples *fato* de existir, matei Kenny Laffite – disse Kenny Laffite –, e não quero matar mais ninguém.

– É o cansaço falando – Lulana o confortou, dando palminhas em sua mão. – Um cansaço louco, só isso, pastor Kenny. O senhor não quer mais matar.

– Eu quero – ele discordou. Fechou os olhos e pendeu a cabeça. – E agora, se meu programa é falho, talvez eu faça isso. Quero matar todos vocês, e talvez eu faça isso.

Michael impediu que Evangeline levasse o leite para a mesa.

Executando um saque cruzado, pegando a Desert Eagle do coldre no quadril esquerdo e segurando-a com as duas mãos, Carson disse: – Lulana, quando nós entramos você disse que passou por aqui para trazer duas tortas para o pastor Laffite.

Os olhos cor de melado de Lulana estavam arregalados, olhando para a arma dourada. – Carson O'Connor, essa é uma reação exagerada e nada digna de você. Este pobre...

– Lulana – Carson interrompeu, com um leve tom nervoso na voz –, por que não tira uma daquelas tortas da geladeira e serve um pedaço para todos nós?

Com a cabeça ainda caída, o queixo no peito e os olhos fechados, Laffite disse: – Meu programa está entrando em colapso. Eu sinto... um tipo de ataque em câmera lenta. Fileiras de códigos instalados caindo, se interrompendo, como uma longa fileira de pássaros eletrocutados caindo de um cabo elétrico.

Evangeline Antoine disse: – Irmã, talvez aquela torta seja uma boa ideia.

Quando Lulana, pensando bem, afastou sua cadeira da mesa e ficou de pé, o celular de Michael tocou.

CIDADE DAS TREVAS

Laffite levantou a cabeça, mas não abriu os olhos. Os movimentos rápidos por trás de suas pálpebras cerradas eram os de um homem que tem sonhos muito reais.

O celular de Michael tocou novamente e Carson disse: – Não deixe entrar na caixa postal.

Enquanto Lulana se dirigia, não para a geladeira, mas para ficar ao lado da irmã de modo a sair da linha de fogo, Laffite disse: – Que estranho isso estar acontecendo com um Alfa.

Carson ouviu Michael dando o endereço do presbitério para quem havia telefonado.

Com os olhos ainda se revolvendo e se contraindo sob as pálpebras, Laffite disse: – Todos os meus temores se realizam e aquilo que me dá medo vem atingir-me.

– Jó, capítulo 3, versículo 25 – disse Lulana.

– Sobreveio-me o espanto e o temor – Laffite continuou –, e todos os meus ossos estremeceram.

– Jó, capítulo 4, versículo 14 – disse Evangeline.

Para alcançar a porta que dava para a varanda dos fundos ou a porta para o corredor, as irmãs teriam de passar pela linha de fogo. Elas se aninharam juntas no canto mais seguro que conseguiram encontrar na cozinha.

Tendo terminado o telefonema, Michael se posicionou à esquerda de Carson, entre Laffite e as irmãs, segurando sua Magnum .50 com as duas mãos.

– Reúne esse povo – disse Laffite – e o farei ouvir as minhas palavras, a fim de que aprenda a temer-me todos os dias que na terra viver.

– Deuteronômio – Lulana disse.

– Capítulo 4, versículo 10 – acrescentou Evangeline.

– Deucalião? – Carson murmurou, referindo-se ao telefonema.

– É.

Laffite abriu os olhos. – Eu me revelei a vocês. Uma prova de que meu programa está descontrolado. Devemos nos movimentar entre vocês secretamente, nunca revelando nossa diferença nem nosso propósito.

– Tudo bem – Michael lhe disse. – Não temos problema com isso. Mas fique um pouquinho sentado, pastor Kenny, fique sentadinho aí assistindo aos passarinhos caírem do fio.

CAPÍTULO 48

Randal Seis está bravo com ele mesmo por ter matado a mãe de Arnie. – Idiota – ele diz. – Idiota.

Ele não está bravo com ela. Não há razão para ter raiva de uma pessoa morta.

Ele não queria atacá-la. Simplesmente se pegou fazendo aquilo, do mesmo modo que tinha quebrado o pescoço de um mendigo na caçamba de lixo.

Olhando para trás, ele percebe que não corria perigo. Agir em defesa própria não exigia medidas tão extremas.

Depois de sua existência protegida na Mãos da Misericórdia, ele precisava de mais experiência no vasto mundo para poder julgar de modo preciso a gravidade de uma ameaça.

Então, ele descobre que a mãe de Arnie está só inconsciente. Isso alivia a necessidade de ficar bravo consigo mesmo.

Embora tivesse ficado bravo consigo mesmo por menos de dois minutos, a experiência foi extenuante. Quando outras pessoas ficam bravas com você – como Victor sempre fazia –, você pode se voltar para dentro e fugir delas. Quando é você que fica bravo consigo mesmo, voltar-se para dentro não funciona, porque não importa o quanto fuja para dentro de si, a raiva ainda estará lá.

O ferimento da faca na mão dele já parara de sangrar. As lacerações estariam completamente fechadas em duas ou três horas.

Os respingos de sangue no chão e nos utensílios o deixam nervoso. As manchas aviltam o clima quase espiritual que reina na cozinha. Isto é um lar, e a cozinha é seu coração, e sempre nela deve reinar um sentimento de calma, de paz.

Com toalhas de papel e um removedor de manchas, ele limpa o sangue.

Cuidadosamente, sem tocar na pele dela, pois não quer sentir a pele de outra pessoa, Randal amarra a mãe à cadeira com tiras de tecido que rasga das roupas no cesto que se encontra na lavanderia.

Quando ele acaba de amarrá-la, a mãe recobra a consciência. Ela está ansiosa, agitada, cheia de perguntas e deduções e apelos.

O tom agudo de sua voz e a fala incessante deixam Randal nervoso. Ela faz a terceira pergunta antes que ele consiga responder à primeira. Ela exige demais dele, são tantas as informações que deseja que ele não consegue processá-las.

Em vez de bater nela, ele caminha pelo corredor até a sala de estar, onde fica parado por algum tempo. Chegou o crepúsculo. A sala está quase no escuro. A mãe exaltada não está mais presente. Em poucos minutos, ele se sente muito melhor.

Ele retorna à cozinha, e, no momento em que chega, a mãe recomeça sua fala sem fim.

Cidade das trevas

Quando ele a manda ficar quieta, ela fala mais do que antes, e seus apelos se tornam mais urgentes.

Ele quase deseja voltar para baixo da casa e ficar com as aranhas.

Ela não está se comportando como uma mãe. Mães são calmas. Mães têm todas as respostas. Mães amam você.

Normalmente, Randal Seis não gosta de tocar os outros nem de ser tocado. Essa situação pode ser diferente. Essa é uma mãe, mesmo que não esteja agindo como uma nesse momento.

Ele coloca a mão direita sob o queixo dela e força sua boca a fechar, enquanto aperta o nariz dela com a mão esquerda. A princípio ela resiste, mas em seguida, ao perceber que ele é muito forte, ela para.

Antes de a mãe desmaiar por falta de oxigenação, Randal tira a mão do nariz dela e permite que ela respire. Ele continua a segurar sua boca fechada.

– Ssshhhh – ele diz. – Quieta. Randal gosta de silêncio. Randal se assusta fácil. O barulho assusta Randal. Muita conversa, muitas palavras assustam Randal. Não assuste Randal.

Quando sente que ela está pronta para cooperar, ele a solta. Ela não fala nada. Está respirando fundo, quase sufocando, mas não quer saber de falar agora.

Randal Seis desliga a chama do fogão para impedir que as cebolas queimem na panela. Isso constitui um nível mais alto de envolvimento com o ambiente do que exibira antes, e ele está satisfeito consigo mesmo.

Quem sabe ele descobrirá que tem jeito para cozinhar.

Randal pega uma colher de sopa da gaveta de talheres e tira o pote de sorvete de morango com banana do *freezer*. Senta-se à mesa da cozinha, diante da mãe de Arnie, e tira uma colherada da iguaria rosa e amarela do recipiente.

Não é mais gostosa que a comida marrom, mas não é pior. É diferente, mas maravilhosa.

Ele sorri para ela do outro lado da mesa porque esse parece ser um momento doméstico – talvez até um momento de ligação – que requer um sorriso.

Entretanto, fica claro que o sorriso dele a angustia, talvez porque ela perceba que ele é calculado e não sincero. As mães sabem.

– Randal irá fazer algumas perguntas. Você responderá. Randal não quer ouvir muitas perguntas barulhentas. Só respostas. Respostas curtas, não tagarelice.

Ela compreende. E assente.

– Meu nome é Randal. – Quando ela não responde, ele diz: – Ah, e qual é o seu nome?

– Vicky.

– Por enquanto, Randal irá chamá-la de Vicky. Tudo bem se Randal a chamar de Vicky?

– Sim.

– Você é a primeira mãe que Randal conhece. Randal não quer matar mães. Você quer ser morta?

– Não. Por favor.

– Muita gente quer ser morta. As pessoas da Misericórdia. Porque elas não podem matar a si próprias.

Randal faz uma pausa e coloca mais uma colher de sorvete na boca.

Lambendo os lábios, ele continua: – Isso tem gosto melhor do que as aranhas, minhocas e roedores que eu provei. Randal gosta de dentro da casa melhor do que de debaixo da casa. Você gosta mais de dentro da casa do que de debaixo da casa?

– Sim.

– Já esteve numa caçamba de lixo com um mendigo morto?

Vicky fica olhando para Randal sem dizer nada.

Ele presume que ela está fazendo uma busca na memória, mas depois de algum tempo ele diz: – Vicky? Já esteve numa caçamba de lixo com um mendigo morto?

– Não. Não estive.

Randal Seis nunca teve tanto orgulho de si mesmo como nesse momento. Essa é a primeira conversa que mantém com alguém que não seu criador na Misericórdia. E está indo *tão* bem.

CAPÍTULO 49

O eterno problema de Werner com a produção de muco era uma chateação menor comparada com suas atuais adversidades.

Na sala de monitoramento, Victor, Ripley e quatro apavorados membros da equipe observavam pelas seis telas do circuito fechado seu chefe de segurança vagando pela câmara de isolamento sobre quatro pernas. As duas de trás estavam do mesmo jeito que no começo desse episódio. Embora as pernas da frente lembrassem muito o par de trás, a articulação dos ombros havia mudado drasticamente.

Os poderosos ombros lembravam os de um gato selvagem. Enquanto Werner andava a esmo na outra sala, sua metamorfose prosseguia, e as quatro pernas começaram a parecer cada vez mais felinas. Como em qualquer felino, um joelho se desenvolveu no término do músculo do ombro para complementar a estrutura da articulação dianteira que incluía um joelho, mas com um punho mais flexível em vez de um tornozelo.

Isso intrigou Victor, porque ele tinha incluído no projeto de Werner material genético selecionado de uma pantera para aumentar sua agilidade e velocidade.

As pernas traseiras se tornavam mais felinas, desenvolvendo um longo metatarso acima dos dedos, um calcanhar no meio do membro e um joelho perto do tronco. A relação entre a anca, a coxa e o flanco se transformava, e as proporções mudavam também.

Nas pernas traseiras, os pés humanos se fundiam e moldavam estruturas semelhantes a patas, com dedos rombudos que ostentavam garras impressionantes. Nas pernas dianteiras, entretanto, embora dedos rudimentares se formassem nas quartelas, elementos da mão humana ainda resistiam, mesmo com os dedos agora terminando em bainhas e garras.

Todas essas transformações se apresentavam claramente para considerações porque Werner não criou pelos. Ele estava sem pelos e cor-de-rosa.

Embora essa crise não tivesse passado – de fato, podia apenas ter começado –, Victor conseguia trazer para suas observações um frio distanciamento científico, agora que Werner fora contido e a ameaça de violência iminente, eliminada.

Com frequência, ao longo das diversas décadas, ele aprendera mais com os revezes do que com seus numerosos sucessos. Os fracassos podiam ser pais legítimos do progresso, especialmente os *seus* fracassos, que muito provavelmente trariam mais avanços à causa do conhecimento do que os maiores triunfos de cientistas menores.

Victor estava fascinado pela audaciosa manifestação de características não humanas, para as quais nenhum gene havia sido incluído. Embora a musculatura do chefe da segurança tivesse sido aprimorada com material genético de uma pantera, ele não continha o código que expressava pernas felinas, e *certamente* não havia sido projetado para possuir uma cauda, que agora começava a formar-se.

A cabeça de Werner, ainda familiar, movia-se sobre um pescoço mais grosso e mais sinuoso do que nenhum homem jamais teve. Os olhos, quando voltados para alguma câmera, pareciam ter as íris elípticas de um felino, embora nenhum gene relacionado à visão felina tivesse sido introduzido em seus cromossomos.

Isso indicava que Victor havia cometido um erro com Werner ou que, de alguma forma, a carne espantosamente amorfa de Werner era capaz de extrapolar cada detalhe de um animal com partes mínimas de sua estrutura genética. Embora fosse um conceito ultrajante, terminantemente impossível, ele estava inclinado a acreditar na segunda explicação.

Além das seis câmeras que cobriam a rápida metamorfose de Werner, microfones na câmara de isolamento levavam sua voz para a sala de monitoramento. Se ele tinha consciência da extensão das mudanças físicas a que seu corpo era submetido, não podia ser determinado pelo que dizia, pois, infelizmente, suas palavras eram pura algaravia. Na maior parte do tempo, ele gritava.

A julgar pela intensidade e natureza dos gritos, tanto uma angústia mental quanto uma implacável agonia física acompanhavam a metamorfose. Evidentemente, Werner não mais possuía a habilidade de desligar a dor.

Subitamente, uma palavra proferida em voz clara foi discernida – "Pai, Pai" –. Victor desligou o áudio e se restringiu às imagens mudas.

Dean Koontz

Cientistas de Harvard, Yale, Oxford e de todas as maiores universidades do mundo tinham, nos últimos anos, feito experiências de transferência de genes entre espécies. Eles inseriam material genético de aranhas em cabras, que passavam a produzir leite entrelaçado com teias. Eles haviam produzido camundongos que carregavam pedaços do DNA humano, e diversas equipes competiam para ver quem seria a primeira a produzir um porco com cérebro humano.

– Mas somente eu – Victor declarou, olhando para as seis telas – criei a quimera do antigo mito, a besta de muitas partes que funciona como uma só criatura.

– Ele está funcionando? – perguntou Ripley.

– Você está vendo, do mesmo modo que eu – Victor respondeu, impaciente. – Ele corre com enorme velocidade.

– Em círculos torturantes.

– O corpo dele é flexível e forte.

– E continua mudando – disse Ripley.

Werner também possuía algo de aranha, e alguma coisa de barata, para aumentar a maleabilidade de seus tendões, para envolver seu colágeno com maior capacidade de resistência à tensão. Agora os elementos de aranha e de inseto pareciam estar se expressando em detrimento da forma de pantera.

– Caos biológico – sussurrou Ripley.

– Preste atenção – Victor o aconselhou. – Aqui encontraremos indícios que levarão, inevitavelmente, aos maiores avanços na história da genética e da biologia molecular.

– Temos absoluta certeza – perguntou Ripley – de que as portas do módulo de transição completaram seu ciclo de fechamento?

Cidade das trevas

Todos os outros quatro membros da equipe responderam em uníssono: – Sim.

A imagem de um dos monitores ficou cinza e o rosto de Annunciata apareceu.

Presumindo que ela surgira devido a um erro, Victor quase deu um grito ordenando que se desligasse.

Antes que ele pudesse falar, entretanto, ela disse: – sr. Hélios, um Alfa fez um pedido urgente para se reunir com o senhor.

– Qual Alfa?

– Patrick Duchaine, reitor da Nossa Senhora das Dores.

– Ponha a ligação dele nos alto-falantes.

– Ele não telefonou, sr. Hélios. Ele veio até a porta da Misericórdia.

Como a Mãos da Misericórdia hoje se apresentava ao mundo como um armazém particular com pouco movimento diário, os aqui nascidos não retornavam por um motivo qualquer, para que um fluxo não costumeiro de visitantes não desmascarasse a fachada. A visita de Duchaine era uma quebra de protocolo que sugeria que ele tinha novidades importantes a comunicar.

– Mande-o aqui – Victor disse a Annunciata.

– Sim, sr. Hélios. Sim.

CAPÍTULO 50

Laffite abriu os olhos. – Eu me revelei a vocês. Uma prova de que meu programa está descontrolado. Devemos nos movimentar entre vocês secretamente, nunca revelando nossa diferença nem nosso propósito.

– Tudo bem – Michael lhe disse. – Não temos problema com isso. Mas fique um pouquinho sentado, pastor Kenny, fique sentadinho aí assistindo os passarinhos caírem do fio.

Enquanto Michael dizia essas palavras, menos de um minuto depois de terminar sua conversa com Deucalião no celular, o gigante entrou na cozinha do presbitério, vindo do corredor.

Carson já estava tão acostumada com as chegadas inexplicáveis e partidas misteriosas daquele homem enorme que a Desert Eagle em suas mãos não tremeu nem um pouco, permanecendo apontada para o peito do ministro.

– O quê? Você ligou da varanda da frente? – Michael perguntou.

Imenso, medonho, tatuado, Deucalião cumprimentou Lulana e Evangeline e disse: – Porque Deus não nos deu o espírito de temor, mas de fortaleza, e de amor, e de moderação.

— Timóteo — Lulana disse, tremendo —, capítulo 1, versículo 7.

— Posso parecer um diabo — Deucalião disse às irmãs, para deixá-las mais à vontade —, mas, se algum dia eu fui, hoje não sou mais.

— Ele é um bom sujeito — Michael assegurou-lhes. — Não conheço nenhum versículo bíblico para a ocasião, mas garanto que ele é um bom sujeito.

Deucalião sentou-se à mesa na cadeira que Lulana havia ocupado. — Boa noite, pastor Laffite.

O ministro tinha os olhos vidrados, como se ele estivesse olhando através de um véu que separa um mundo do outro. Agora ele olhava para Deucalião.

— Não reconheci que era Timóteo, capítulo 1, versículo 7 — Laffite disse. — Meu programa está ainda mais descontrolado. Estou perdendo quem eu sou. Cite outro versículo.

Deucalião recitou: — Eis que ele é só vaidade. As suas obras não são coisa alguma; as suas imagens de fundição são vento e coisa vã.

— Não conheço — disse o pregador.

— Isaías, capítulo 16, versículo 29 — disse Evangeline —, mas ele fez alguns ajustes.

Para Deucalião, Laffite disse: — Escolheu um versículo que descreve... Hélios.

— Sim.

Carson pensou que talvez ela e Michael pudessem baixar as armas. Mas decidiu que, se fosse uma atitude inteligente, Deucalião já teria aconselhado que relaxassem. Ela permaneceu preparada.

— Como pode saber sobre Hélios? — Laffite perguntou.

– Fui o primeiro. Grosseiro, pelos seus padrões.

– Mas o seu programa não falhou.

– Eu não tenho um programa, do modo como você o compreende.

Laffite estremeceu violentamente e fechou os olhos. – Alguma coisa foi embora. O quê?

Os olhos dele começaram a se mover rapidamente para cima e para baixo, de um lado para o outro, por baixo das pálpebras.

– Posso dar-lhe o que mais deseja – Deucalião disse a ele.

– Acho que... sim... Eu perdi a capacidade de desligar a dor.

– Não tenha medo. Farei com que não sinta dor. Mas quero uma coisa em troca.

Laffite não disse nada.

– Mencionou o nome dele – Deucalião disse –, e demonstrou que seu programa não o restringe mais. Então me diga... o lugar onde nasceu, onde ele faz seu trabalho.

Com a voz engrossando ligeiramente, como se estivesse perdendo pontos de seu Q.I., Laffite disse: – Sou um filho da Misericórdia. Nascido na Misericórdia e criado na Misericórdia.

– O que isso quer dizer? – Deucalião insistiu.

– A Mãos da Misericórdia – disse Laffite. – A Mãos da Misericórdia e os tanques do inferno.

– É um antigo hospital católico – Carson lembrou. – A Mãos da Misericórdia.

– Eles o fecharam quando eu ainda era criança – Michael disse. – É alguma outra coisa hoje, um armazém. Lacraram as janelas com tijolos.

– Eu poderia matar vocês todos agora – Laffite disse, mas não abriu os olhos. – Antes, eu queria matar vocês todos. Eu queria tanto, antes, tanto.

Lulana começou a chorar baixinho, e Evangeline disse: – Segure minha mão, irmã.

Para Carson, Deucalião disse: – Levem as senhoras para fora daqui. Levem-nas para casa.

– Um de nós poderia levá-las para casa – ela sugeriu – e o outro ficaria aqui para dar cobertura.

– Isso é somente entre mim e o pastor Laffite. Preciso dar-lhe alguma graça, um pouco de dignidade e um longo descanso.

Recolocando o Magnum no coldre, Michael disse: – Senhoras, podem levar suas tortas de amêndoas para casa. Elas não provam, sem sombra de dúvida, que estiveram aqui, mas é melhor que as levem junto.

Enquanto as mulheres retiravam as tortas da geladeira e Michael as conduzia para fora da cozinha, Carson manteve a arma apontada para Laffite.

– Vamos nos encontrar em sua casa – Deucalião disse a ela. – Daqui a pouco.

– E havia trevas sobre a face do abismo – disse Laffite com voz ainda mais rouca. – Esse é um versículo ou eu não me recordo de mais nada?

– Gênesis, capítulo 1, versículo 2 – Deucalião disse a ele. Em seguida, fez um gesto indicando que Carson deveria sair.

Ela abaixou a pistola e, relutante, foi embora.

Quando alcançou o corredor, ouviu Laffite dizer: – Ele diz que viveremos mil anos. Sinto-me como se já tivesse vivido.

CAPÍTULO 51

Na sala secreta, Erika pensava novamente no ocupante do receptáculo de vidro.

Sem dúvida, ele se movera: um espasmo sombrio dentro do manto âmbar de líquido ou de gás. Ou ele reagira à sua voz ou o tempo de seu movimento tinha sido uma coincidência.

A Velha Raça tinha um ditado: não existem coincidências.

Mas eles eram supersticiosos e irracionais.

Como havia sido ensinado no tanque, o Universo não é nada *além* de um mar de caos no qual a escolha aleatória colide com a casualidade, tecendo fragmentos de coincidência sem sentido, como estilhaços, ao longo de nossa vida.

O propósito da Nova Raça era impor ordem onde reina o caos, dominar o incrível poder de destruição do Universo e fazê-lo servir às suas necessidades, trazer sentido a uma criação que não fazia sentido desde tempos imemoriais. E o sentido que ela imporia é o sentido de seu criador, a exaltação de seu nome e sua imagem, a realização de sua visão e de todos os seus desejos, a satisfação obtida somente pela perfeita implantação da vontade desse criador.

Essa crença, parte de sua programação básica, lhe veio à mente palavra por palavra, com música de Wagner e imagens de milhões de membros da Nova Raça marchando na mesma cadência. Seu brilhante marido poderia ter sido poeta, não fosse a mera poesia indigna de seu gênio.

Depois de ter falado com o ocupante do receptáculo, um medo primitivo tomou conta dela, parecendo sair de seu próprio sangue e ossos, e ela se retirou para a poltrona, onde ainda permaneceu sentada, não simplesmente ponderando suas opções, mas analisando sua motivação.

Ela ficara abalada com o fato de William ter amputado os próprios dedos e com sua eliminação. Ficou ainda mais tocada pela revelação feita por Christine de que ela, Erika, recebeu uma vida emocional mais rica – humildade, vergonha, o potencial para a piedade e compaixão – do que os outros da Nova Raça haviam recebido.

Victor, cujo gênio não encontrava paralelo na história, devia ter uma boa razão para privar todos os outros do ódio, da inveja, da raiva e de emoções que só se voltavam contra si próprias e não levavam à esperança. Ela era uma humilde criação dele, que valia somente até onde pudesse servi-lo. Erika não possuía a intuição, o conhecimento nem a mente suficientemente aberta para crer que tivesse qualquer direito de questionar os projetos dele.

Ela mesma alimentava muitas esperanças. A mais importante de todas era tornar-se uma esposa cada vez melhor, dia após dia, e ver a aprovação nos olhos de Victor. Embora tivesse saído do tanque havia bem pouco tempo e não tivesse vivido o bastante, não conseguia imaginar uma vida sem esperança.

Se se tornasse uma esposa melhor, se finalmente não precisasse apanhar durante o sexo, se um dia ele a tratasse com carinho, esperava poder pedir-lhe que permitisse que Christine e os outros tivessem esperanças como ela, e que ele atendesse seu pedido e desse ao seu povo uma vida mais afetuosa.

— Eu sou a rainha Esther para o rei Ahasuerus — ela disse, comparando-se à filha de Mordecai. Esther persuadiu Ahasuerus a poupar seu povo, os judeus, da aniquilação nas mãos de Hamã, um príncipe de seus domínios.

Erika não sabia a história inteira, mas tinha confiança de que a alusão literária, uma das milhares de seu repertório, real e que, de acordo com seu programa, ela a usara de modo apropriado.

Então.

Ela deve esforçar-se para ser tratada com carinho por Victor. Para tanto, deve servi-lo sempre à perfeição. Para alcançar essa meta, deve saber tudo sobre ele, não meramente a biografia que recebera diretamente em seu cérebro por meio da transferência de dados.

Tudo incluía necessariamente o ocupante do tanque, que evidentemente havia sido aprisionado por Victor. Apesar do profundo medo que despertara em Erika, ela deveria voltar ao receptáculo, ao caos, e instaurar a ordem sobre ele.

Na cabeceira do caixão — definitivamente parecia mais um caixão do que uma caixa de joias —, Erika mais uma vez abaixou a cabeça e colocou o rosto perto do vidro no ponto diretamente acima de onde ela imaginava estar o rosto do ocupante, submerso no âmbar.

Como antes, mas com menos alegria na voz, ela disse: – Olá, olá, olá, aí dentro.

A forma escura contraiu-se mais uma vez, e agora as ondas de som da voz de Erika pareceram enviar vibrações azuis ao receptáculo, como havia feito a batida com os dedos anteriormente.

Os lábios de Erika estavam cerca de quinze centímetros acima do vidro quando ela falou. Ela se aproximou. Oito centímetros.

– Aqui é a rainha Esther para o rei Ahasuerus – ela disse.

As vibrações foram de um azul mais intenso do que antes, e o obscuro ocupante pareceu chegar mais perto do lado de baixo do vidro; então, ela conseguiu ver algo que parecia um rosto, mas sem detalhes.

Ela disse novamente: – Aqui é a rainha Esther para o rei Ahasuerus.

Saindo do azul pulsante, do rosto oculto, veio uma voz em resposta, de alguma maneira não abafada pelo vidro: – Você é Erika Cinco, e você é minha.

CAPÍTULO 52

Depois que a língua escura da noite lambeu o último raio púrpura do horizonte oeste, as tochas de querosene foram acesas no alto das varas na cova oeste. Como dragões fantasmas, asas e caudas de uma bruxuleante luz alaranjada varriam o campo de lixo, e as sombras pulavam.

Treze dos catorze membros da equipe de Nick estavam com ele na cova, usando botas altas, com o rosto cintilando, alinhando-se em ansiosa expectativa ao longo do caminho que o par de caminhões baixos e abertos percorreria até o lugar do enterro.

Ao lado dele estava Gunny Alecto, os olhos brilhando sob o reflexo do fogo. – Sebo século seguinte seguro selênio selvagem. *Selvagens!* Lá vêm os selvagens mortos, Nick. Sua coisa está aí?

– Está.

– A sua *coisa* está aí?

Ele levantou seu balde, que era igual ao dela, igual ao que cada um deles levava.

Dean Koontz

O primeiro caminhão desceu a parede íngreme da cova e abriu caminho, resmungando em meio à desolação, amassando uma variedade incontável de lixo sob os pneus.

Cinco estacas fortes, com dois metros e meio de altura, elevavam-se da carroceria. Em cada estaca estava amarrado um membro morto da Velha Raça que havia sido substituído por um replicante. Três eram burocratas da prefeitura e dois, oficiais de polícia. Duas fêmeas e três machos.

Os cadáveres estavam sem roupas. Seus olhos haviam sido abertos e fixados com fita adesiva para dar a impressão de que testemunhariam toda a sua humilhação.

A boca dos mortos tinha pedaços de madeira que a mantinham abertas à força porque seus torturadores gostavam de imaginar que eles estavam implorando misericórdia ou, pelo menos, gritando.

Um dos machos fora entregue sem os membros e decapitado. A equipe da Crosswoods tinha costurado as partes no corpo com fios de arame e certa malícia, colocando a cabeça para trás, reposicionando a genitália de modo cômico.

Conforme o caminhão se aproximava, a equipe reunida começou a zombar dos mortos com entusiasmo, rindo debochadamente e vaiando mais alto do que as palavras articuladas.

Aos Ípsilons, os mais baixos da rígida ordem social, não era permitido desprezar nenhum membro de sua raça, somente os homens e mulheres de um único coração que alegavam ser filhos de Deus, mas não conseguiam desligar a dor e morriam tão facilmente. Com zombarias e risos maldosos, os mais simples dentre todos os produtos dos tanques expressavam sua abominação e desse modo clamavam sua superioridade.

Cidade das trevas

Quando o caminhão parou, a equipe olhou excitadamente para Nick, que estava no ponto central na fila. Como um Gama entre ípsilons deve liderar pelo exemplo, mesmo que eles, e não ele, tenham concebido essa cerimônia e planejado esses rituais.

De seu balde, tirou um pouco de massa fedorenta. Sempre disponíveis num aterro sanitário, havia frutas e vegetais, sujeira numa variedade infinita, algo decomposto aqui e algo rançoso lá. Durante o dia, ele havia coletado itens de sua escolha e agora, com um grito de desprezo, arremessou seu primeiro punhado em um dos cadáveres do caminhão.

O impacto provocou respingos que incitaram os ânimos dos Ípsilons. Seguindo seu exemplo, eles retiraram fétidos chumaços de seus baldes e os atiraram com força nos corpos pendurados.

Como os cadáveres de olhos arregalados e boca escancarada aguentaram passar por essa barreira, as zombarias do grupo ficaram mais perversas, menos verbais e mais vocais. O riso tornou-se demasiado estridente para ter qualquer traço de divertimento e ficou amargo demais para ser confundido com qualquer tipo de riso.

Quando os Ípsilons haviam gastado toda a sua munição, jogaram os baldes vazios e depois se lançaram sobre o caminhão, puxando violentamente as amarras que mantinham os cadáveres nas estacas. Ao libertarem cada corpo manchado e gotejante, eles o carregavam do caminhão até uma cova rasa preparada no campo de lixo próximo dali, que serviria de vala comum.

Embora Nick Frigg não tivesse subido no pelourinho montado no caminhão junto com seu ruidoso grupo, a fúria e o ódio deles o excitavam, inflamavam seu próprio ressentimento contra aqueles supostamente feitos à imagem de Deus que afirmavam ter livre-arbítrio, dignidade e esperança. Ele se regozijava com os residentes de Crosswoods, agitando sua sebosa cabeleira e dando socos na noite, e sentia-se *poderoso* ao pensar que um dia, em breve, sua espécie se revelaria em toda a sua ferocidade não humana e mostraria à presunçosa Velha Raça como seu tão precioso livre-arbítrio podia ser-lhes arrancado, como sua dignidade podia ser destruída de modo tão brutal e como sua patética esperança podia ser totalmente extinta para sempre.

Chegara a hora da matança simbólica.

Quando os cinco cadáveres haviam sido tirados do caminhão, os Ípsilons, incluindo o motorista, deslocaram-se para o cemitério em cerrada perseguição.

Eles desejavam matar, *ansiavam* ardentemente matar, conviviam com uma *necessidade* de matar tão intensa que virava uma angústia, mas eles eram proibidos de liberar sua ira até que seu criador desse permissão. A frustração de sua vida agrilhoada pagava juros diários ao capital de sua fúria até eles ficarem ricos com ela, cada um deles um tesoureiro da fúria.

Na matança simbólica, eles gastavam meros centavos de seu tesouro de cólera. Eles pisoteavam, chutavam, roçavam os calcanhares, jogavam os braços nos ombros dos outros e dançavam em círculos em grupos de quatro e seis, dançavam entre os mortos e certamente *sobre* os mortos, em ritmos repetitivos e coléricos, enchendo a noite iluminada por tochas de toques aflitivos, tímpanos, tantãs, tambores e timbales, mas todos, na verdade, o barulho de pés usando botas.

Cidade das trevas

Embora fosse um Gama, Nick nariz-de-cão era contagiado pela excitação dos Ípsilons, e uma febre de fúria lhe fervia o sangue, também, ao juntar-se a eles nessa dança da morte, conectando-se a eles num círculo com a convicção de que qualquer Beta teria feito o mesmo, ou até um Alfa, pois essa era uma manifestação não somente da frustração da classe mais baixa da Nova Raça, mas também o desejo ardente e reprimido de todos os filhos da Misericórdia, que eram feitos para tarefas diferentes e recebiam programas diferentes, mas também formavam uma unidade em seu ódio e sua fúria.

Guinchando, uivando, piando, gritando, com o rosto suado escuro de desejo, iluminados pela luz das tochas, eles pisoteavam o que haviam anteriormente zombado, ritualmente matando os que já estavam mortos, o fogo cerrado de seus pés sacudindo a noite com uma promessa da guerra final que está por vir.

CAPÍTULO 53

Do outro lado da rua e a meio quarteirão de distância, Cindi e Benny Lovewell observavam O'Connor e Maddison acompanharem duas mulheres negras do presbitério até o carro deles, que estava estacionado ao lado de um poste de luz.

– Vamos acabar matando uma ou as duas mulheres para pegar os tiras – Cindi disse.

Considerando que eles não estavam autorizados a matar ninguém exceto os detetives, Benny disse: – É melhor esperarmos.

– O que as mulheres estão levando? – Cindi perguntou.

– Tortas, eu acho.

– Por que estão levando tortas?

– Pode ser que tenham sido apanhadas furtando as tortas – Benny sugeriu.

– As pessoas furtam tortas?

– A espécie *deles*, sim. Eles furtam tudo.

Ela disse: – Mas O'Connor e Maddison não são detetives de homicídios?

– São.

– Então, por que viriam correndo até aqui para prender ladras de tortas?

Benny deu de ombros. – Não sei. Talvez elas tenham matado alguém por causa das tortas.

Franzindo a cara, Cindi disse: – É possível, eu suponho. Mas tenho a sensação de que aconteceu algo que não sabemos. Nenhuma delas tem cara de assassina.

– Nem nós – Benny lembrou-lhe.

– Se elas *realmente* mataram por causa das tortas, por que ainda estão com elas?

– O sistema judiciário deles não faz muito sentido para mim – disse Benny. – Eu não dou a mínima para as mulheres nem para as tortas. Só quero revirar as entranhas de O'Connor e de Maddison.

– Bom, eu também – Cindi disse. – O fato de eu querer um bebê não significa que eu não goste mais de matar.

Benny suspirou. – Não quis sugerir que você está ficando mole nem nada assim.

Quando as mulheres e as tortas estavam acomodadas no banco de trás, O'Connor posicionou-se ao volante e Maddison sentou-se no banco da frente.

– Siga-os sem que nos vejam – Benny disse. – Temos que conseguir nos aproximar depressa, caso surja uma oportunidade.

O carro policial não identificado afastou-se da guia e, ao sair do campo de visão deles, virando a esquina, foi seguido por Cindi no Mountaineer.

Em vez de levar as negras para a cadeia, os detetives andaram somente dois quarteirões, até outra casa em Bywater.

Cidade das trevas

Mais uma vez estacionando a meio quarteirão de distância e do outro lado da rua, numa vaga entre dois postes de luz, Cindi disse: – Isso não é bom. Em metade dessas casas as pessoas ficam sentadas na varanda da frente. Muitas testemunhas.

– É – concordou Benny. – Podemos sequestrar O'Connor e Maddison, mas vamos terminar numa perseguição policial.

Eles precisavam ser discretos. Se as autoridades os identificassem como assassinos profissionais, eles não poderiam mais trabalhar. Não seriam mais autorizados a matar ninguém e certamente seu criador os eliminaria.

– Olhe só para estes imbecis. O que ficam fazendo sentados numa cadeira de balanço na varanda? – Cindi questionou.

– Eles ficam sentados bebendo cerveja ou limonada, ou outra coisa. Alguns deles fumam e conversam.

– Conversam sobre o quê?

– Não sei.

– Eles são tão... *dispersos* – Cindi disse. – Qual é o propósito da vida deles?

– Ouvi um deles dizendo que o propósito da vida é viver.

– Eles ficam ali sentados. Não estão tentando conquistar o mundo, subjugar a natureza, nem nada parecido.

– O mundo já é deles – Benny lembrou-a.

– Não por muito tempo.

CAPÍTULO 54

Sentado à mesa da cozinha do presbitério com o replicante pastor Laffite, Deucalião disse: – Quantos de sua espécie estão infiltrados na cidade?

– Eu só sei o meu número – Laffite respondeu, a voz ficando mais grossa. Sentado, ele olhava fixamente para as mãos, que se encontravam com as palmas para cima sobre a mesa, como se estivesse lendo duas versões de seu futuro. – Mil novecentos e oitenta e sete. Deve haver muitos mais depois de mim.

– Em quanto tempo ele consegue produzir um de vocês?

– Da gestação à maturidade, ele conseguiu reduzir para quatro meses no tanque.

– Quantos tanques estão em operação na Mãos da Misericórdia?

– Costumava haver cento e dez.

– Três safras por ano – Deucalião disse – vezes cento e dez. Ele pode fabricar trezentos e trinta por ano.

– Não tantos. Porque de vez em quando ele faz... outras coisas.

– Que outras coisas?

– Eu não sei. Rumores. Coisas que não são... humanoides. Formas novas. Experimentos. Sabe do que eu gostaria?

– Diga-me – Deucalião estimulou-o.

– Um último bombom. Gosto muito de chocolate.

– Onde os guarda?

– Numa caixa da geladeira. Eu mesmo pegaria, mas estou começando a ter alguma dificuldade para reconhecer as relações espaciais. Não sei se consigo andar corretamente. Eu teria que rastejar.

– Eu pego – Deucalião disse.

Ele retirou os chocolates da geladeira, tirou a tampa e colocou a caixa sobre a mesa diante de Laffite.

Enquanto Deucalião se acomodava novamente em sua cadeira, Laffite tentou alcançar um bombom, mas tateou além e à esquerda da caixa.

Suavemente, Deucalião guiou a mão esquerda de Laffite para os chocolates e em seguida ficou olhando o pastor senti-los, um bombom após o outro, como faz um homem cego, antes de selecionar um.

– Dizem que ele está pronto para inaugurar uma fazenda nos arredores da cidade – Laffite revelou. – Na semana que vem ou na outra.

– Qual fazenda?

– Uma fazenda da Nova Raça, com dois mil tanques sob um só teto, disfarçado de fábrica ou estufa.

Quando Laffite não conseguia mais encontrar a boca com a mão, Deucalião guiou o doce até seus lábios. – É uma capacidade de produção de seis mil.

Cidade das trevas

Tornando a fechar os olhos, o pastor Laffite mastigou o chocolate com prazer. Tentou falar com o doce na boca, mas não era mais capaz de falar e comer ao mesmo tempo.

– Não tenha pressa – Deucalião lhe disse. – Aprecie bem.

Depois de engolir o chocolate e lamber os lábios, com os olhos ainda fechados, Laffite disse: – Há uma segunda fazenda em fase de construção que deve estar pronta no começo do ano que vem, com um número ainda maior de tanques.

– Você sabe os horários de Victor nas Mãos da Misericórdia? Quando ele chega? Quando sai?

– Não sei. Ele permanece lá a maior parte do tempo, mais do que em qualquer outro lugar.

– Quantos de sua espécie trabalham na Misericórdia?

– Oitenta ou noventa, eu creio. Não sei ao certo.

– A segurança deve ser muito reforçada.

– Todos os que trabalham lá são máquinas de matar. Eu apreciaria mais um bombom.

Deucalião o ajudou a encontrar a caixa e a levar a guloseima à boca.

Quando Laffite não estava comendo chocolate, seus olhos se revolviam e se repuxavam sob as pálpebras. Quando tinha um chocolate na boca, seus olhos ficavam parados.

Depois de terminar o doce, Laffite disse: – Você acha que o mundo é mais misterioso do que deveria ser?

– Quem diz que ele não deveria ser assim?

– Nosso criador. Mas você fica se perguntando sobre as coisas?

– Sim, sobre muitas coisas – disse Deucalião.

– Eu também. Sempre me pergunto. Acha que os cães têm almas?

CAPÍTULO 55

Na passarela que levava à varanda da casa de Lulana, com o doce aroma de jasmim no ar do começo da noite, Carson disse às duas irmãs: – É melhor que não contem nada a ninguém sobre o que aconteceu no presbitério.

Como se não confiando na firmeza de suas mãos, Lulana usava as duas para segurar a torta de amêndoas. – Quem era o gigante?

– A senhora não iria acreditar – disse Carson –, e, se eu lhe dissesse, não estaria lhe fazendo um favor.

Afagando a segunda torta, Evangeline disse: – O que havia de errado com o pastor Kenny? O que vai acontecer com ele?

Em vez de responder, Michael disse: – Para que fique tranquila, a senhora deve ficar sabendo que seu pastor encontrou o descanso final há algum tempo. O homem que chamou de pastor Kenny hoje... a senhora não tem motivo para lamentar por ele.

As irmãs trocaram um olhar. – Alguma coisa estranha está acontecendo com o mundo, não é? – Lulana perguntou a Carson, claramente sem esperar uma resposta. – Quando estávamos lá esta noite, fui tomada por um mau presságio, como se fosse... o fim dos tempos.

Evangeline disse: – Talvez devêssemos orar, irmã.

– Mal não faz – Michael disse. – Pode ser que ajude. E comam um pedaço de torta.

A suspeita apertou os olhos de Lulana. – Sr. Michael, me parece que o senhor está querendo dizer que devemos desfrutar a torta enquanto ainda há tempo.

Michael evitou retrucar, mas Carson disse: – Comam um pedaço de torta. Comam dois.

De volta ao carro, enquanto Carson se afastava da guia, Michael disse: – Você viu o Mountaineer branco no meio do quarteirão do outro lado da rua?

– Sim.

– Igualzinho ao que vimos no parque.

Estudando o espelho retrovisor, ela disse: – É. Igual ao que estava na rua do presbitério.

– Fiquei pensando se você tinha notado.

– Acha que estou ficando cega?

– Está atrás de nós?

– Ainda não.

Ela dobrou à direita na esquina.

Virando-se no banco para espiar a rua escura que deixavam para trás, ele disse: – Ainda não vieram. Bom, deve haver mais de um Mountaineer branco numa cidade desse tamanho.

– E este é só mais um daqueles dias estranhos em que cruzamos com todos eles.

– Talvez fosse bom pedir algumas granadas de mão para Godot – Michael disse.

Cidade das Trevas

– Tenho certeza de que ele entrega em casa.

– Provavelmente com embalagem para presente. Para onde agora?

– Para a minha casa – Carson respondeu. – Pode ser uma boa ideia a Vicky levar Arnie para outro lugar.

– Para alguma cidade bem tranquila em Iowa.

– E de volta a 1956, quando Frankenstein era só Colin Clive e Boris Karloff, e Mary Shelley era só uma escritora, e não uma profetisa e historiadora.

CAPÍTULO 56

Nas seis telas do circuito fechado, a manifestação em forma de inseto da entidade Werner, ainda em posse de alguns traços humanos, rastejava pelas paredes de aço da câmara de isolamento, ora cauteloso como um predador à espreita da presa, ora como uma barata veloz e assustada, agitado e nervoso.

Victor não poderia ter imaginado que qualquer novidade trazida pelo padre Duchaine pudesse sobrepujar as imagens dos monitores, mas, quando o padre descreveu seu encontro com o homem tatuado, a crise com Werner tornou-se um mero problema se comparada à assombrosa ressurreição de sua primeira criação.

A princípio cético, ele pressionou Duchaine para que desse uma descrição do altíssimo homem que havia sentado para tomar café com ele na cozinha da reitoria, especialmente da metade devastada de seu rosto. O que o padre viu sob o inadequado disfarce da elaborada tatuagem era um estrago tamanho que nenhum homem comum teria suportado e sobrevivido. Ademais, ela combinava com o semblante retorcido que Victor havia guardado no olho da memória, esta excepcional.

Além disso, as palavras usadas por Duchaine ao descrever a metade íntegra do mesmo rosto não poderiam se encaixar melhor no ideal de beleza masculina que Victor havia generosamente concedido à sua primeira criação havia tanto tempo, e num continente tão distante que por vezes aqueles eventos pareciam ser somente um sonho.

Sua generosidade fora retribuída com traição e com o assassinato de sua noiva, Elizabeth. A Elizabeth que ele perdera nunca teria sido tão maleável nem tão lasciva quanto as esposas que ele posteriormente criaria para si; contudo, seu assassinato selvagem fora uma impertinência imperdoável. Agora o miserável ingrato vinha se arrastando para perto dele, cheio de ilusões de grandeza, inventando bobagens sobre um destino, idiota o bastante para acreditar que num segundo confronto ele poderia não somente sobreviver, mas triunfar.

– Pensei que ele tivesse morrido no gelo – Victor disse. – No gelo polar. Pensei que houvesse congelado para sempre.

– Ele voltará à reitoria daqui a uma hora e meia – disse o padre.

Em tom aprovador, Victor disse: – Foi uma manobra muito inteligente, Patrick. Você não tem me agradado muito ultimamente, mas isso pode ser encarado como uma redenção.

– Na verdade – o padre disse, incapaz de fitar os olhos de seu criador –, pensei em traí-lo, mas depois vi que não podia conspirar contra o senhor.

– Naturalmente que não. A sua Bíblia diz que os anjos rebeldes se ergueram contra Deus e foram expulsos do Paraíso.

Cidade das trevas

Mas eu fiz criaturas mais obedientes do que o Deus do mito jamais conseguiu criar.

Nas telas, o inseto Werner disparou por uma parede e se manteve grudado no teto, pendente e tremendo.

– Senhor – Duchaine disse, nervoso –, vim aqui não somente para lhe contar as novidades, mas para pedir... pedir que me conceda a graça que me prometeu no princípio.

Por um instante, Victor não sabia a que graça ele se referia. Quando entendeu, sentiu-se irritado. – Quer que eu tire sua vida?

– Liberte-me – Patrick implorou baixinho, olhando para os monitores para não fitar os olhos de seu mestre.

– Eu lhe dou a vida, e onde está sua gratidão? Logo o mundo será nosso, a natureza será domada, todas as coisas terão mudado para sempre. Eu o tornei parte dessa grande aventura, mas você quer se afastar. Está iludido o suficiente para crer que a religião que pregou de modo insincero pode conter alguma verdade, afinal?

Ainda concentrado no fantasmagórico Werner, Duchaine disse: – O senhor pode me libertar com algumas palavras.

– Não existe Deus, Patrick, e mesmo que existisse, Ele não teria um lugar no paraíso que agradasse a você.

A voz do padre ganhou um tom de humildade que Victor não apreciava. – Senhor, não preciso do paraíso. A escuridão eterna e o silêncio serão suficientes.

Victor o abominou. – Creio que pelo menos uma de minhas criaturas é mais patética do que tudo o que jamais acreditei poder criar.

Como o padre não respondeu, Victor ligou o som dos monitores da câmara de isolamento. A coisa Werner ainda gritava de terror, de uma dor aparentemente extrema. Alguns gritos agudos lembravam os de um gato em agonia, enquanto outros eram tão esganiçados e estranhos quanto a linguagem de insetos em frenesi; e ainda outros pareciam tão humanos quanto qualquer grito capaz de cortar a noite num abrigo para criaturas insanas.

Para um de sua equipe, Victor disse: – Abra a porta mais próxima do módulo de transição. O padre Duchaine gostaria de oferecer seu sagrado aconselhamento ao pobre Werner.

Tremendo, Patrick Duchaine disse: – Mas com algumas palavras o senhor poderia...

– Sim – Victor interrompeu. – Eu poderia. Mas investi muito tempo e recursos em você, Patrick, e você me deu um retorno absolutamente inaceitável de meu investimento. Dessa forma, pelo menos, poderá realizar uma última tarefa. Preciso saber quão perigoso Werner se tornou, presumindo que seja perigoso para alguém que não ele próprio. Simplesmente entre lá e exerça sua arte sacerdotal. Não preciso de um relatório por escrito.

A porta do módulo foi aberta.

Duchaine atravessou a sala. Na soleira, parou para olhar para seu criador.

Victor não conseguiu ler a expressão do rosto nem dos olhos do padre. Embora tivesse criado cada um deles com cuidado e conhecesse a estrutura de cada corpo e de cada mente, talvez até melhor do que conhecia a si mesmo, alguns da Nova Raça eram, às vezes, um mistério tão grande quanto qualquer um da Velha Raça.

Sem mais uma palavra, Duchaine entrou no módulo de transição. A porta se fechou atrás dele.

A voz de Ripley exprimiu entorpecimento quando disse: – Ele está na câmara de vácuo.

Cidade das trevas

– Não é uma *câmara de vácuo* – Victor corrigiu.

Um dos membros da equipe disse: – A porta mais próxima está trancada. A outra abre.

Um instante depois, o inseto Werner parou de gritar. Pendurada no teto, a criatura pareceu ficar intensamente, freneticamente alerta, distraída enfim de suas queixas.

O padre Patrick Duchaine entrou na câmara de isolamento.

A porta se fechou, mas nenhum dos membros da equipe seguiu o costumeiro procedimento de anunciar o fechamento do módulo. A sala de monitoramento ficou silenciosa como Victor nunca vira antes.

Duchaine falou não para o monstro suspenso acima dele, mas para uma das câmeras e, através das lentes, para seu criador. – Eu o perdoo, Pai. O senhor não sabe o que faz.

Naquele momento, antes que Victor pudesse explodir de raiva numa contestação, o inseto Werner provou ser tão letal quanto era de imaginar. Que agilidade. Que mandíbulas e pinças exóticas. Que persistência de máquina.

Pertencendo à Nova Raça, o padre era programado para lutar, e era incrivelmente forte e resistente. Em consequência dessa força e resistência, sua morte não foi fácil, mas lenta e cruel, embora finalmente ele tivesse recebido a graça pela qual tanto ansiara.

CAPÍTULO 57

Observando as pálpebras do pastor Laffite enquanto seus olhos se moviam nervosamente por baixo delas, Deucalião disse: – Muitos teólogos acreditam que os cães e alguns outros animais têm uma alma simples, mas, se elas são ou não imortais, ninguém pode afirmar.

– Se os cães têm alma – Laffite sugeriu –, então quem sabe nós também possamos ser mais do que máquinas de carne?

Depois de ponderar por algum tempo, Deucalião disse: – Não lhe darei falsas esperanças... mas posso oferecer-lhe mais um chocolate.

– Não quer comer um comigo? É uma comunhão tão solitária.

– Está bem.

– O pastor havia desenvolvido uma leve paralisia na cabeça e nas mãos, diferente de seus nervosos tremores anteriores.

Deucalião selecionou dois bombons e retirou-os da caixa. Colocou o primeiro nos lábios de Laffite e o ministro o pegou.

Seu bombom tinha recheio de coco. Em duzentos anos, ele não havia comido nada que tivesse gosto tão doce, talvez devido às circunstâncias, que eram, por contraste, tão amargas.

– Com os olhos fechados ou abertos – disse o pastor Laffite –, estou tendo alucinações terríveis, imagens vívidas, horrores tão grandes que não há palavras para descrevê-los.

– Então não esperemos mais – Deucalião disse, afastando sua cadeira da mesa e colocando-se de pé.

– E dor – disse o pastor. – Uma dor tão intensa que não consigo reprimi-la.

– Não lhe causarei ainda mais dor – Deucalião prometeu. – Minha força é muito maior do que a sua. Será rápido.

Enquanto Deucalião se posicionava por trás da cadeira de Laffite, o pastor tateou às cegas e segurou a mão dele. Em seguida, fez algo que nunca jamais alguém esperaria de um membro da Nova Raça, algo que Deucalião sabia que nem vários séculos apagariam de sua memória.

Embora seu programa estivesse fora de controle, embora sua mente estivesse se esvaziando – ou talvez por causa disso –, o pastor Laffite levou as costas da mão de Deucalião para perto de seus lábios, beijou-a carinhosamente e sussurrou: – Irmão.

No momento seguinte, Deucalião quebrou o pescoço do sacerdote, deslocando sua coluna com tanta força que provocou morte instantânea, garantindo que o corpo quase imortal não conseguisse reparar o dano.

Mesmo assim, durante alguns momentos ele permaneceu na cozinha. Para ter certeza. Para cumprir uma espécie de shivá.

Para além das janelas, a noite caía rapidamente. Lá fora, havia uma cidade que fervilhava. Ainda assim, Deucalião nada conseguia ver através dos vidros, somente trevas profundas, a implacável escuridão.

CAPÍTULO 58

Depois que a coisa desconhecida dentro do receptáculo de vidro falou seu nome e fez aquela afirmação nefasta, Erika não se demorou na secreta sala vitoriana.

Ela não gostou da aspereza da voz. Nem de sua segurança.

Na soleira da porta, quase saiu correndo intempestivamente pelo corredor antes de perceber que as pontas metálicas nas paredes estavam fazendo novamente aquele chiado. Uma saída apressada resultaria num enfrentamento entre seu corpo brilhantemente construído e talvez vários milhares de volts de eletricidade.

Por mais forte e resistente que fosse, Erika Hélios não era Scarlett O'Hara.

...*E o vento levou* era passado numa época anterior à chegada da eletricidade nos lares; consequentemente, Erika não tinha certeza de que essa alusão literária era adequada, mas foi o que lhe ocorreu, de qualquer maneira. Naturalmente, ela não lera o romance; mas talvez ele tivesse uma cena na qual Scarlett O'Hara fosse atingida por um raio em meio a uma tempestade e sobrevivesse incólume.

Erika pisou com cautela no corredor e parou, como tinha feito ao entrar pelo outro lado da passagem. Como antes, um *laser* azul saído do teto a escaneou. Ou o sistema de identificação sabia quem ela era ou, mais provavelmente, reconheceu quem ela não era: Erika não era a coisa que estava no receptáculo de vidro.

As pontas metálicas pararam de chiar, permitindo que ela entrasse com segurança.

Erika fechou a imensa porta de aço com pressa e recolocou as cinco trancas de parafuso com porca. Em menos de um minuto, já estava protegida atrás da próxima barreira de aço e também a trancara.

Seus corações sincronizados, no entanto, continuavam a bater mais depressa. Ela estava impressionada por ter ficado tão perturbada por algo tão pequeno quanto uma voz sem corpo e uma ameaça velada.

O medo repentino e insistente, desproporcional à sua causa, tinha o caráter de uma resposta supersticiosa. Ela, naturalmente, era livre de toda superstição.

A natureza instintiva de suas reações levou-a a suspeitar de que, em seu subconsciente, ela conhecia a coisa presa na substância âmbar dentro do receptáculo de vidro, e que seu medo vinha de uma consciência muito profunda e oculta.

Quando alcançou o fim da passagem inicial por onde havia entrado ao atravessar uma estante móvel, encontrou um botão que abriu a porta secreta desse lado da parede.

Imediatamente após retornar à biblioteca, sentiu-se muito mais segura, embora rodeada por livros repletos com tanto material potencialmente corrompedor.

Cidade das trevas

Em um canto havia um bar estocado com pesados copos de cristal e com as mais finas bebidas para adultos. Como uma anfitriã programada de modo primoroso, ela sabia preparar qualquer coquetel que lhe pedissem, embora ainda não tivesse vivenciado uma situação social que exigisse essas habilidades.

Erika bebia um pouco de conhaque para acalmar os nervos quando, por trás dela, Christine disse: – sra. Hélios, me perdoe por dizer isso, mas temo que o sr. Hélios ficaria aborrecido se a visse bebendo diretamente do decantador.

Erika não havia percebido que cometera tamanha gafe, mas, como lhe chamaram a atenção, viu que estava, como fora acusada, entornando Rémy Martin direto do requintado decantador Lalique, e havia inclusive um pouco dele escorrendo por seu queixo.

– Estava com sede – ela disse humildemente, devolvendo o decantador ao bar, recolocando a tampa e enxugando o queixo com um guardanapo.

– Estivemos procurando a senhora, sra. Hélios, para perguntar sobre o jantar.

Alarmada, olhando para as janelas e percebendo que a noite já caíra, Erika disse: – Oh, eu deixei Victor esperando?

– Não, madame. O sr. Hélios precisa trabalhar até mais tarde e jantará no laboratório.

– Entendi. Então o que tenho que fazer?

– Serviremos seu jantar onde a senhora desejar, sra. Hélios.

– Bem, essa casa é tão grande, tem tantos lugares.

– Sim.

– Existe algum lugar onde eu possa jantar que tenha conhaque... e que não seja a biblioteca, com todos aqueles livros?

– Podemos servir conhaque junto com seu jantar em qualquer lugar da casa, sra. Hélios... embora eu sugira que seria mais apropriado beber vinho *junto* com a refeição.

– Sim, é claro que seria. E eu *gostaria* de uma garrafa de vinho junto com o jantar, um vinho que combine com o prato que o *chef* preparou. Traga-me o vinho mais adequado, por favor.

– Sim, sra. Hélios.

Aparentemente, Christine não tinha vontade de travar outra conversa tão íntima e intensa como a que elas tiveram na cozinha algum tempo atrás. Ela parecia querer manter o relacionamento num nível formal daqui por diante.

Estimulada por isso, Erika decidiu exercer sua autoridade como a dona da casa, mas de modo cortês. – Mas, por favor, Christine, traga-me também uma garrafa de Rémy Martin decantado, e pode trazê-la junto com o vinho, para poupar seu trabalho. Não se preocupe em fazer uma nova viagem.

Christine estudou-a por um momento e disse: – A senhora gostou de seu primeiro dia aqui, sra. Hélios?

– Foi um dia cheio – Erika disse. – A princípio, parecia uma casa calma, até entediante, mas parece que há sempre alguma coisa acontecendo por aqui.

CAPÍTULO 59

Apesar de o inquérito da mãe de Arnie ter começado bem, Randal Seis rapidamente gastou seu suprimento de manobras conversacionais iniciais. Comeu quase um quarto do pote de sorvete de morango e banana até lhe ocorrer outra pergunta.

– Você parece assustada, Vicky. Está assustada?
– Sim. É claro que sim.
– Por que está assustada?
– Estou amarrada numa cadeira.
– A cadeira não pode machucá-la. Não acha que é bobagem ficar assustada com uma cadeira?
– Não faça isso.
– Não fazer o quê?
– Não caçoe de mim.
– Quando Randal caçoou de você? Randal não fez isso.
– Não estou com medo da cadeira.
– Mas foi o que acabou de dizer.
– Estou assustada com você.

Ele fica sinceramente surpreso. – Randal? Por que está assustada com Randal?

– Você me bateu.

– Uma vez só.

– Com muita força.

– Mas você não morreu. Viu? Randal não mata mães. Randal decidiu gostar de mães. Mães são uma ideia maravilhosa. Randal não tem mãe nem pai.

Vicky não diz nada.

– E nãããããoooo, Randal não os mata. Randal foi fabricado por máquinas. Máquinas não se preocupam com você como mães, e não sentem saudade quando você vai embora.

Vicky fecha os olhos, como os autistas costumam fazer quando há muita coisa para processar, uma quantidade desanimadora de informações entrando.

Contudo, ela não é autista. Ela é mãe.

Randal fica surpreso que esteja lidando tão bem com todos esses desdobramentos e conversando tão calmamente. A mente dele parece estar se curando.

Entretanto, a aparência de Vicky é preocupante. O rosto dela está retorcido. Ela parece doente.

– Está doente? – ele pergunta.

– Estou com muito medo.

– Pare de ter medo, está bem? Randal quer que seja a mãe dele. Está bem? Não pode ter medo de seu próprio filho, Randal.

A coisa mais surpreendente acontece então: lágrimas rolam sobre a face de Vicky.

– Mas que meigo – diz Randal. – Você é uma mãe muito boa. Seremos felizes. Randal vai chamá-la de Mãe, não mais de Vicky. Quando é seu aniversário, Mãe?

CIDADE DAS TREVAS

Em vez de responder, ela soluça. Está muito emocionada. Mães são sentimentais.

– Deveria fazer um bolo no seu aniversário – ele diz. – Faremos uma festa. Randal sabe tudo sobre festas, mas nunca participou de uma.

Ela deixa a cabeça cair, ainda soluçando, o rosto lavado pelas lágrimas.

– O primeiro aniversário de Randal é em seis meses – ele informa. – Randal só tem quatro meses de idade.

Ele recoloca o que sobrou do sorvete de morango e banana no *freezer*. Em seguida, se posiciona ao lado da mesa, olhando fixamente para Vicky.

– Você é o segredo da felicidade, Mãe. Randal não precisa de Arnie para contar a ele. Randal vai visitar seu irmão agora.

Ela levanta a cabeça, os olhos arregalados. – Visitar Arnie?

– Randal precisa descobrir se é bom ter dois irmãos ou se um irmão está sobrando.

– Como assim, se um irmão está sobrando? Do que está falando? Por que quer ver Arnie?

Ele fica sobressaltado com a pressa das palavras dela, sua urgência; elas soam como campainhas em seus ouvidos. – Não fale tão depressa. Não faça perguntas. Randal faz perguntas. Mãe responde.

– Deixe Arnie em paz.

– Randal acha que existe felicidade suficiente aqui para dois, mas talvez Arnie não pense assim. Randal precisa ouvir Arnie dizer que dois irmãos é bom.

– Arnie quase nunca fala – ela disse. – Dependendo do humor dele, pode ser que nem perceba que você está lá. Ele se desliga. É como se o castelo fosse real e ele fugisse *para dentro* dele, se trancasse lá. Talvez ele nem ouça você.

– Mãe, está falando muito alto, falando muito e muito depressa. Alto e depressa não fica bem.

Ele se dirige para a porta que dá para o corredor.

Ela levanta a voz: – Randal, me desamarre. Me desamarre *agora mesmo!*

– Não está agindo como uma boa mãe agora. Gritos assustam Randal. Gritos não são felicidade.

– Está bem. Certo. Devagar e baixinho. Por favor, Randal. Espero. Por favor, me desamarre.

Na entrada para o corredor, ele se vira para olhar para ela. – Por quê?

– Para que eu o leve até Arnie.

– Randal pode encontrá-lo.

– Às vezes, ele se esconde. É difícil achá-lo quando ele se esconde. Eu conheço todos os esconderijos dele.

Olhando fixamente para Vicky, Randal sente que ela o engana. – Mãe, vai tentar machucar Randal?

– Não. É claro que não. Por que o machucaria?

– Às vezes, as mães machucam seus filhos. Existe um *site* na internet só sobre isso: www.maeshomicidas.com

Agora que ele pensou sobre isso, percebe que as pobres crianças nunca suspeitam o que está para acontecer. Elas confiam nas mães. A mãe diz que as ama e elas confiam nela. Em seguida, ela os corta em pedacinhos na cama ou as leva para um lago e lá as afoga.

– Randal realmente espera que você seja uma boa mãe – ele diz. – Mas talvez você tenha que responder muitas perguntas antes que Randal desamarre você.

Cidade das trevas

– Tudo bem. Volte aqui. Me pergunte qualquer coisa.
– Randal precisa falar com Arnie primeiro.

Vicky diz alguma coisa, mas Randal se desliga dela. Ele entra no corredor.

Atrás dele, Mãe volta a falar depressa, mais depressa do que nunca, e em seguida começa a gritar.

Randal Seis já esteve nesta sala. Da primeira vez em que Mãe recobrou a consciência, ela falava tanto que ele teve que vir para cá acalmar-se. Agora ele está aqui novamente, se acalmando.

Randal espera que ele e Mãe não estejam começando um relacionamento disfuncional.

Depois de um minuto ou dois, quando está pronto, vai à procura de Arnie. Ele fica pensando se seu novo irmão será como Abel ou Caim, desapegado ou egoísta. Se ele for como Caim, Randal Seis sabe o que fazer. Agirá em defesa própria.

CAPÍTULO 60

Carson estacionou na entrada de sua casa, desligou o motor e as lanternas e disse: – Vamos pegar os rifles.

Eles haviam colocado as malas e os rifles no porta-malas antes de levar Lulana e Evangeline do presbitério para casa.

Depois de rapidamente recuperarem os Urban Snipers, eles foram para a dianteira do carro e se agacharam lá, usando-o como cobertura. Olhando para trás, ao longo do lado do motorista, Carson vigiava a rua.

– O que vamos fazer para o jantar? – Michael perguntou.

– Não podemos demorar tanto quanto demoramos no almoço.

– Eu comeria um *po-boy*.

– Desde que embrulhem para a gente comer em movimento.

Michael disse: – A coisa de que eu mais vou sentir saudade quanto estiver morto é da comida de Nova Orleans.

– Talvez eles tenham bastante no Outro Lado.

– Algo de que eu não vou sentir falta é do calor e da umidade.

– Está tão confiante assim?

A noite trouxe até eles o ruído de um carro que se aproximava. Quando o veículo passou pela rua, Carson disse: – Porsche Carrera GT, preto. Esse brinquedo tem transmissão de seis marchas. Consegue imaginar o quanto ele corre?

– Tanto que eu vomitaria perpetuamente.

– Você nunca vai morrer com o jeito de eu dirigir – ela disse. – O que vai matar você é algum monstro.

– Carson, se isso tudo um dia terminar e ainda estivermos vivos, acha que vamos desistir da polícia?

– E o que iríamos fazer?

– Que tal um banho e tosa ambulante? Poderíamos rodar por aí o dia inteiro dando banho em cachorros. Trabalho fácil. Sem pressão. Pode até ser divertido.

– Depende dos cachorros. O problema é que você tem que ter um furgão com todo o equipamento. E furgões são tão lerdos. Eu não vou dirigir um furgão.

Ele disse: – Podemos abrir um bar *gay*.

– Por que *gay*?

– Eu não teria que me preocupar com nenhum sujeito que desse em cima de você.

– Eu não me importaria de ter uma loja de *donuts*.

– Será que poderíamos ter uma loja de *donuts* e andar armados? – ele questionou.

– Não vejo por que não.

– Eu me sinto mais confortável armado.

O som de outro motor os fez silenciar.

Quando o veículo apareceu, Carson disse: – Mountaineer branco – e afastou a cabeça para trás a fim de não ser vista.

Cidade das Trevas

O Mountaineer diminuiu a velocidade mas não parou, passando direto pela frente da casa.

– Eles vão estacionar mais adiante, do outro lado da rua – ela disse.

– Acha que a coisa vai acontecer aqui?

– Eles vão gostar do cenário – ela previu. – Mas não virão imediatamente. Estiveram o dia inteiro esperando por uma oportunidade. Eles são pacientes. Vão reconhecer o terreno primeiro.

– Dez minutos?

– Provavelmente, sim – ela concordou. – Não menos de cinco. Vamos tirar Vicky e Arnie da casa imediatamente.

Quando o Mountaineer saiu de vista, eles correram para os fundos da casa. A porta da cozinha estava trancada. Carson remexeu em seus bolsos à procura da chave.

– Essa jaqueta é nova? – ele perguntou.

– Já usei algumas vezes.

– Vou tentar não sujá-la com pedaços de cérebro.

Ela destrancou a porta.

Na cozinha, Vicky Chou estava na frente da mesa, amarrada a uma cadeira.

CAPÍTULO 61

Benny e Cindi levavam pistolas, mas preferiam não usá-las, sempre que fosse possível.

A questão não era o barulho. Suas armas tinham sido equipadas com silenciadores. Podia-se atirar na cara de um sujeito três vezes e, se alguém na sala ao lado ouvisse alguma coisa, ia pensar que era uma pessoa espirrando.

Você podia tentar atirar para aleijar; mas os da Velha Raça sangravam muito e não tinham a capacidade que os da Nova Raça possuíam de selar um furo quase tão rapidamente quanto fechar uma torneira. Quando finalmente tivessem chegado com as presas a algum lugar mais afastado onde pudessem torturá-las para se divertir, elas quase sempre já estavam mortas ou em coma.

Alguns podem apreciar desmembrar e decapitar um cadáver, mas não Benny Lovewell. Sem os gritos, era igual a cortar um frango assado.

Certa vez, quando uma mulher que recebera um tiro e sem nenhuma consideração morrera antes que Benny pudesse começar a tirar-lhe os braços, Cindi dublou os gritos da vítma da forma como imaginava que ela o faria, sincronizando-os com o uso da serra de Benny, mas não foi a mesma coisa.

Quando dirigida aos olhos, uma pistola de gás pimenta Mace poderia incapacitar qualquer membro da Velha Raça por tempo suficiente para dominá-lo. O problema era que as pessoas cegadas por um ardido jato de pimenta sempre gritavam e xingavam, atraindo a atenção quando esta não era desejada.

Em vez disso, Victor equipava Benny e Cindi com pequenas latas pressurizadas, do tamanho dos cartuchos de uma pistola de gás pimenta, que lançavam um jato de clorofórmio. Quando esguichado no rosto, a maioria das pessoas inalava ao se surpreender – e caía inconsciente antes de terminar de dizer *merda*, se conseguisse dizer alguma coisa. O clorofórmio tinha um alcance de cinco a sete metros.

Eles também levavam Tasers, para eletrochoque, do tipo bastão e não pistola. Estes eram estritamente para casos em que podiam chegar bem perto da vítima.

Considerando que O'Connor e Maddison eram policiais e já apreensivos com o que sabiam sobre Jonathan Harker, o falecido filho da Misericórdia, chegar perto não seria fácil.

Depois de estacionar do lado oposto da rua à casa de O'Connor, Cindi disse: – Não tem ninguém sentado na varanda por aqui.

– É um bairro diferente.

– O que eles estão fazendo, então?

– Quem se importa?

– Possivelmente estão fazendo bebês.

– Dê um tempo, Cindi.

– Também podemos adotar.
– Cai na real. Nós matamos para Victor. Não temos emprego. Para adotar é preciso ter um emprego.
– Se tivesse me deixado ficar com aquele que eu peguei, seríamos felizes agora.
– Você o raptou. Todo mundo procurando pelo fedelho e você acha que pode levá-lo para passear no shopping num carrinho?

Cindi suspirou: – Partiu meu coração quando tivemos que deixá-lo naquele parque.

– Não partiu seu coração. Nossa espécie não é capaz de sentir essas emoções.

– Tudo bem, mas eu fiquei muito brava.

– Como se eu não soubesse. Ok; então entramos lá, apagamos e amarramos os dois, depois você leva o carro até os fundos da casa e os colocamos no carro feito toras de madeira.

Estudando a casa de O'Connor, Cindi disse: – Parece uma ótima casa, não parece?

– Parece muito boa. Entramos e saímos em cinco minutos. Vamos.

CAPÍTULO 62

Quando eles entraram pela porta dos fundos com os rifles pendurados nos ombros, Vicky sussurrou com urgência: – Ele está na casa.

Abrindo uma gaveta e tirando uma tesoura, Carson falou baixinho: – Quem?

– Um maluco. Muito estranho – disse Vicky enquanto Carson jogava a tesoura para Michael.

Enquanto Michael pegava a tesoura, Carson dirigiu-se para a porta interna.

Vicky sussurrou: – Ele está procurando Arnie.

Enquanto Carson checava o corredor, Michael fez dois cortes nas amarras e colocou a tesoura de lado. – O resto é com você, Vic.

O corredor estava deserto e havia uma lâmpada acesa no canto mais distante da sala de estar.

– Ele está armado? – Carson perguntou.

Vicky disse: – Não.

Michael indicou que queria ir na frente.

Essa era a casa de Carson. Ela iria na frente, levando o rifle pronto para abrir fogo sem mirar.

Ela verificou o armário de casacos. Nada lá, exceto casacos.

O maluco não estava na sala de estar. Carson foi para a direita, Michael para a esquerda, até que fossem dois alvos em vez de um, e pararam.

Momento de decisão. Mais adiante à direita, depois da sala de estar, era a suíte de Carson, quarto e banheiro. Para a esquerda, ficava a porta da frente e a escadaria para o andar de cima.

A porta do quarto de Carson estava fechada. Não havia ninguém no primeiro lance de escadas.

Com os olhos, Michael indicou que subisse as escadas.

Ela concordou. Por alguma razão, o maluco estava procurando por Arnie, e Arnie encontrava-se no andar de cima.

Permanecendo perto da parede, onde as escadas não rangiam, Carson subiu primeiro, segurando o rifle nas duas mãos.

Michael foi atrás, subindo de ré, cobrindo a sala abaixo deles.

Ela não tinha coragem de pensar em Arnie, no que poderia estar acontecendo com ele. O medo de perder a vida aguça os limites. O pavor os embota. Pense no maluco, pense em detê-lo.

Tão silenciosa a casa. Como o poema de Natal. Nem mesmo um camundongo.

Ninguém no segundo lance de escadas também. Uma luz no corredor. Nenhuma sombra se move.

Quando ela chegou ao alto, ouviu um ruído estranho vindo do quarto de Arnie. Perto da porta aberta, ela viu seu irmão na cadeira de escritório com rodinhas, a atenção voltada para o castelo de blocos de Lego.

O intruso tinha dezoito ou dezenove anos, físico bem trabalhado. Ele estava de pé encarando Arnie, a alguns passos dele, de costas para Carson.

Se precisasse atirar, não tinha um ângulo preciso. A bala do Urban Sniper poderia atravessar o maluco e atingir Arnie.

Ela não sabia quem era o sujeito. Mais importante ainda, não sabia *o que* ele era.

O intruso estava dizendo: – Randal achou que pudesse dividir. Mas agora o castelo, um lar, sorvete, Mãe... Randal quer só para ele.

Carson esgueirou-se para a esquerda da entrada, sentindo que Michael estava no corredor atrás dela.

– Randal não é Abel. Randal é Caim. Randal não é mais Seis. De agora em diante... Randal O'Connor.

Ainda se movimentando, rodeando, Carson disse: – O que está fazendo aqui?

O intruso virou-se de modo tão suave, tão depressa, como um dançarino, ou como algo que tivesse sido... bem fabricado. – Carson.

– Não conheço você.

– Sou Randal. Você será a irmã de Randal.

– Ajoelhe-se – ela disse. – Ajoelhe-se e depois se jogue no chão, com a cara para baixo.

– Randal não gosta de conversar alto. Não grite com Randal como Victor faz.

Michael xingou "filho da puta" e Carson disse: – Arnie, afaste sua cadeira, deslize a cadeira para lá.

Arnie não se moveu, mas Randal sim. Ele deu um passo na direção de Carson: – Você é uma boa irmã?

– Não chegue mais perto. De joelhos. *De joelhos, AGORA!*

– Ou você é uma irmã má, que faz barulho e fala muito depressa? – Randal perguntou.

Ela se posicionou ainda mais à direita, mudando sua linha de tiro para que Arnie ficasse fora dela. – Acha que não sei que você tem dois corações? – ela disse. – Acha que não consigo arrancar os dois com um tiro desse canhão?

– Você é uma irmã má, muito má – Randal disse, aproximando-se dela.

Ele era tão rápido que quase alcançou a arma. O estrondo chacoalhou as janelas, o cheiro do tiro explodiu em seu rosto, o sangue jorrou da ferida nas costas dele e manchou o castelo.

Randal deveria ter sido jogado para trás ou cambaleado. Ele deveria ter caído.

Ela havia mirado muito para baixo, sem atingir os dois corações, ou nenhum. Mas, sendo tão à queima-roupa, deveria ter destruído metade dos órgãos internos de Randal.

Ele agarrou o cano do rifle, forçou-o para cima enquanto Carson puxava novamente o gatilho, e o segundo tiro abriu um buraco no teto.

Ela tentava continuar segurando o rifle, mas a puxou para si e quase a pegou antes que ela soltasse a arma, caindo e rolando.

Ela havia propiciado a Michael um tiro certeiro. Ele deu dois.

Os estrondos soaram tão alto, os ouvidos dela zumbiam e continuaram zumbindo quando ela rolou para perto da parede, olhou para cima, viu Randal no chão – graças a Deus, no chão – e Michael movendo-se com cautela na direção dele.

Levantando-se, ela sacou o Magnum .50 da bainha em seu quadril esquerdo, certa de que não precisaria dele, mas Randal ainda estava vivo. Não em boas condições, no chão ainda, mas vivo depois de três tiros à queima-roupa de um Urban Sniper.

Ele levantou a cabeça, lançou um olhar maravilhado em volta do quarto, deixou-se cair de costas, piscou para o teto, disse "Lar" e partiu.

CAPÍTULO 63

A porta dos fundos estava aberta. Benny e Cindi hesitaram, então ele entrou com coragem e agilidade, e ela foi atrás.

Havia uma mulher de origem asiática na cozinha, desamarrando uma tira de tecido rasgado de seu pulso esquerdo. Ela piscou para eles e disse: – Merda...

Cindi agiu com rapidez. O jato de clorofórmio atingiu o nariz. A mulher arfou, engasgou, espirrou e caiu no chão.

Podiam cuidar dela depois. Ela permaneceria inconsciente por quinze minutos, talvez ainda mais tempo.

Embora a mulher asiática não estivesse na lista deles, tinha visto o rosto dos dois. Teriam que matá-la também.

Isso não era problema. Havia espaço suficiente para três no bagageiro do Mercury Mountaineer, e Benny tinha acabado de afiar suas ferramentas de corte preferidas.

Ele fechou e trancou a porta dos fundos. Não queria facilitar a entrada de ninguém que os surpreendesse por trás.

Num outro trabalho, uma menina de quatro anos entrara na casa vinda do vizinho e Cindi insistiu em adotá-la.

Agora Cindi tinha o clorofórmio na mão direita e o Taser na esquerda. Benny dependia somente do clorofórmio.

Eles não estavam preocupados com as armas que o departamento de polícia fornecia a seus oficiais. Hoje, constituíam-se basicamente de pistolas 9 mm. Ele e Cindi conseguiriam avançar sob o fogo de 9 mm, se necessário.

Além disso, se agissem sorrateiramente, a presa não teria chance de atirar contra eles.

Uma lavanderia que dava para a cozinha. Deserta.

O corredor que levava à frente da casa passava por um armário. Ninguém sabia que eles estavam aqui, então ninguém se esconderia deles no armário, mas verificaram-no mesmo assim. Somente casacos.

Quando alcançaram a sala de estar, uma arma disparou no andar de cima. Foi um estrondo, como se um guarda-roupa tivesse vindo abaixo. A casa inteira pareceu tremer.

Cindi olhou para o clorofórmio em sua mão. Olhou para o Taser.

Outro tiro.

Cindi colocou seu Taser no bolso interno do casaco, mudou o clorofórmio para a mão esquerda e sacou a pistola.

Lá em cima, a arma fez mais dois estrondos, e Benny também sacou sua pistola. A arma era uma 9 mm semiautomática, mas esse calibre seria um problema mais grave para O'Connor e Maddison do que para os Lovewell.

CAPÍTULO 64

Quem era o intruso, como havia entrado na casa, por que parecia estar em busca de Arnie, especificamente – nada disso importava tanto quanto o fato de que ele era da Nova Raça e que o caso fora trazido para casa, na acepção mais literal, como desde o começo Carson temia que acontecesse.

As paredes da casa, as portas trancadas não ofereciam a eles mais segurança do que o castelo de Lego de Arnie. Talvez no destino dessa cidade, do mundo, nas mãos de Victor Hélios, não houvesse mais um tempo em que se pudesse passar um momento de paz em casa. Eles não podiam mais ficar aqui.

E eles tinham que sair *depressa*.

Os vizinhos talvez não tivessem identificado precisamente o local de onde vieram os quatro disparos. Entretanto, tiros disparados nesse bairro não passariam sem denúncia.

Em breve, a polícia de Nova Orleans mandaria uma ou duas viaturas patrulhar a área em busca de alguma coisa suspeita. Carson preferia evitar qualquer encontro, mesmo amigável, com alguém de uniforme. Não queria ter que explicar as armas para as quais não possuía nem um recibo de compra e nem autorização do departamento.

Ademais, um uniforme não significava mais respeito imediato para ela. A irmandade da polícia havia sido infiltrada pela Nova Raça; e aqueles que eram fiéis a Hélios poderiam ter recebido ordens – ou recebê-las a qualquer momento – para fazer da eliminação de Carson e Michael prioridade total.

Ela pegou o Urban Sniper que Randal tirara de suas mãos. Tateando a bolsa de munição no quadril direito, pegou dois cartuchos, inseriu-os no suporte lateral para deixar a arma com a carga total e disse: – Que bom que escolhemos munição sólida, não a expansiva.

– A expansiva não o teria detido – Michael concordou, recarregando sua arma.

– Os tiros podem ter feito os dois do Mountaineer hesitar.

– Ou podem ter feito eles virem correndo.

– Pegamos Vicky, saímos direto pela porta da frente. O carro dela está parado lá. Vamos nele.

Recarregando seu Sniper, Michael disse: – Acha que eles plantaram algum localizador no nosso carro?

– Acho. Eles nos seguiram por visão remota.

Arnie tinha saído da cadeira. Ele continuava olhando fixamente para seu castelo manchado de sangue.

Carson disse: – Querido, temos que ir. Nesse momento.

A última coisa que eles precisavam era que Arnie se fizesse de teimoso. Na maior parte do tempo ele permanecia dócil, cooperativo, mas tinha esses momentos de teimosia, que podiam ser causados por experiências traumáticas e barulho excessivo.

Cidade das trevas

Quatro disparos de rifle e o intruso morto no chão se encaixavam nas duas categorias, mas Arnie pareceu perceber que a sobrevivência dependia de ele encontrar coragem para não se retrair ainda mais em sua concha. Encaminhou-se para a porta imediatamente.

Michael disse: – Fique atrás de mim, Arnie – e dirigiu-se ao corredor.

Com os olhos fixos no intruso, quase esperando vê-lo piscar e sacudir os efeitos de ter recebido vários tiros, aliviada por seus temores não se materializarem, Carson seguiu Arnie para fora do quarto, do refúgio dele, desesperadamente temerosa de não conseguir mais protegê-lo, agora que a *Big Easy* se tornara a cidade das trevas.

⚙

Benny começou a subir as escadas e, atrás dele, Cindi sussurrou: – Se tiver um bebê na casa, vamos levá-lo.

Ele se manteve em movimento, com as costas apoiadas à parede da escadaria, subindo de lado, degrau por degrau. – Não há nenhum bebê na casa.

– Mas, se houver.

– Não viemos aqui para pegar um bebê.

– Não viemos aqui para pegar aquela vaca na cozinha, mas vamos levá-la.

Ele alcançou o patamar, espiou o segundo lance. Ninguém no corredor de cima que ele pudesse ver.

Atrás dele, Cindi não dava trégua: – Se levarmos o bebê, você pode matá-lo junto com os outros.

Cindi enlouquecera, e ela estava enlouquecendo-o também. Ele se recusou a entrar nessa discussão, especialmente no meio de um ataque.

Além disso, se levassem o bebê, Cindi não deixaria que Benny o matasse. Quando o conseguisse, ela ia querer ficar com ele e vesti-lo com roupinhas cheias de frescura.

De qualquer maneira, não havia nenhum bebê na casa!

Benny chegou ao alto do segundo lance. Com as costas ainda contra a parede, ele esticou a cabeça, olhou pelo canto – e viu Maddison vindo com um rifle, um menino atrás dele e O'Connor atrás do menino com outro rifle.

Maddison o viu, Benny jogou a cabeça para trás e, no lugar em que a parede virava a esquina do vão da escada para o corredor, um tiro rasgou a placa de reboco, estilhaçou a estrutura e o cobriu com pó de gesso e lascas de madeira.

Ajoelhando-se nos degraus, Benny arriscou expor-se para dar outro tiro, mais baixo, onde Maddison não esperaria, e apertou três vezes o gatilho sem se preocupar em mirar, antes de recuar para a escadaria.

◉

Três tiros de pistola, todos ao acaso, mas um deles quase raspando em Carson, indicavam que seria inteligente fazer uma mudança de planos.

Mesmo vislumbrando brevemente o homem na escadaria, Carson o reconheceu. Era o sujeito do Mountaineer, o que lhe sorrira e acenara.

Calculou que havia dois nas escadas, uma mulher atrás dele. Calculou que eram ambos da Nova Raça e estavam armados com pistolas.

Cidade das trevas

Para derrubar Randal, ela e Michael precisaram revirar-lhe os órgãos internos, rasgar seus dois corações e estilhaçar sua coluna com três tiros dos Urban Snipers à queima-roupa.

Os dois *golems* nas escadas seriam, no mínimo, tão difíceis de matar quanto ele tinha sido. E, ao contrário de Randal, estavam armados e pareciam ter algum treino paramilitar ou, pelo menos, ser experientes.

Sem Arnie para proteger, Carson poderia confiar no poder de sua artilharia, poderia sair atirando pelas escadas, mas, com o menino para se preocupar, ela não pagaria para ver.

– O quarto de Vicky – ela disse a Michael, agarrando Arnie pelo braço e recuando para o fim do corredor.

Michael afastou-se do alto da escadaria, dando dois disparos espaçados como fogo de supressão para desencorajar outra investida da pistola.

⚙

A junção do corredor com as paredes do vão da escada sofreu tamanho impacto com os disparos que a estrutura metálica por baixo da placa de reboco foi exposta, rachada e saltou como uma mola de relógio; e fragmentos dela salpicaram Benny e se cravaram no rosto dele.

Por um momento, ele achou que os dois estavam avançando sem piedade na direção das escadas. Então, ouviu uma porta batendo e nem mais um tiro foi disparado.

Benny subiu correndo, saiu das escadas e encontrou o corredor superior deserto.

– São essas as armas que eles estavam testando no bosque – Cindi disse, juntando-se a ele.

Arrancando as farpas de metal do rosto, Benny disse: – É, percebi.

– Quer recuar e pegá-los depois em outro lugar, quando estiverem distraídos?

– Não. Eles estão com um garoto. Isso complica as coisas, limita as opções deles. Vamos acabar com eles aqui e agora.

– Garoto? Estão com um garoto?

– Não é um bebê. Tem uns doze ou treze anos.

– Ah, muito velho. Pode matá-lo também – ela disse.

Infelizmente, agora que a situação havia fugido ao controle, Benny não esperava poder capturar nem O'Connor nem Maddison vivos. Esse trabalho não lhe daria a oportunidade pela qual ele tanto ansiava e para a qual tinha tanto talento.

Três quartos davam para o corredor. Uma porta estava entreaberta. Benny abriu-a com um chute. Um banheiro. Ninguém.

No chão do segundo quarto, um corpo ensanguentado.

Naquele quarto também havia imenso modelo de castelo, quase tão grande quanto um utilitário esportivo. Esquisito. Nunca se sabe que coisas estranhas é possível encontrar nas casas da Velha Raça.

Então, a porta que Benny ouviu se fechando deve ser a última do corredor.

Enquanto Carson apressadamente repunha as balas do rifle de Michael ele empurrava a cômoda para diante da porta trancada, travando-a.

Quando se virou e pegou a arma, ela disse: – Podemos sair pela janela, andar por cima do telhado da varanda e descer nela.

CIDADE DAS TREVAS

– E Vicky?

Embora lhe doesse colocar em palavras seu pensamento, Carson disse: – Ou ela correu quando os viu ou eles a pegaram.

Enquanto Carson pegava Arnie pela mão e o conduzia na direção da janela aberta, um dos *golems* no corredor se jogou contra a porta. Ela ouviu a madeira quebrar e uma dobradiça ou fechadura entortar com um ruído forte.

– Carson! – Michael avisou. – Não vai aguentar dez segundos.

– Para o telhado – ela disse a Arnie, empurrando-o para a janela.

Ela se virou no momento em que a porta recebeu outro golpe, tremendo violentamente e soltando uma dobradiça da esquadria.

Nenhum homem comum atravessaria uma porta com tanta facilidade. Era como o ataque de um rinoceronte.

Os dois levantaram seus rifles.

A porta era de carvalho maciço. Enquanto os *golems* a quebravam, eles a usariam como escudo. As balas dos rifles poderiam penetrar, mas fariam menos estrago do que em um disparo desobstruído.

Na terceira investida, a segunda dobradiça se soltou e a tranca se abriu.

– *Aí vêm eles!*

CAPÍTULO 65

Depois de permanecer por alguns minutos com o corpo do replicante pastor Laffite, Deucalião saiu da cozinha do presbitério e entrou na de Carson O'Connor, onde Vicky Chou jazia inconsciente no chão, cheirando a clorofórmio.

Um tremendo estrondo vindo do andar de cima indicava maiores problemas, e ele foi da cozinha até o corredor do segundo andar a tempo de ver um sujeito forçar seu ombro contra a porta de um quarto enquanto uma mulher ficava de lado, assistindo.

Ele surpreendeu a mulher, tirou a pistola de suas mãos e jogou-a de lado enquanto a levantava e a arremessava ainda mais longe do que a arma.

Como o homem investia novamente contra a porta e ela parecia estar quase cedendo, Deucalião agarrou-o pela nuca e pelos fundilhos. Ele o ergueu, girou-o e o bateu contra a parede em frente à porta que estava tentando arrombar.

A força do impacto foi tão grande que o rosto do homem abriu caminho pela placa de reboco e bateu contra uma viga com força suficiente para rachá-la. Deucalião continuou batendo, e a viga cedeu, assim como o resto da estrutura da parede, até que a cabeça do assassino chegou no quarto de Arnie, embora seu corpo permanecesse no corredor.

A mulher rastejava para recobrar sua arma, então Deucalião largou o homem com o pescoço na parede, como se estivesse na guilhotina, e foi atrás dela.

Deucalião pegou a pistola, rolou para o lado e atirou nele. O projétil o atingiu, mas era somente uma bala 9 mm, e ele a recebeu no esterno sem maiores danos.

Ele chutou a arma da mão dela, provavelmente quebrando seu pulso, e deu um chute em suas costelas, e chutou novamente, certo de que até mesmo as costelas da Nova Raça podiam ser quebradas.

A essa altura, o homem havia tirado a cabeça da parede. Deucalião percebeu que ele se aproximava e virou-se para ver uma cara enfurecida e esbranquiçada pelo gesso, um nariz quebrado coberto de sangue e um olho eriçado com lascas de madeira.

O assassino ainda era caça, e rápida, mas Deucalião não desviou, simplesmente. Do mesmo modo que havia viajado da cozinha do presbitério até a cozinha de O'Connor num único passo, ele recuou uns sete metros, deixando que seu atacante tropeçasse para a frente, atracando-se somente ao ar.

Em retirada, tendo abandonado sua pistola, a mulher fugiu para a escadaria. Deucalião a capturou e ajudou-a a descer, arremessando-a para o patamar.

Apesar de ser o futuro do planeta e a ruína da humanidade comum, o super-homem da Nova Raça com o rosto coberto de poeira de gesso e com um paliteiro no lugar do olho esquerdo não aguentava mais. Ele fugiu do corredor para o quarto de Arnie.

Deucalião foi atrás do sujeito a tempo de vê-lo saltar por uma janela que dava para o quintal.

⚙

De pé no quarto de Vicky, ouvindo a balbúrdia no corredor, Michael disse: – O que... eles estão brigando um com o outro?

Carson disse: – Alguém está tirando o couro deles.

– Vicky?

Eles não abaixaram as armas, mas se aproximaram da barricada feita com a cômoda, na qual a porta completamente solta estava somente apoiada.

Quando subitamente o silêncio tomou o lugar do tumulto, Carson virou a cabeça, escutou com atenção e disse: – E agora?

– O Apocalipse – Deucalião disse, atrás deles.

Carson virou-se num pulo e viu o gigante parado ao lado de Arnie. Ela não achava que ele houvesse entrado pela janela aberta.

O menino tremia, como se tivesse paralisia. Ele cobria o rosto com as mãos. Muito barulho, muitas coisas novas e estranhas.

– Está desmoronando – Deucalião disse. – Foi por isso que fui trazido para este lugar, neste momento. O império de Victor está explodindo diante dele. Pela manhã, nenhum lugar desta cidade será seguro. Devo levar Arnie.

– Levá-lo para onde? – Carson disse, preocupada. – Ele precisa de silêncio, de paz. Ele precisa...

– Existe um mosteiro no Tibete – disse Deucalião, pegando Arnie sem esforço e o segurando nos braços.

– *Tibete?*

– O mosteiro é como uma fortaleza, parecido com um castelo, e tranquilo. Tenho amigos lá que saberão como acalmá-lo.

Alarmada, Carson disse: – *Tibete?* Ah, não. Por que não o leva para a *Lua?*

– Vicky Chou está na cozinha, inconsciente. É melhor tirarem essa cômoda do caminho e saírem daqui – Deucalião aconselhou. – A polícia virá logo e vocês não sabem quem eles são de verdade.

O gigante voltou-se como se fosse levar Arnie pela janela, mas, nesse próprio movimento, desapareceu.

CAPÍTULO 66

Talvez quatro minutos se tivessem passado desde que Carson havia dado o primeiro tiro em Randal no quarto de Arnie. Supondo que nenhum dos vizinhos tenha chamado a polícia no primeiro minuto, demorando esse tempo para ter certeza de que não tinha sido um caminhão com o motor falhando nem um cão peidando, então talvez um chamado tivesse sido feito três minutos atrás.

Nessa cidade, o tempo médio de resposta da polícia para um chamado de tiros, quando nenhum atirador fora visto e a localização não verificada, era de seis minutos.

Com três minutos para sair, Carson não tinha tempo de se preocupar com a viagem de Arnie ao Tibete.

Michael empurrou a cômoda para fora do caminho e a porta caiu dentro do quarto. Eles pularam sobre ela e foram para o corredor, de onde correram escada abaixo.

Cheirando a clorofórmio evaporado, Vicky não cooperou, pois não havia recobrado a consciência. Carson levou os dois rifles e Michael carregou Vicky.

Quando Carson destrancou a porta traseira e a abriu, parou na soleira, virou-se para examinar a cozinha: – Pode ser que eu nunca mais veja este lugar.
– Não é exatamente Tara – Michael disse, impaciente.
– Eu cresci nesta casa.
– E cuidou muito bem dela. Agora é hora de ir em frente.
– Sinto que tenho que levar alguma coisa.
– Presumo que ouviu Deucalião dizer "Apocalipse". Para este, você não precisa de nada, nem mesmo mudar a roupa de baixo.

Carson segurou a porta enquanto Michael saía com Vicky, hesitou do lado de fora antes de fechá-la e em seguida deu-se conta do que precisava: as chaves do carro de Vicky.

Estavam penduradas no quadro de chaves da cozinha. Carson entrou, agarrou a chave e saiu de lá sem uma pontada de arrependimento sentimental.

Ela correu atrás de Michael pela escuridão da lateral da casa, alerta à possibilidade de o casal do Mountaineer ainda estar por ali, ultrapassou-o no quintal da frente e abriu a porta traseira do Honda de Vicky para que ele pudesse acomodá-la.

O carro estava estacionado sob um poste de luz. Com toda aquela comoção, certamente havia gente observando. Eles provavelmente precisariam mudar de veículo dentro de uma ou duas horas.

Carson e Michael assumiram seus costumeiros postos: ela na direção, ele no banco do passageiro dianteiro, que hoje era o banco do atirador, porque ele se sentou lá com dois Urban Snipers ainda fumegantes.

O motor pegou, ela soltou o freio de mão e Michael disse:
– Agora me mostre umas manobras da Nascar.

Cidade das trevas

– Você finalmente quer que eu pise fundo e estamos num Honda de cinco anos.

No banco de trás, Vicky começou a roncar.

Carson cantou os pneus ao sair da guia, passou o sinal vermelho no final do quarteirão e fez uma curva fechada à esquerda para testar o quanto o Honda resistia à capotagem.

Mais de dois quarteirões adiante, aproximando-se, eles viram as luzes vermelhas e azuis de uma viatura da polícia.

Ela virou à direita num beco, pisou fundo no acelerador, acertou a lata de lixo de alguém, tirou uma das sete vidas de um gato e disse: – Aquele maldito Frankenstein – e disparou para fora do bairro.

CAPÍTULO 67

Quando a frenética dança da morte terminou, Gunny Alecto e outro motorista do caminhão de lixo despejaram meio metro de detritos na cova rasa em que os cinco membros da Velha Raça estavam enterrados para esconder seus restos mortais.

Sob a luz das tochas, o campo de lixo tremeluzia feito um mar de dobrões de ouro, e o suor da animada equipe parecia ouro derretido, ao se acalmarem, com algum esforço, para a cerimônia mais solene que viria a seguir.

Começando logo após amanhecer, todos os caminhões que chegassem viriam descarregar aqui na cova oeste por pelo menos uma semana, e logo os despojos brutalizados estariam enterrados fundo demais para serem descobertos por acaso, e não seriam facilmente exumados.

Quando terminaram de cobrir, Gunny veio até Nick, linda como uma estrela de cinema, imunda e sorrindo de mórbida satisfação. – Quando foram esmagados, eles fizeram barulho que nem baratas? – ela perguntou, empolgada.

– Ah, se fizeram – Nick concordou.

– Eles *guincharam*?
– Guincharam, sim.
– Foi *gostoso* – ela disse.
– Gostosa é você.
– Um dia a gente só vai jogar nessas covas pessoas como eles, caminhões *cheios* dessa raça. Vai ser um dia e tanto, Nick. Não vai ser um dia e tanto?
– Vou pegar você depois – ele disse, enfiando a mão entre as botas altas que ela usava, apertando o gancho de seu jeans.–
Eu é que vou pegar você – ela retrucou, e o apertou do mesmo modo, com uma ferocidade que o deixou excitado.

Nick nariz-de-cão não se cansava do cheiro dela e afundou o rosto em seu cabelo, rosnando enquanto ela ria.

O segundo caminhão desceu a parede íngreme da fossa, dirigindo-se para o grupo em fila. Na carroceria aberta estavam distribuídos os três imperfeitos, consequências de experiências que não haviam obtido os resultados esperados.

Victor Hélios não se referia a eles como imperfeitos, nem ninguém da Misericódia o fazia, que Nick soubesse. Essa palavra era parte da cultura de Crosswoods, assim como as cerimônias grupais.

Os cinco membros da Velha Raça haviam sido amarrados a mastros na última parte de seu trajeto para a cova, durante a qual lhes atiraram lixo e insultos, mas os imperfeitos jaziam sobre um alto leito de folhas de palmeira, que chegavam às centenas, se não aos milhares, provenientes da poda das árvore da cidade.

Eles seriam enterrados separados dos cinco cadáveres da Velha Raça, e com respeito, embora, naturalmente, sem qualquer oração. Os imperfeitos tinham vindo dos tanques de criação, assim como cada um dos membros da equipe. Apesar de guardarem pouca semelhança com o modelo humano, eram, de alguma forma, parentes da equipe. Era fácil imaginar que Gunny ou mesmo Nick, ou qualquer um deles, poderia ter dado errado também, e poderia ter sido mandado para cá como lixo em vez de ser guardador de lixo.

Quando o caminhão parou, Nick e seus quatorze companheiros escalaram a carroceria. Eles não subiram lá berrando de fúria, como haviam feito ao se atirar sobre o primeiro caminhão, para soltar os corpos e arremessá-los no chão, mas com curiosidade e algum temor, e não sem reverência.

Alguém da Velha Raça, nos dias em que o carnaval tinha seu circo de horrores, podia ter olhado para algum espécime deformado sobre o palco e dito baixinho para si mesmo: *Lá vou eu, senão pela graça de Deus*. Um pouco desse sentimento também era percebido por Nick e seu grupo, embora não fosse colorido com a piedade que talvez tivesse incomodado o espectador do circo de horrores. E para nenhum deles fazia sentido que a divina misericórdia os tivesse poupado das torturas pelas quais esses imperfeitos haviam passado. Para eles, era pura sorte terem saído das máquinas e processos de seu criador em forma funcional, para encarar somente a angústia e as torturas que eram comuns a todos os de sua espécie.

Ainda assim, embora nenhum deles tivesse em seu coração espaço para o conceito de transcendência, embora a superstição lhes fosse proibida e eles rissem da percepção da Velha Raça de que havia algo sagrado por trás da natureza,

Dean Koontz

eles se ajoelharam entre os imperfeitos, tocando seus corpos grotescos com hesitação, e deles se apossou um certo deslumbramento animal, um arrepio misterioso e o reconhecimento do desconhecido.

CAPÍTULO 68

Para além do mosteiro Rombuk, os altos picos gelados do Himalaia desapareciam na beleza espantosa e turbulenta dos cúmulos de trovoada, tão malhados de preto quanto frigideiras de ferro que já conheceram muito fogo.

Nebo, um monge idoso vestindo uma túnica de lã com o capuz abaixado que deixava à mostra sua cabeça raspada, conduziu Arnie e Deucalião por um corredor de pedra no qual os efeitos da superfície dura eram atenuados por mandalas pintadas, pelo doce aroma de incenso e pela luz amanteigada proveniente das grossas velas nas mesas que serviam de altar e nos candelabros na parede.

Em termos de decoração e amenidades, os aposentos dos monges iam do severo ao austero. Talvez um autista achasse essa simplicidade atraente, até tranquilizante, mas ninguém em Rombuk permitiria que uma criança visitante, independentemente de suas preferências, ocupasse uma das celas comuns.

Esses homens sagrados eram conhecidos por sua bondade e hospitalidade tanto quanto por sua espiritualidade, e mantinham algumas câmaras que serviam de quartos para hóspedes. Nestes, a mobília e os acessórios eram para os visitantes que ainda não haviam sentido – e poderiam nunca sentir – a necessidade de abster-se de confortos para buscar mais pureza na meditação.

Havia alguns dias, Deucalião deixara Rombuk, após lá residir durante anos. Sua estada foi, de longe, mais demorada que a de qualquer outro hóspede na história do mosteiro, e ele havia feito mais amigos dentro dessas paredes do que em qualquer outro lugar fora do circo de horrores.

Ele não esperava voltar por muitos meses, se voltasse. No entanto, viu-se aqui menos de uma semana depois de partir, embora só fosse passar a noite.

O quarto para o qual Nebo os levou era três ou quatro vezes maior do que o alojamento típico de um monge. Grandes tapeçarias adornavam as paredes, e um tapete vermelho cornalina tecido a mão silenciava cada passo. A cama com dossel tinha uma cortina para preservar a privacidade, a mobília era confortavelmente estofada e uma grande lareira de pedra com contorno decorativo de bronze conferia uma luz atraente, ainda oferecendo a possibilidade de ajuste, por meio de uma série de aberturas, para mais ou menos calor.

Enquanto Nebo acendia as velas em volta do quarto e tirava lençóis de um baú para forrar a cama, Deucalião sentou-se com Arnie no sofá diante da lareira.

À luz do fogo, ele executou os truques com moedas, que haviam criado uma ligação entre eles desde a primeira vez em que se encontraram. Enquanto as reluzentes moedas desapareciam, reapareciam e sumiam para sempre no ar, ele colocou

Cidade das trevas

Arnie a par da situação em Nova Orleans. Não teve dúvida de que o menino compreendia e não o tratou com condescendência excessiva, mas lhe disse a verdade, não hesitando em revelar o possível preço da coragem de sua irmã.

Era um garoto brilhante, aprisionado por sua doença, mas com uma percepção aguda do mundo, um garoto que via as coisas mais profundamente do que muitas pessoas que não estavam agrilhoadas por limites como os dele. A viagem quântica de Nova Orleans para o Tibete não o alarmara, mas o deixara elétrico. Logo que chegaram, ele olhou diretamente nos olhos de Deucalião e disse, não tanto com surpresa, mas sim com compreensão: "Ah"! E depois: "Sim".

Arnie acompanhava as moedas com concentração incomum, mas também ouvia atentamente e não parecia se intimidar diante da triste probabilidade dos eventos que estavam para acontecer do outro lado do mundo. Muito pelo contrário: quanto mais ele compreendia o crescente confronto em Nova Orleans e o comprometimento de sua irmã na luta contra o mal, mais calmo ele ficava.

Logo que chegaram, quando Nebo soube que Arnie não tinha jantado, lá no lado escuro do mundo, ele pediu que servissem uma refeição adequada a esse hemisfério, onde a manhã já nascera. Agora, um jovem monge chegava com uma ampla cesta da qual começou a retirar um generoso montante de comida, preenchendo com ela uma mesa apoiada em cavaletes ao lado da única janela.

No lugar do castelo de Lego no qual o menino trabalhava muito e todos os dias, Deucalião havia sugerido a Nebo que trouxesse quebra-cabeças da coleção de entretenimentos simples do mosteiro, em particular um de mil peças com a fotografia de um castelo do Reno no qual ele próprio havia trabalhado uma vez, como forma de meditação.

Agora, enquanto o menino estava de pé ao lado da mesa, olhando fixamente para a variedade de coisas com as quais ele poderia compor seu café da manhã – incluindo um queijo alaranjado, mas nada verde –, outro monge chegou com quatro quebra-cabeças. Quando Deucalião os analisou junto com Arnie, explicando que uma foto de quebra-cabeça podia ser considerada uma versão bidimensional de um projeto de Lego, o menino avivou-se com a visão da fotografia do castelo.

Ajoelhando-se diante de Arnie para fazer o máximo de contato visual, Deucalião tocou-lhe os ombros e disse: – Não posso ficar mais tempo com você. Mas eu voltarei. Enquanto isso, estará a salvo com Nebo e os irmãos, que sabem que mesmo os proscritos entre os filhos de Deus ainda são filhos Dele, e, portanto, os amam como a si próprios. Sua irmã deve ser minha paladina porque não posso levantar a mão contra meu criador, mas farei tudo o que puder para protegê-la. Contudo, o que tiver de ser será, e cada um de nós deve encarar à sua própria maneira, com o máximo de coragem possível – como ela sempre fez e sempre fará.

Deucalião não ficou surpreso quando o menino o abraçou, e retribuiu o abraço.

CAPÍTULO 69

A irmã de Vicky, Liane, a quem Carson havia livrado da prisão sob uma falsa acusação de homicídio, morava num apartamento em Faubourg Marigny, não muito distante do Quarter.

Ela atendeu a porta com um gato de chapéu. Segurava o gato, e o gato estava de chapéu. O gato era preto e o chapéu, uma boina azul de crochê com um pompom vermelho.

Liane parecia ótima e o gato, envergonhado. Michael disse:
– Isso explica por que o ratinho que acabamos de ver estava morrendo de rir.

Tendo recuperado a consciência no carro, Vicky conseguia ficar de pé sozinha, mas não parecia bem. Para a irmã, fazendo um carinho no gato e entrando na casa, ela disse: – Oi, meu bem. Acho que vou vomitar.

– Carson não permite esse tipo de coisa na casa dela – Michael disse –, então aqui estamos. Assim que Vicky terminar de vomitar, vamos levá-la para casa.

– Ele nunca muda – Liane disse para Carson.

– Nunca. É uma rocha.

Vicky decidiu que precisava de uma cerveja para calibrar o estômago e conduziu todos para a cozinha.

Quando Liane largou o gato, ele, contrariado, tirou a boina, saiu correndo e foi ligar para a União Americana pelas Liberdades Civis.

Ela perguntou se queriam beber alguma coisa, e Carson respondeu: – Algo com cafeína suficiente para induzir um ataque cardíaco.

Quando Michael apoiou o pedido, Liane retirou duas latas de Red Bull da geladeira.

– Vamos beber na lata mesmo – Michael disse. – Não somos maricas.

Já tendo entornado metade da lata, Vicky disse: – O que aconteceu lá? Quem era Randal? Quem eram aqueles dois que me apagaram? Você disse que Arnie está a salvo, mas onde ele está?

– É uma longa história – Carson disse.

– Era um casal tão lindo – Vicky disse. – Você não espera que um casal lindo assim esguiche clorofórmio na sua cara.

Percebendo que a *longa história* de Carson, embora repleta de informações, não iria satisfazer Vicky, Michael disse: – Uma coisa é certa: eram assassinos profissionais.

Não mais correndo o risco de vomitar, Vicky adquiriu aquele tom vermelho-bronze da raiva asiática. – O que assassinos profissionais estavam fazendo em nossa cozinha?

– Eles vieram nos matar profissionalmente – Michael explicou.

– É por isso que precisamos sair de Nova Orleans por uns dias – Carson disse.

– Sair de Nova Orleans? Mas eles devem ter vindo atrás de vocês, não de mim. Eu nunca brigo com as pessoas.

– Ela nunca briga – Liane concordou. – Ela é a pessoa mais boazinha do mundo.

– Mas você viu o rosto deles – Carson lembrou Vicky. – Agora está na lista.

– Não podem conseguir proteção policial para mim?

Michael disse: – Você acha mesmo que conseguiríamos?

– Não confiamos mais no departamento de polícia – Carson revelou. – O caso envolve corrupção policial. Liane, será que poderia levar Vicky para fora da cidade por alguns dias?

Dirigindo-se à irmã, Liane disse: – Podemos ficar com a tia Leelee. Ela está esperando nossa visita.

– Eu gosto da tia Leelee – Vicky disse –, a não ser quando ela dispara a falar da inversão dos polos magnéticos do planeta.

– A tia Leelee acredita – Liane explicou – que, devido à distribuição desequilibrada da população, a diferença de peso vai causar uma inversão no polo magnético da Terra, destruindo a civilização.

Vicky disse: – Ela é capaz de passar horas discorrendo sobre a necessidade urgente de deslocar dez milhões de pessoas da Índia para o Kansas. Mas, fora isso, é divertida.

– Onde mora a tia Leelee? – Carson perguntou.

– Shreveport.

– Acha que é longe o suficiente, Michael?

– Bom, não é o Tibete, mas acho que tudo bem. Vicky, precisamos do seu carro emprestado.

Vicky fez uma careta. – Quem vai dirigir?

– Eu – Michael disse.

– Então, tudo bem.

– Vai ser um barato passar alguns dias com a tia Leelee – Liane disse. – Vamos para lá de manhã bem cedo.

– Vocês têm que ir agora – Carson disse. – Em uma hora, no máximo.

– É tão grave assim? – Vicky perguntou.

– Muito.

Quando Carson e Michael saíram, os quatro se abraçaram e tudo mais, mas o gato humilhado continuava em seu retiro.

Na rua, a caminho do carro, Carson jogou as chaves para Michael e ele disse: – O que é isso? – e jogou-as de volta para Carson.

– Você prometeu a Vicky que iria dirigir – ela disse, lançando as chaves bem alto para que ele pegasse.

– Eu não prometi, eu só disse "eu".

– Não quero dirigir mesmo. Estou preocupada com Arnie.

Ele lhe jogou as chaves de volta. – Ele está a salvo, está bem.

– É o *Arnie*. Ele é assustado, se sente oprimido com coisas novas e acha que eu o abandonei.

– Ele não acha que você o abandonou. Deucalião tem uma conexão especial com Arnie. Você viu. Deucalião vai conseguir fazer com que ele entenda.

Jogando as chaves de volta para ele, Carson disse: – Tibete. Nem sei como chegar ao Tibete.

– Vá até Baton Rouge e vire à esquerda. – Ele ficou parado diante dela, bloqueando o acesso à porta do passageiro.

– Michael, você sempre reclama do modo como eu dirijo, então aproveite. Esta é sua oportunidade.

O fato de ela entregar as chaves indicava melancolia. Ele nunca a vira melancólica. Gostava dela agressiva.

– Carson, escute. Se Arnie se encontrasse aqui, no meio dessa confusão da Nova Raça – se fosse assim –, você estaria dez vezes mais enlouquecida de preocupação.

– E daí?

– Então, não fique encucada com o Tibete. Não banque a mulherzinha comigo.

– Nossa – ela disse –, que coisa feia de dizer.

– Bom, parece que é isso que está acontecendo.

– Não é isso que está acontecendo. Você disse uma coisa feia.

– Eu digo o que penso. Parece que você está bancando a feminina para cima de mim.

– Você chegou no limite da baixeza, meu caro.

– A verdade é a verdade. Tem gente que é mole demais e vulnerável demais para encarar a verdade.

– Seu cretino manipulador.

– O que vem de baixo não me atinge.

– Vamos ver se não vai atingir – ela disse. – Me dá essas malditas chaves.

Ela as arrebatou da mão dele e dirigiu-se à porta do motorista. Quando já tinham colocado o cinto de segurança e Carson estava virando a chave da ignição, Michael disse: – Tive que pegar pesado. Você queria que eu dirigisse – fiquei assustado.

– Também fiquei – ela disse, dando partida. – Você atrairia muita atenção sobre nós – toda aquela gente buzinando atrás, tentando fazer você ir mais depressa.

CAPÍTULO 70

Deucalião entrou na cozinha do padre Patrick Duchaine vindo do mosteiro de Rombuk, preparado para libertar o padre de seu vale de lágrimas, como havia prometido, mesmo tendo sabido da Mãos da Misericórdia pelo pastor Laffite.

O padre deixara as luzes acesas. As duas canecas de café e as duas garrafas de conhaque estavam sobre a mesa, do mesmo jeito que Deucalião as deixara quase duas horas atrás, exceto que uma das garrafas se encontrava vazia agora e um quarto da outra tinha sido consumido.

Como fora mais afetado do que esperava ser por ter ajudado o padre Laffite a deixar este mundo, preparado para ser ainda mais afetado pelo ato de conceder a Duchaine a mesma graça, ele se serviu de uma generosa porção de conhaque na caneca em que anteriormente havia bebido café.

Levou a caneca aos lábios, mas ainda não havia bebido quando seu criador entrou na cozinha, vindo do corredor.

Embora Victor parecesse surpreso, não aparentava assombramento, como deveria aparentar se acreditasse que sua criação havia perecido dois séculos atrás. – Então, você se chamou Deucalião, o filho de Prometeu. Isso é presunção... ou está zombando de seu criador?

Deucalião não esperava sentir medo quando se encontrasse cara a cara com o megalomaníaco, mas sentiu.

Mais do que medo, entretanto, a raiva o acometeu, raiva daquele tipo especial que ele sabia que se alimentaria dela mesma até chegar a um ponto crítico e se tornar uma fúria que deflagraria uma reação em cadeia de extrema violência.

Tal fúria já fizera dele um perigo para os inocentes até que ele aprendera a controlar seu temperamento. Agora, na presença de seu criador, ninguém além dele mesmo estaria em perigo devido à sua raiva desenfreada, pois ela podia tirar seu autocontrole, torná-lo inconsequente e deixá-lo vulnerável.

Olhando para a porta dos fundos, Victor disse: – Como passou pelas sentinelas?

Deucalião colocou a caneca sobre a mesa com tanta força que o conhaque não provado saltou para fora.

– Que espetáculo você, com essa tatuagem como máscara. Acredita mesmo que ela suaviza a abominação que você é?

Victor avançou mais um passo na cozinha.

Para sua vergonha, Deucalião se viu recuando um passo.

– E vestido todo de preto, um estilo não condizente para uma região pantanosa – Victor disse. – Está de luto por alguém? É pelo companheiro que eu quase fiz para você naquela época, mas acabei destruindo?

As enormes mãos de Deucalião se fecharam com força. Ele desejava atacar, mas não podia.

Cidade das trevas

– Que bruto você é – disse Victor. – Quase fico desconcertado em admitir que o criei. Minhas criações são tão mais elegantes hoje em dia. Bom, todos temos que começar em algum lugar, não é mesmo?

Deucalião disse: – Você é insano, sempre foi.

– Ele fala! – Victor exclamou, com deleite zombeteiro.

– O criador de monstros se tornou um monstro.

– Ah, e ele acredita ser espirituoso também – disse Victor. – Mas ninguém pode me culpar por sua capacidade para conversar. Eu somente lhe dei vida, não um livro de frases feitas, embora deva admitir que pareço ter-lhe dado muito mais vida do que percebi naquela hora. Mais de duzentos anos. Tive tanto trabalho para me manter por tanto tempo, mas para você eu esperaria um tempo de vida normal.

– O único dom que me deu foi o sofrimento. A longevidade foi um presente do raio que caiu naquela noite.

– Sim, o padre Duchaine disse que você acredita nisso. Bem, se estiver certo, talvez todo mundo tenha que ir para um campo aberto durante uma tempestade para tentar ser atingido por um raio e viver para sempre.

A visão de Deucalião ficava mais e mais escura à medida que sua fúria aumentava, e a memória do raio que às vezes pulsava em seus olhos latejava agora como nunca o fizera antes. O ímpeto de seu sangue lhe zunia nos ouvidos, e ele ouvia a si próprio respirando como um cavalo depois de uma corrida.

Entretido, Victor disse: – Suas mãos estão tão cerradas que vai acabar tirando sangue delas com suas unhas. Tanto ódio não é saudável. Relaxe. Não é este o momento pelo qual esperou a vida toda? Por que não desfruta dele?

Deucalião abriu as mãos e esticou os dedos.

– O padre Duchaine disse que o raio também lhe deu um destino. A minha destruição. Bem... aqui estou.

Embora pouco inclinado a admitir sua impotência, Deucalião desviou do olhar penetrante de seu criador antes de perceber que o fizera.

– Se não pode acabar comigo – Victor disse –, então devo terminar o assunto que não consegui terminar há muito tempo.

Quando Deucalião voltou a levantar os olhos, viu que Victor tinha sacado um revólver.

– Um Magnum .357 – Victor disse – carregado com projéteis encamisados de ponta oca. E eu sei exatamente onde mirar.

– Naquela noite – Deucalião disse –, em meio à tempestade, quando recebi meu destino, também recebi a compreensão da natureza quântica do Universo.

Victor sorriu mais uma vez. – Ah! Uma versão rudimentar do descarregamento de dados no cérebro.

Deucalião levantou uma das mãos, na qual apareceu uma moeda de vinte e cinco centavos entre o polegar e o indicador. Ele a atirou para o ar e a moeda desapareceu enquanto caía.

O sorriso de seu criador ficou paralisado.

Deucalião fez aparecer outra moeda e a atirou para o ar; ela cintilou, cintilou, subindo, e não desapareceu, mas caiu, e, quando bateu na mesa da cozinha, Deucalião já havia partido.

CAPÍTULO 71

Carson dirigindo, Michael conduzindo as armas: pelo menos, uma coisa ainda estava certa no mundo.

Ele havia telefonado para o celular de Deucalião e, naturalmente, ouviu a voz de Jelly Biggs na caixa postal. Deixou mensagem pedindo para se encontrarem no Teatro Luxe à meia-noite.

– O que faremos até lá? – Carson perguntou.

– Acha que podemos arriscar uma paradinha no meu apartamento? Tenho um pouco de dinheiro lá. E eu poderia colocar algumas coisas na mala.

– Vamos rodar por lá para ver o que achamos.

– Mas vá um pouquinho mais lento que a velocidade do som.

Acelerando, Carson disse: – Como acha que Deucalião faz aqueles truques à la Houdini?

– Não me pergunte. Sou um desastre em prestidigitação. Sabe aquele truque que a gente faz com criancinhas em que você finge que tira o nariz delas e o mostra saindo de seu punho, só que na verdade é o seu polegar mesmo?

– Conheço.

– Eles sempre olham para mim como se eu fosse um abobado e dizem: "É só o seu polegar".

– Eu nunca vi você bancando o pateta com criancinhas.

– Tem um casal de amigos meus que entrou nessa de ter filhos – ele disse. – Já dei uma de babá quando eles precisaram.

– Aposto que leva jeito com crianças.

– Não sou Barney, o Dinossauro, mas consigo me sair bem.

– Ele deve suar como um porco naquela fantasia.

– Eu não faria o Barney por dinheiro nenhum – ele disse.

– Eu odiava o Garibaldo quando era criança.

– Por quê?

– Ele era um chato certinho.

– Sabe quem costumava me assustar quando eu era pequeno? O ursinho Snuggle.

– Será que eu conheço o Snuggle?

– Daqueles comerciais de tevê para amaciante de roupas. Alguém dizia como era macio o roupão ou a toalha, e o ursinho Snuggle ficava escondido atrás de um travesseiro ou rastejando embaixo de uma cadeira, dando risada.

– Ele ficava feliz porque as pessoas estavam satisfeitas.

– Não, era uma risada um pouco de maníaco. E os olhos dele eram vidrados. E como ele conseguia entrar em todas aquelas casas para se esconder e dar risada?

– Está dizendo que o Snuggle deveria ser acusado de arrombamento e invasão de domicílio?

– Certamente. Quando ele ria, cobria a boca com uma pata. Sempre pensei que ele não queria que ninguém visse os dentes dele.

Cidade das trevas

– O Snuggle tem dentes podres? – ela perguntou.

– Eu achava que ele estava escondendo fileiras de pequeninos e malévolos caninos. Com quatro ou cinco anos, eu tinha pesadelos e neles eu estava na cama com um ursinho de pelúcia que era o Snuggle, e ele tentava morder minha jugular e sugar todo o sangue do meu corpo.

– Tantas coisas sobre você de repente fazem mais sentido do que jamais fizeram.

– Quem sabe se largarmos a polícia podemos abrir uma loja de brinquedos? – Dá para ter uma loja de brinquedos e possuir armas?

– Não vejo por que não – ele disse.

CAPÍTULO 72

Sentados à mesa da cozinha do apartamento de Michael Maddison, Cindi Lovewell usava um par de pinças para arrancar a última farpa de madeira do olho esquerdo de Benny.

Ele disse: – Como está?

– De arrepiar. Mas vai sarar. Consegue enxergar?

– Tudo borrado com este olho. Mas consigo ver bem com o direito. Não estamos mais tão bonitos.

– Vamos ficar. Quer beber alguma coisa?

– O que ele tem?

Ela foi até a geladeira e verificou. – Uns nove tipos de refrigerantes e cerveja.

– Quanta cerveja?

– Dois pacotes.

– Quero um – Benny disse.

Ela trouxe os dois pacotes de seis cervejas para a mesa. Eles tiraram as tampinhas de duas garrafas e tomaram goles da Corona.

O pulso dela já havia melhorado bastante, embora ainda estivesse fraco.

A casa de Maddison era pouco maior que um estúdio. A cozinha era aberta para a sala de jantar e de estar.

Eles podiam ver a porta da frente. Ouviriam a chave na porta.

Maddison cairia morto dois passos depois da porta. Talvez a vaca estivesse com ele, e aí o serviço estaria completo.

Cindi tinha pena de O'Connor porque ela era estéril, mas ainda queria que tivesse a pior morte possível.

Abrindo uma segunda garrafa de cerveja, Benny disse: – E quem era aquele sujeito tatuado?

– Estive pensando.

– Ele não era da Velha Raça. Tem que ser um de nós.

– Ele era mais forte do que nós – ela lembrou Benny. – Muito mais forte. Ele nos deu uma surra.

– Um novo modelo.

– Ele certamente não parecia um modelo novo – ela disse. – Estou é pensando no vodu.

Benny grunhiu. – *Não* pense no vodu.

Às vezes, Benny não parecia imaginativo o bastante para um Gama. Ela disse: – A tatuagem no rosto dele era parecida com um *veve*.

– Isso não faz sentido.

– Um *veve* é um desenho que representa a figura e o poder de uma força astral.

– Você está ficando estranha novamente.

– Alguém colocou um patuá super-malévolo em nós, conjurou um deus *congo* ou *petro* e mandou-o atrás de nós.

– O Congo fica na África.

Cidade das trevas

– O vodu tem três ritos ou divisões – Cindi disse, com paciência. – *Rada* invoca os poderes de deuses benevolentes.
– Não acredito que está dizendo tudo isso.
– *Congo* e *petro* atraem os poderes de dois grupos diferentes de deuses do mal.
– Você chamou vodu de ciência. Deuses não são *ciência*.
– São, se trabalham de acordo com leis tão confiáveis quanto as da Física – ela insistiu. – Alguém conjurou um *congo* ou um *petro* e o mandou atrás de nós, e você viu o que aconteceu.

CAPÍTULO 73

Erika Hélios havia terminado de jantar e estava bebendo conhaque havia algum tempo na sala de estar formal, apreciando a ambientação e tentando não pensar sobre a coisa na caixa de vidro quando Victor chegou em casa vindo da Mãos da Misericórdia, evidentemente porque decidira, afinal, não trabalhar a noite inteira.

Quando ele a encontrou na sala de estar, ela disse: – Boa noite, querido. Que surpresa agradável. Pensei que só o veria amanhã.

Notando os pratos sujos, ele disse: – Você jantou na sala de estar?

– Eu queria jantar em um lugar onde pudesse tomar conhaque, e Christine disse que eu poderia tomar conhaque onde quisesse, então aqui estou. Foi muito agradável. Deveríamos convidar algumas pessoas e fazer um jantar na sala de estar uma noite dessas.

– Ninguém janta numa sala de estar formal – ele disse, com aspereza.

DEAN KOONTZ

Erika percebeu que ele estava de mau humor, mas parte da função de uma boa esposa era elevar o ânimo do marido, então, ela apontou para uma cadeira próxima e disse, com animação: – Por que não puxa aquela cadeira e se senta perto de mim para tomar um pouco de conhaque? Você vai ver como é um lugar muito agradável para um jantar.

Aproximando-se olhando-a de modo ameaçador, ele disse: – Você está jantando numa sala de estar formal, *numa escrivaninha do século* XVIII, *que custou trezentos mil dólares!* – O mau humor subitamente se transformou em algo pior.

Assustada e confusa, mas esperando poder explicar-se de uma maneira que pudesse conquistar o coração dele, ela disse: – Ah, eu conheço a história do móvel, querido. Fui muito bem programada sobre antiguidades. Se nós...

Ele a agarrou pelos cabelos, forçou-a a ajoelhar-se e lhe esbofeteou o rosto, uma, duas, três vezes, com violência.

– Tão idiota e inútil quanto as outras quatro – ele declarou, falando com tanta força que chegou a cuspir no rosto dela.

Quando ele a atirou para o lado, Erika foi cambaleando apoiar-se numa mesinha e derrubou um vaso com motivos chineses, que caiu sobre o tapete persa, mas espatifou-se.

– Me desculpe – ela disse. – Eu sinto muitíssimo. Não tinha entendido que não podia comer na sala de estar. Agora vejo que foi tolice minha. Vou pensar mais seriamente sobre etiqueta antes de...

A ferocidade com a qual Victor partiu para cima dela foi muito maior do que tudo que ele demonstrara antes, maior do que ela poderia imaginar ter que suportar.

Cidade das trevas

Ele a esbofeteou com as costas da mão, golpeou-a com os lados das mãos, martelou-a com os punhos, até a mordeu, e ela, naturalmente, não podia defender-se e, naturalmente, ele a proibiu de desligar a dor. E a dor era imensa.

Victor foi selvagem e cruel. Erika sabia que ele não seria cruel com ela, a menos que merecesse. Quase pior do que a dor era a vergonha de não ter conseguido agradá-lo.

Quando, por fim, ele a largou no chão e saiu da sala, ela permaneceu ali por um bom tempo, com a respiração, cautelosa, porque doía muito respirar mais fundo.

Finalmente, ela conseguiu erguer-se o suficiente para sentar no chão com as costas apoiadas no sofá. Dessa perspectiva, percebeu, chocada, quantas coisas finas e caras estavam manchadas com seu sangue.

Erika lembrou-se de que seu brilhante marido havia inventado o miraculoso removedor de manchas não somente para as raras ocasiões em que um mordomo arrancava os dedos com os dentes.

Se quisesse ser a última Erika, deveria aprender com essa experiência. Ela deveria meditar sobre tudo o que Victor havia dito e a respeito da natureza precisa do castigo que ele administrara. Se ela se dedicasse a uma análise cuidadosa do incidente, seguramente seria uma esposa melhor.

Entretanto, estava claro que o desafio era bem maior do que ela, a princípio, imaginara.

CAPÍTULO 74

Os três imperfeitos foram removidos do leito de folhas de palmeira sobre o caminhão, enrolados em lençóis e em seguida carregados sob a luz das tochas para uma depressão rasa no campo de lixo, a fim de serem enterrados de modo mais decente que os membros da Velha Raça.

Era uma cerimônia mais solene que a dança da morte e não tão visceralmente excitante. Alguns membros do grupo estavam inquietos quando os três cadáveres amortalhados foram colocados lado a lado no que se tornaria sua cova comum.

Depois desse enterro, a equipe – que incluía número igual de homens e mulheres – iria para o banho, onde um esfregaria o outro. Lá começaria o sexo, que continuaria durante toda a festa, noite adentro, até a madrugada.

Curiosamente, embora o fato de pisotear com força extravasasse muito de sua agressividade reprimida, a raiva deles quase frequentemente ressurgia posteriormente com força renovada, e o sexo ficava excitante e selvagem.

Dean Koontz

Nick nariz-de-cão só lamentava que os outros sentissem necessidade de tomar banho antes de comer-se entre si em várias combinações. Ele adorava o cheiro de Gunny Alecto, especialmente quando ela estava coberta de sujeira. Depois do sabonete, ela continuava desejável, mas não da mesma maneira.

Enquanto Gunny conduzia seu caminhão de lixo na direção dos imperfeitos, a fim de depositar uma camada de lixo para ocultá-los, a tão esperada festa e a orgia foram arrancadas da mente de Nick quando, abruptamente, alguma coisa pálida com muitos membros e de uma estranheza como ele nunca vira saiu, tremendo, do campo de lixo. Rápida como uma aranha, mas com um enorme agrupamento de membros humanos e cabeças e torsos, numa construção ilógica, tomou os três imperfeitos e os arrastou para baixo, para baixo até perder de vista, e o campo de lixo estremeceu sob os pés de todos.

CAPÍTULO 75

No laboratório principal da Mãos da Misericórdia, um Ípsilon de nome Lester, membro da equipe de limpeza, realizava sua manutenção diária em ritmo industrioso.

Quando o sr. Hélios estava nas instalações, Lester não podia limpar o laboratório. O sr. Hélios não gostava de ser distraído por um lacaio esfregando o chão e tirando o pó.

Desse modo estava perfeito para Lester. Ele sempre ficava nervoso perto de seu criador.

Como o sr. Hélios passava muito tempo atrás dessas paredes e como ele trabalhava em horários irregulares, sempre que seu grande gênio o compelia, a rotina do trabalho de Lester nessa parte do edifício tinha de ser realizada em horários diferentes todos os dias. Ele gostava mais da noite, como agora, quando nenhum membro da equipe se aventurava a entrar no laboratório na ausência de seu criador.

Talvez as complexas e fantásticas máquinas, com propósitos além de sua compreensão, devessem intimidá-lo. Acontecia o oposto.

Elas zumbiam, borbulhavam, tiquetaqueavam, sussurravam quase como vozes revelando segredos, gargalhando, ocasionalmente emitindo bipes, mas não com o timbre de alarmes, crepitantes, e musicalmente murmurantes. Lester achava esses ruídos reconfortantes.

Ele não sabia por que o confortavam. Não pensava sobre isso nem tentava entender.

Lester não tentava entender muito sobre nada, exceto o que precisava saber para realizar seu trabalho. Seu trabalho era sua vida, como devia ser para alguém como ele.

Quando não trabalhava, sentia o tempo se arrastar. Às vezes, ficava horas sentado, coçando o braço com força suficiente para que sangrasse; depois o observava sarando, coçava novamente para abrir, observava sarar, coçava para abrir... Outras vezes, ele ia para um lugar privado no nível mais baixo do edifício, onde havia entulho que seu criador não permitia que limpassem, e ficava diante de uma parede de concreto, batendo a cabeça ritmadamente contra ela até que a compulsão de fazer isso passasse.

Comparado ao trabalho, o tempo de folga não o atraía muito. Ele sempre sabia o que fazer com as horas quando estava trabalhando.

A única outra coisa em sua vida, além do trabalho e da folga, era o apagão ocasional, um fenômeno recente. De vez em quando, ele acordava como se tivesse dormido de pé, e se via em lugares estranhos, sem lembrança de como chegara lá nem do que tinha feito.

Consequentemente, ele tentava trabalhar a maior parte do tempo, limpando novamente o que já limpara uma hora antes, para ajudar a passar as horas.

Cidade das trevas

Essa noite, enquanto esfregava o chão em torno da mesa de seu criador, a tela escura do computador subitamente se iluminou. O rosto de Annunciata apareceu.

– Sr. Hélios, Werner me pediu para informar-lhe que está nos aposentos de Randal Seis e que ele está explodindo, explodindo.

Lester olhou para o rosto na tela. Não sabia o que dizer, então continuou a esfregar.

– Sr. Hélios, senhor, Werner deseja enfatizar que sua situação é urgente, urgente, urgente.

Isso não parecia bom, mas não era da conta de Lester.

– Sr. Hélios, um Alfa fez um pedido urgente, urgente, urgente para se reunir com o senhor.

Nervoso, Lester disse: – O sr. Hélios não está aqui.

– Sr. Hélios. Tomei conhecimento de que Werner, que Werner, que Werner foi aprisionado na Sala de Isolamento Número Dois.

– Vai ter que ligar mais tarde – disse Lester.

– Instruções? – Annunciata perguntou.

– O quê?

– Pode me dar instruções, senhor?

– Sou só o Lester – ele disse a Annunciata. – Não dou instruções, eu as recebo.

– Derramaram café no laboratório principal.

Lester olhou em volta, preocupado. – Onde? Não vejo nenhum café.

– Café explodindo, explodindo no laboratório principal.

As máquinas zuniam e murmuravam como sempre. Gases e líquidos coloridos borbulhavam e brilhavam em esferas de vidro, em tubos, como sempre borbulhavam e brilhavam. Nada estava explodindo.

– Annunciata – disse Annunciata, em tom severo –, vamos ver se consegue entender *alguma coisa* direito.

– Nada está explodindo – Lester assegurou.

Annunciata disse: – Werner está café na Sala de Isolamento Número Dois. Analise seus sistemas, Annunciata, analise, analise.

– Não estou entendendo – Lester disse a ela. – Está me deixando nervoso.

– Bom dia, sr. Hélios. Hélios.

– Vou limpar o outro lado do laboratório – Lester declarou.

– Werner está aprisionado, aprisionado, aprisionado. Analise. Vamos ver se consegue entender *alguma coisa* direito.

CAPÍTULO 76

Carson encostou o Honda de Vicky no meio-fio diante do prédio de Michael. Ela não puxou o freio de mão nem desligou o motor.

Ficaram olhando o lugar por um minuto. Uma estrutura insossa, blocos sobre blocos de apartamentos, que não parecia nada ameaçadora. Era um edifício do tipo grande, calado, feliz, onde ninguém seria perseguido nem morto por incansáveis máquinas de carne.

– O que é que dizem mesmo sobre voltar para casa? – Michael perguntou.

– Que não se pode.

– É. É isso. Que não se pode voltar para casa.

– Thomas Wolfe – ela disse.

– Seja quem for. Estou definitivamente sentindo uma vibração do tipo "você não pode ir para casa."

– Eu também.

– Fico contente por ter calçado meus sapatos brancos hoje de manhã. Eu me sentiria mal se nunca conseguisse usá-los.

– São legais – Carson disse, afastando o carro do meio-fio. – Você sempre se veste no estilo certo.

– É mesmo?

– Sempre.

– Que amável da sua parte. É bom ouvir isso. Eu queria me desculpar pelo que eu disse antes, que você estava bancando a feminina para cima de mim.

– São águas passadas.

– Tá com fome?

– Aquele Red Bull me deu fome.

– Tenho uma fome do tipo "o que você quer comer antes de ser amarrado na cadeira elétrica". Quero comer tudo antes que apertem o botão. Estou faminto.

– Quer comer *po-boys*?

– É um começo.

Rodaram em silêncio por mais tempo do que costumavam, pelo menos mais do que Michael costumava, e então ela disse:

– Sabe aquele plano que tínhamos? Entrar atirando na mansão de Hélios e acabar com ele?

– Também tenho repensado essa estratégia.

– Nós dois juntos quase não conseguimos dar cabo daquele sujeito no quarto de Arnie. E depois aquele casal na casa...

– Fred e Ginger.

– Eles pareciam mesmo dançarinos, não é? Muito bem, Fred e Ginger. Não estou certa de que conseguiríamos segurá-los, se Deucalião não tivesse aparecido.

– Todos os criados da mansão devem ser tão duros de matar quanto aqueles dois.

Cidade das Trevas

Depois de outro silêncio, Michael disse: – Talvez devêssemos ir até Shreveport visitar a tia Leelee.

– Deucalião vai ter alguma ideia quando nos encontrarmos no Luxe.

– Ele não ligou de volta. Ele não deixa o telefone ligado e depois esquece de checar o correio de voz.

– Não pegue pesado com ele no quesito telecomunicações – Carson disse. – Ele é do final do século XVIII.

CAPÍTULO 77

Eles tiraram as tochas do alto dos dois mastros e as levaram para perto do buraco no campo de lixo de onde a mãe de todos os imperfeitos havia saído para raptar os três cadáveres amortalhados.

A luz revelava a boca de um túnel de cerca de dois metros e meio de diâmetro que descia em ângulo para as profundezas da fossa. O lixo compactado que formava as paredes da passagem parecia ter sido engessado com um material adesivo, como uma cola, que brilhava sob a luz do fogo.

– Era alguma coisa, hein, Nick? – Gunny Alecto perguntou. – Não era alguma coisa?

– Era alguma coisa – Nick Frigg concordou –, mas não sei o quê.

– Que noite! – ela disse, entusiasmada.

– Uma noite e tanto – ele concordou.

– Vamos atrás da coisa – ela disse.

– Ir lá embaixo atrás dela? Eu estava pensando justamente isso.

Dean Koontz

A vida em Crosswoods era muito boa por causa das cerimônias com as matanças simbólicas, que aumentavam cada vez mais, mas a verdade era que a rotina deles não reservava muitas novidades. O sexo, todos transando com todos a cada noite, e as danças da morte, e de vez em quando os imperfeitos, sempre diferentes das coisas que eles tinham visto antes: mas era só isso.

Até mesmo os Ípsilons, simples em sua função e dedicados ao seu trabalho – e especialmente um Gama como Nick –, podiam desenvolver um desejo ardente pela variedade, por alguma coisa nova. Aqui estava uma coisa nova, muito bem.

Dois membros do grupo haviam corrido até o *trailer* de suprimentos para pegar quatro lanternas poderosas. Agora estavam voltando e um deles, Hobb, disse: – Vamos descer, Nick?

Em vez de responder imediatamente, Nick pegou uma das lanternas, ligou-a e ajoelhou-se na boca do túnel. Ele o sondou com o raio de luz e viu que, a cerca de trinta metros da entrada – e naquele ponto, talvez a uns três metros abaixo da superfície do campo de lixo –, a passagem dava uma volta para a esquerda, numa curva descendente, e se perdia de vista.

Ele não tinha medo do que pudesse haver lá embaixo. Não morreria facilmente e não se importava de morrer.

Quando inspirou o ar, ele certamente gostou do cheiro forte que vinha das profundezas da fossa. Complexo, familiar, mas ainda assim mais intenso do que a mistura de odores da superfície. Sutil.

Além dos milhares de odores de lixo, que ele conseguia separar e saborear um por um, Nick detectou um cheiro completamente novo, uma fragrância misteriosa e sedutora que ele acreditava ser a marca da colossal aglomeração de imperfeitos que se revelava por um breve momento.

– Vamos descer – ele disse. – Mas não todos. Só quatro.

– Me escolhe, Nick, me escolhe – disse Gunny Alecto.

– Já escolhi – ele disse. – Quer ir, Hobb?

Os olhos de Hobb explodiram de excitação. – Ah, claro. Conte comigo, Nick. Transa, comida, a gente tem sempre, mas *isso aí*, nunca.

Hobb era homem, então Nick escolheu uma mulher para a quarta posição. Azazel era gostosa, não tão gostosa quanto Gunny, mas aguentava bem o sexo e o retribuía de uma forma que deixava o parceiro meio quebrado e precisando de um tempo para sarar.

Nick presumiu que, se eles chegassem ao fundo da cova e não encontrassem a mãe dos imperfeitos, poderiam transar lá embaixo, no meio daquele fedor todo, o que seria uma novidade, melhor do que nunca.

Gunny, Azazel e Hobb levavam uma lanterna cada um.

A inclinação do túnel era forte, mas não tão forte que eles não conseguissem ficar de pé.

– Vamos lá achar esse comedor de ratos – Gunny disse. – Vamos ver o que essa coisa faz lá embaixo.

CAPÍTULO 78

Manchada de sangue, mas não mais sangrando, com o cabelo desgrenhado, as roupas rasgadas, não apresentável para um convidado inesperado, machucada e dolorida, mas melhorando, Erika localizou o armário de bebidas. Tirou uma garrafa de Rémy Martin.

Ela quase não se deu ao trabalho de pegar uma taça. Depois, decidiu que, se Victor a visse bebendo direto da garrafa, haveria problemas.

Ela foi até a sala de sinuca, porque, embora agora soubesse que não podia jantar na sala que desejasse, acreditava que podia beber em qualquer lugar, visto que seu programa de etiqueta não dizia nada ao contrário.

Para fazer alguma coisa, ligou a tevê de plasma e ficou mudando de canal para canal por algum tempo. Entediada, estava quase desligando quando deparou com um programa chamado *Desperate housewives*, que achou cativante.

O programa seguinte não despertou seu interesse, então Erika desligou a tevê e foi da sala de sinuca para o aposento vizinho, uma varanda envidraçada, onde não acendeu nenhuma luz, só ficou lá sentada no escuro a olhar para o vasto terreno onde as árvores eram ressaltadas com dramaticidade por uma iluminação posicionada de modo primoroso.

Enquanto entornava o conhaque, ela desejou que o metabolismo soberbo que seu brilhante marido lhe dera não processasse o álcool de modo tão eficiente. Ela duvidava que pudesse atingir a euforia que sabia que o álcool podia provocar e pela qual ela ansiava. Ela queria... embaçar as coisas.

Mas talvez estivesse mais inebriada do que imaginava, porque depois de algum tempo vislumbrou o que pareceu ser um duende albino e nu dando cambalhotas pelo pátio. Ele fugiu para as sombras de uma magnólia que havia no gazebo e desapareceu.

Quando Erika já havia meticulosamente consumido mais algumas doses de conhaque e ficava cada vez mais contemplativa, o albino reapareceu, dessa vez disparando do gazebo para um caramanchão de jasmim-da-virgínia que ficava no caminho do lago.

Era impossível não pensar, quando se foi programada com uma enciclopédia de alusões literárias, que deveria haver uma donzela em algum lugar por ali a fiar palha e transformá-la em ouro, pois aqui estava Rumpelstiltskin para reclamar sua recompensa.

CAPÍTULO 79

O Teatro Luxe, um palácio *art déco* há muito tempo deteriorado, funcionava como uma casa de reapresentações, exibindo filmes antigos na grande tela somente três noites por semana. Como agora essa era sua casa e sua base de operações, Deucalião havia fechado o lugar permanentemente, em nome da salvação do mundo.

Eles se encontraram à meia-noite no saguão, onde Jelly Biggs montara uma mesa dobrável perto da lanchonete. Numa enorme tigela sobre a mesa, Jelly empilhou saquinhos de balas, passas ao chocolate, amendoim doce, M&M's, barras de chocolate, amêndoas e outras iguarias da lanchonete.

A escolha de bebidas parecia limitada se comparada com a oferta de um cinema em funcionamento normal. No entanto, Carson pediu uma Coca com baunilha, enquanto Deucalião e Jelly escolheram outro refrigerante; Michael ficou satisfeito com duas garrafas de achocolatado.

– Se a vitória favorece o exército com o mais alto teor de açúcar no sangue – Michael disse –, já ganhamos essa guerra.

Antes de começarem a discutir a estratégia e tática, Deucalião discorreu sobre a situação de Arnie no Tibete. Carson fez muitas perguntas, mas ficou um tanto aliviada.

Na sequência dessas novidades tranquilizadoras, Deucalião relatou o encontro com seu criador na cozinha do padre Duchaine. Esse desdobramento assegurava que Hélios, aliás, Frankenstein, estaria mais alerta com relação a ameaças contra ele, o que tornava a conspiração deles menos fadada ao sucesso.

A primeira pergunta veio de Carson, que queria saber como eles poderiam chegar até Victor com poder de fogo suficiente para que sua guarda pretoriana não pudesse salvá-lo.

– Suspeito – disse Deucalião – que, não importa o que planejemos fazer, a oportunidade se apresentará sozinha, de uma maneira que não podemos prever. Eu lhe disse anteriormente que o império dele está ruindo, e acredito que isso se torna a cada dia, se não a cada hora, mais verdadeiro. Victor está tão arrogante quanto era há dois séculos. Mas não teme – e aí está a chave –, ele não teme mais o fracasso. Impaciente, sim, mas não temeroso. Apesar de todos os revezes, ele progrediu de modo obstinado por tanto tempo que acredita que sua visão é inevitável. Portanto, tornou-se cego para a podridão de cada pilar que sustenta seu reino.

Abrindo um pacote de confeitos de licor, Jelly Biggs disse: – Não sou mais gordo o suficiente para participar de um circo de horrores, mas no fundo ainda sou uma aberração. E uma coisa pela qual os gordos dos circos de horrores não são famosos é sua bravura durante trocas de tiros. Vocês não vão me convencer a invadir a cidadela junto com vocês; eu não vou fazer isso de modo algum. Então, não estou preocupado em aprender a tirar a munição de uma bandoleira para carregar uma arma. O que me preocupa é... se o império dele *está* ruindo, se ele está perdendo o controle de suas criações... o que vai acontecer a esta cidade quando alguns milhares de coisas super-humanas começarem a andar por aí sem controle. E, se vocês conseguirem *de fato* exterminá-lo, será que essas coisas não vão ficar ainda mais descontroladas quando ele sair de cena?

– O quanto vai ser terrível, não posso dizer – Deucalião retrucou. – Certamente ainda mais terrível do que tudo que podemos conceber. Dezenas de milhares morrerão nas mãos da Nova Raça antes que ela seja destruída. E, de nós quatro aqui nesta mesa, talvez somente um ainda esteja vivo no final, mesmo se triunfarmos.

Ficaram mudos por um instante, contemplando a própria mortalidade, então Carson virou-se para Michael: – Não me deixe na mão agora, bonitão. Mande uma de suas frases espirituosas.

– Pela primeira vez – Michael disse a ela –, não tenho nenhuma.

– Ah, meu Deus – ela disse. – Estamos *mesmo* ferrados.

CAPÍTULO 80

Por algum tempo, enquanto Erika observava da varanda envidraçada às escuras e do atordoamento do Rémy Martin, o duende albino e nu corria apressado de um canto a outro do terreno, uma figura fantasmagórica, somente vislumbrada, exceto quando ele passava perto de uma luz mais forte.

Ele podia estar procurando alguma coisa, mas, como Erika acabara de completar seu primeiro dia fora do tanque, não tinha experiência suficiente no mundo real para saber o que um duende albino iria buscar numa propriedade particular no Garden District.

O propósito dele poderia ser familiarizar-se com a propriedade na preparação de algum esquema que pretendia perpetrar. Que esquema era esse, ela não podia adivinhar, embora seu valioso repertório de alusões literárias relacionadas a duendes malévolos sugerisse que tinha algo a ver com um pote de ouro ou uma criança recém-nascida, ou uma princesa encantada, ou um anel que possuísse poderes mágicos.

Ele poderia estar procurando um lugar para se esconder antes do raiar do dia. Não havia dúvida de que a espécie dele não suportava a luz do sol. Além disso, ele estava nu, e havia leis contra a exposição indecente.

Depois de Erika espreitar o duende frenético durante um bom tempo, ele finalmente percebeu a presença dela. Como ela estava sentada na varanda escura e não fez outro movimento a não ser encher a taça de conhaque ou levá-la aos lábios, não era fácil detectá-la.

Quando a percebeu, o duende se encontrava à distância de quinze metros da varanda e começou a dar pulos de quase um metro, às vezes, batendo contra o peito com as duas mãos. Estava agitado, possivelmente aflito, e parecia não saber muito bem o que fazer agora que tinha sido descoberto.

Erika serviu-se de mais conhaque e esperou.

⬢

Nick Frigg conduziu Gunny, Hobb e Azazel pelo túnel, penetrando na cova de lixo. Os raios das lanternas ofuscavam ao refletir nas superfícies curvas e lustrosas.

Ele suspeitava que a substância lustrosa que mantinha as paredes de lixo tão firmes podia ser feita de um material orgânico exsudado pela mãe dos imperfeitos. Quando cheirou essa camada, ela era diferente, mas parecida com o cheiro de teias de aranha e casulos de mariposa, diferente porém semelhante com o odor de cera de abelhas e excrementos de cupins.

Depois de vinte minutos, eles viram que o túnel fazia voltas e arcos e se encontrava com ele mesmo, à maneira de um buraco de traça. Deveria ter quilômetros, não somente na cova oeste, mas também na leste, e quem sabe nas covas mais antigas que já tinham esgotado sua capacidade e foram cobertas com terra, sobre a qual se plantara grama.

Aqui, debaixo de Crosswoods, existia um mundo de caminhos secretos sendo construídos havia muito tempo. O labirinto parecia complexo demais para servir de toca para uma única criatura, não importa quão industriosa. Os quatro exploradores aproximavam-se de cada curva fechada com a expectativa de que descobririam uma colônia de formas de vida estranhas ou mesmo estruturas de arquitetura peculiar.

Em determinado momento, ouviram vozes. Inúmeras. De homens e mulheres. Distantes e ritmadas. O sinuoso e interminável túnel distorcia o lamento e o tornava incompreensível, embora uma palavra permanecesse clara, repetida como a resposta repetitiva aos versos de uma longa litania: *Pai... Pai... Pai.*

Na Mãos da Misericórdia, Annunciata falava com um laboratório deserto, pois agora até mesmo Lester, da manutenção, tinha saído para trabalhar em outros aposentos ou quem sabe para ficar sentado se coçando até sangrar.

– Urgente, urgente, urgente. Aprisionado. Analise seus sistemas. Entenda alguma coisa direito. Talvez haja um desequilíbrio em seu suprimento nutricional. Fechar a porta interna?

Quando ela fazia uma pergunta, aguardava pacientemente uma resposta, mas não vinha nenhuma.

– O senhor tem instruções, sr. Hélios? Hélios?

O rosto na tela assumiu uma expressão de perplexidade.

Enfim, a tela do computador sobre a mesa de Victor no laboratório principal escureceu.

Simultaneamente, o rosto de Annunciata materializou-se em uma das seis telas da sala de monitoramento, depois da Câmara de Isolamento Número 2.

– Fechar a porta interna? – ela perguntou.

Não restava ninguém para responder. Eles estavam em seus aposentos ou trabalhando em outro lugar.

Como ninguém respondia, Annunciata buscou na memória instruções passadas que pudessem ser aplicadas a essa situação.

– Abra a porta mais próxima do módulo de transição. O padre Duchaine gostaria de oferecer seu sagrado aconselhamento ao pobre Werner.

A porta mais próxima fez um ruído, suspirou como o quebrar de um selo e abriu-se.

Nas telas, a coisa Werner, que corria pelas paredes num frenesi, subitamente ficou parada, alerta.

– Abrir a porta mais distante? – Annunciata perguntou.

Ela não recebeu resposta.

– Ele está na câmara de vácuo – disse.

Em seguida, corrigiu a si mesma: – Não é uma *câmara de vácuo*.

A coisa Werner tinha agora uma aparência singular e tão extraterrestre em sua forma que toda uma congregação de biólogos, antropólogos, entomólogos, herpetólogos e seus colegas poderiam passar anos estudando-a sem determinar o significado de sua linguagem corporal ou de suas expressões faciais (considerando que tivesse um rosto). Porém nas telas, vista de ângulos diversos, a maior parte dos leigos diria que a coisa parecia *ávida*.

Cidade das trevas

– Obrigada, sr. Hélios. Obrigada. Obrigada. Obrigada, sr. Hélios. Hélios. Hélios.

⚙

Bucky Guitreau, atual promotor de justiça da cidade de Nova Orleans e também um replicante, trabalhava em sua mesa no escritório de casa quando sua esposa, Janet, também replicante, veio do corredor e disse: – Bucky, acho que as linhas de código de meu programa-base estão falhando.

– Há dias em que todos nos sentimos assim – ele lhe assegurou.

– Não – ela disse. – Eu devo ter perdido um pedaço significativo de memória. Você ouviu a campainha tocar há alguns minutos?

– Ouvi, sim.

– Era um entregador de pizza.

– Nós pedimos pizza?

– Não. Era para os Bennets, nossos vizinhos. Em vez de simplesmente explicar isso para o entregador, eu o matei.

– Como assim – matou?

– Eu o arrastei para o corredor de entrada e o estrangulei.

Alarmado, Bucky levantou-se da cadeira. – Mostre-me.

Ele a seguiu até o corredor. Um homem de seus vinte e poucos anos estava no chão, morto.

– A pizza está na cozinha, se quiser um pedaço.

Bucky disse: – Você está muito calma com relação a isso.

– Estou, não estou? Foi muito divertido. Eu nunca me senti tão bem.

Embora devesse ser cauteloso com Janet, temendo por si próprio e preocupado com o efeito desse fato sobre o plano-mestre de seu criador, Bucky, na verdade, sentiu admiração pela esposa. E inveja.

– Você realmente perdeu algumas partes do programa – ele disse. – Eu não sabia que isso era possível. O que vai fazer agora?

– Acho que vou até a casa ao lado matar os Bennet. O que você vai fazer?

– Eu deveria fazer um relatório sugerindo sua eliminação – Bucky disse.

– E vai fazer isso?

– Talvez haja algo errado comigo também.

– Não vai me denunciar?

– Não estou com vontade – ele disse.

– Quer vir comigo e ajudar a matar os Bennets?

– Somos proibidos de matar sem receber ordens.

– Eles são da Velha Raça. Faz tanto tempo que os odeio.

– Bom, eu também – ele disse. – Mas ainda assim...

– Fico excitada só de falar nisso – Janet disse. – Tenho que ir lá *agora mesmo*.

– Eu vou com você – Bucky disse. – Acho que não consigo matar ninguém. Mas é estranho... Talvez possa ficar assistindo.

◉

Depois de alguns momentos o duende albino e nu atravessou o gramado escuro e veio até a grande janela da varanda, ficando diretamente diante de Erika, olhando-a bem de perto.

Duende não era a palavra exata para ele. Ela achava que não havia um termo exato, mas lembrou-se da palavra *troll* que, na mitologia escandinava, significava ser sobrenatural e pensou que parecia uma descrição mais precisa.

Embora a coisa dentro do receptáculo de vidro a tivesse assustado, essa criatura não a afetava. A ausência de medo a deixou intrigada.

O *troll* tinha olhos grandes e extraordinariamente expressivos. Eram ao mesmo tempo horripilantes e lindos.

Ela sentiu uma inexplicável simpatia por ele, uma conexão.

O *troll* encostou a testa no vidro e disse de modo bem claro, com voz grossa: – Harker.

Erika pensou por um momento: – Harker?

– Harker – o *troll* repetiu.

Se ela entendera corretamente, a resposta certa era a que ela deu: – Erika.

– Erika – disse o *troll*.

– Harker – ela disse.

O *troll* sorriu. O sorriso dele pareceu uma ferida muito feia em sua cara, mas ela não recuou.

Parte de seus deveres era ser uma anfitriã perfeita. A anfitriã perfeita recebe todos os convidados com igual educação.

Erika bebericou o conhaque, e por um minuto ficaram olhando um para o outro através da janela.

Então, o *troll* disse: – Odeio ele.

Erika analisou essa afirmação. Ela decidiu que, se perguntasse a quem o *troll* estava se referindo, a resposta poderia exigir que ela denunciasse a criatura para alguém. A anfitriã perfeita não precisa se intrometer. Ela, no entanto, adivinha as necessidades de um convidado.

– Espere bem aqui – ela disse. – Eu já volto.

Ela foi até a cozinha, encontrou uma cesta de vime na despensa e encheu-a com queijos, rosbife, frutas e uma garrafa de vinho branco.

Ela pensou que o *troll* talvez não estivesse mais lá quando voltasse, mas ele permanecia na janela.

Quando ela abriu a porta da varanda e saiu, o *troll* se assustou e saiu correndo pelo gramado. Ele não fugiu, mas parou para observá-la a distância.

Ela colocou a cesta no chão, retornou à varanda, sentou-se do mesmo modo que antes e colocou mais conhaque na taça.

A princípio hesitante, depois com repentina coragem, a criatura foi até a cesta e levantou a tampa.

Quando ele entendeu a natureza da oferenda, pegou a cesta e correu na direção dos fundos da casa, desaparecendo dentro da noite.

A esposa perfeita não faz mexericos sobre um convidado. Ela nunca deixa de manter segredo e honrar as confidências.

A anfitriã perfeita é criativa, paciente e tem ótima memória – como a esposa perfeita.

Este livro foi impresso pela Prol Editora Gráfica
para a Editora Prumo Ltda.